KB150601

Memories
G.J.

Memories G.J.

초판 1쇄 인쇄_ 2017년 7월 17일 | 초판 1쇄 발행_ 2017년 7월 24일
지은이_상일여고 '휴먼플러스' 책 쓰기 동아리 | 엮은이_남효진
펴낸이_오광수 외 1인 | 펴낸곳_꿈과희망
디자인·편집_김창숙, 박희진 | 마케팅_김진용
주소_서울시 용산구 백범로 90길 74, 대우이안 오피스텔 103동 1005호
전화_02)2681-2832 | 팩스_02)943-0935 | 출판등록_제2016-000036호
e-mail_ jinsungok@empal.com
ISBN_979-11-6186-001-5   43810
※ 책 값은 뒤표지에 있습니다.
※ 새론북스는 도서출판 꿈과희망의 계열사입니다.
ⓒPrinted in Korea. | ※ 잘못된 책은 바꾸어 드립니다.

Memories

열일곱, 열여덟 청춘들에게 광주의 의미는 무엇일까? 광주에 대해 문헌 조사를 하고 지역 탐방을 하고 직접 이곳
저곳을 둘러보면서 '예향의 도시, 민주화의 발상지, 맛과 멋이 있는 도시' 광주를 배경으로 한 이야기를 엮어 보았다

G.J.

상일여고 '휴먼플러스' 책 쓰기 동아리 지음 | 남효진 엮음

꿈과희망

나에게 광주란……

광주를 떠올리면 첫 번째로 생각나는 곳이 구 도청이다. 이곳은 나의 아버지가 40평생을 몸 담았던 직장이기에 특별한 의미가 담긴 곳이다. 도청에 가면 아버지 동료들이 항상 반갑게 반겨주셨고 도청 안을 내 집처럼 드나들었다. 그래서 광주는 내게 아버지와도 같은 곳이다. 생각하면 그립고 뜨거운 울먹거림을 쏟아내게 하는 곳이 바로 내 고장 광주이다.

어렸을 적 나는 시내에 있는 학원에 버스를 타고 다녔었다. 어머니의 각별한 교육열 덕분이기도 했지만 나는 어린 나이에 혼자 시내버스를 타고 도시의 시가지를 구경하며 학원을 다니는 그 시간이 좋았다. 막히는 시간에는 한 시간 정도 버스를 타는데 매번 지나는 길이지만 조금씩 다른 풍경들이 차창을 지나갔다. 어떤 날은 버스정류장에서 귤을 파는 할머니의 깊게 패인 세월의 주름살들을 오래 동안 세어보기도 했고 어떤 날은 예쁘게 차려입고 킬 힐을 신고, 긴 머리를 찰랑거리며 걷는 젊은 여성의 싱그러움에 마음을 뺏기기도 했다. 집으로 돌아오는 길, 백림약국 약사님의 돋보기

낀 모습이 창에 비춰질 때는 '이제 집에 도착 했구나'라는 생각을 하며 내릴 준비를 하곤 했었다.

90년대 광주는 3일에 한 번 꼴로 도청 근처에서 데모가 이어졌다. 데모가 한 번 시작되면 몇 시간 동안은 거리의 교통이 마비가 되었다. 특히 온갖 신체의 구멍이란 구멍에서 눈물이며 콧물을 쏟아내게 하는 최루탄은 지금도 잊히지 않는 강렬한 기억이다. 학원을 마치고 집으로 돌아갈 때 최루탄의 뿌연 연기로 가득한 지하도로 진입하면 마치 구름 속으로 들어가는 것과 같은 기분이 들기도 했다. 이상했던 것은 몇 시간 동안 데모로 인해 교통이 마비가 됐음에도 불구하고 시위가 진압된 후 집으로 돌아가는 버스 안에서 만난 광주 시민들은 그 상황에서 데모하는 사람들을 탓하거나 원망하는 사람이 드물었다. 대부분 데모할 만한 이유가 있었으리라 여기는 듯이 자연스럽게 받아들이는 것 같았다. 너무 오래전의 일이라 무엇 때문에 사람들이 데모를 했었는지 잘 생각나지 않지만 붉은 머리띠를 두르고 푸른 색 조끼를 입고,

두 주먹을 불끈 쥔 채 결의에 찬 눈빛으로 노동가를 부르던 시위자들의 모습은 눈에 선하다. 요즘에도 간혹 시내에서 집회가 있긴 하지만 예전처럼 최루탄의 냄새는 전혀 나지 않고 집회가 마치 회의처럼 정해진 시간 동안 열리며 거리는 일사분란하게 통제되고, 또 풀린다. 그런 모습을 볼 때면 예전, 광주 도청을 감싸던 먹구름 같던 뿌연 최루탄 연기가 문득 떠오른다.

어느덧 시간이 흘러 광주에서 교사라는 직업을 갖고 살아가는 평범한 30대 직장인이 되었다. 작년에 이어 올해 '휴먼플러스'라는 글쓰기 동아리를 맡기로 결심하면서 많은 고민들을 했었다. 힘든 길인 줄 알면서도 또 걷게 되는 이 마음 밭의 정체가 무엇인지는 모르겠지만 고맙게도 동료 선생님이 함께 해주신다고 해서 용기를 낼 수 있었다. 작년에는 자유 주제로 학생 창작 글을 엮어 출간을 했었는데 올해는 작년과 다른 시도를 해보고 싶었다. 그러던 중 작년 11월에 대구 책 축제에 참여하면서 지역성을 바탕으로 책을 펴냈던 여러 지역 학교들의 사례 발표가 떠올랐고 '내 고장 〈광주〉— 예향의 도시, 민주화의 발상지, 맛과 멋이 있는 도시' 이 광주도 많은 이야기들을 간직하고 있을 것이란 생각이 들었다. 그래서 글쓰기 주제를 '광주'로 설정하고 광주를 배경으로 한 이야기를 엮어 보기로 결정했다.

2016년 열일곱, 열여덟 청춘들에게 광주의 의미는 무엇일까? 궁금함 뒤편에는 미안함도 있었다. 다들 나름대로 쓰고 싶은 주제가 있었을 텐데도 교사가 제시한 글쓰기 주제에 맞게 광주에 대해 문헌 조사를 하고 지역 탐방을 하고 직접 광주 이곳저곳을 둘러보면서 기획 의도에 맞게 작품을 창작하려고 노력한 아이들의 모습을 보면서 대견하다는 생각도 들었지만 그보다는 미안한 마음이 더 컸다.

올해 독서 토론 동아리와 책 쓰기 동아리 두 동아리를 병행하면서 책 쓰기 동아리 친구들과 더 많은 시간을 하지 못했던 것이 아쉬움으로 남지만 이렇게 한 권의 책으로 세상에 나온 아이들의 글을 보니 '힘든 이 길을 그래도 시작하길 잘했다'는 위안을 얻게 된다. 글을 쓴다는 것이 어렵고 고통스러운 작업이지만 아이들이 자신의 내면을 성찰하고 면밀하게 들여다봄으로써 '나와의 진솔한 대화'를 나누는 시간이 되었길 바란다.

외롭지 않도록 기꺼이 동아리 지도를 함께 해준 찰떡궁합 김수경 선생님 너무도 고맙고, 동아리 부장으로서 각종 활동들에 앞장서서 동아리를 이끌어준 우리와 무사히 탈고(脫稿)를 해 낸 휴먼플러스 모든 아이들, 동아리 활동을 항상 격려하고 지원군이 되어주신 교장·교감 선생님, 아이들 원고 하나하나를 성심껏 첨삭해 주신 임지형 작가님, 표지 디자인에 자신의 재능의 기부해 준 미영이에게도 고맙다는 이야기를 전하고 싶다.

광주에 터를 잡고 3녀 1남 자녀들을 다 키워내신 세상에서 가장 존경하는 우리 부모님! 언젠가 우리의 광주를 삶의 터전으로 살아오신 부모님들의 이야기를 바탕으로 글을 써보겠다는 거창한 다짐으로 나의 광주 이야기도 세상 밖으로 나올 수 있길 기대해 본다.

2016년 10월의 어느 날
상일여고 교사 남효진

Memories G.J.

메모리
Memory

W. 김예원

김예원

2001년 1월 11일.
새해의 설렘이 채 가시지도 않은 추운 겨울날 태어난 나.
갓난아기 시절부터 폐렴으로 입원을 하고 우유병의 마개를 삼켜서 병원에 가는 등 엉뚱한 행동으로 주위의 걱정을 많이 받았다.
유치원 다닐 때는 동네 사람 모두 '아, 누구누구 동생?' 하고 말만 하면 알 정도로 유명한 말썽꾸러기였다고 한다.
하지만 초등학교에 입학한 후로는 어찌 된 일인지 지금의 소심하고 예민한 성격으로 변해버렸다. 엄마도 영문을 모르겠다고 할 정도로.
항상 최악의 경우를 생각하기 때문에 조심성이 많아서 신임을 받기도 하지만 사소한 실수에도 쉽게 자신감을 잃는 나를 보고 누군가는 완벽주의자라고 하며 누군가는 지나치게 생각이 많다고 한다. 부드러운 감정을 잘 표현하지 못하는 모습에 누군가는 철벽을 친다고 말하기도 한다.
스스로 모순적인 사람이라고 생각하는 나이지만 어떤 방식으로든 '나'를 알아가기 위해, '나를 맹목적으로 사랑하기' 위해 시행착오를 거듭하는 중이다. 설령 조마조마 불안해 보일지라도.

프롤로그

고등학교에 입학한 후 참 많은 일들이 있었다. 그중에 하나를 뽑자면 인문학 글쓰기 동아리에 가입한 일을 고를 수도 있겠다. 그렇게 들어온 동아리가 바로 '휴먼플러스'.

멋모르던 어린 시절, 책을 좋아하던 아이의 막연한 꿈은 '작가'였다. 초등학교 고학년, 방송부 활동을 할 때는 '아나운서'였으며 이후 '평론가'를 거쳐 지금의 '심리학 교수(혹은 연구원)'에 다다르기까지 나의 꿈은 참 많이도 변했다. 하지만 그때의 나이든 지금의 나이든, 주된 관심사로 인문학과 사회과학이라는 공통분모가 존재한다. 두 분야 모두 인간과 사회에 대해 탐구하는 학문이기도 하다. 그렇기 때문에 이 동아리에 가입할 수 있었으며 여러 사람 앞에서 내 글을 선보일 수 있었다. 사실 이 자리에서 이렇게 나만의 글을 써내려갈 수 있다는 것이 어찌 보면 정말 행운인 듯싶다. 막연하게 작가의 꿈을 가졌었던 나이지만 책이라 하면 읽어만 봤지 한 번도 써보려는 시도조차 해보지 않았기에. 지금이 아니면 영영 내 인생에서 잊혀졌을 꿈 아니었겠는가.

이 글은 나의 수많은 시행착오가 묻어나 있는 글이다. 몇 개월이라는 짧다면 짧고 길다면 긴 시간 동안 머리를 싸매고 고민도 많이 했고 스트레스도 꽤나 받았더랬다.

그렇게 우여곡절 끝에 탄생한 나의 첫 소설을 여러분에게 보여드릴 시간이 왔다. 부디 조마조마한 마음으로 지켜보는 이 초보 작가의 서툰 글이 당신과 나 사이의 작은 소통 창구가 될 수 있기를.

메모리_Memory

1921년 조선 광주면 양림리 제중병원.

사내는 잔을 들었다. 조선 땅에서는 좀처럼 보기 힘든 훤칠한 키와 어두운 갈빛 머리, 안경 너머 청회색의 눈이 인상적인 사내의 용모는 보는 이로 하여금 그가 이방인이라는 사실을 단번에 알아차릴 수 있게 했다. 천장까지 닿는 책장에 가득 들어찬 서적을 뒤로하고 고급 원목 탁상에 세밀한 장미 문양이 새겨진 서양식 찻잔을 부드럽게 내려놓은 사내가 입을 열었다.

"요즈음 병원 안팎에 나도는 소문이 있다지요? 듣자 하니 두 분이 자초지종을 설명하기에 가장 제격인 인물이라고들 하던데."

"면목 없습니다. 원장님."

대답이 썩 맘에 들지 않는 듯 다시금 찻잔을 입에 가져다 대는 테오 선교사의 탁상 맞은편에는 초조한 표정이 역력한 두 남자가 굳은 자세로 앉아 있었다. 서재에 가득 퍼진 커피 향이 그들의 머리를 어지럽게 했다. 어느새 잔은 비었다. 매도 빨리 맞는 것이 약이라고 쉽사리 입을 열지 못하는 다른 이를 제쳐두고 한 남자가 용기를 내 고개를 들었다.

"그게 말입니다. 저번 날, 그러니까 주말에 오전 미사 마치고 둘이서 점심을 같이 했습니다. 그 후로 배도 꺼칠 겸 뒷산으로 산책을 갔었죠. 한참 올라가는데 마침 사슴 한 마리가 달아나는 게 눈에 띄길래 따라갔더니 사슴은 온데간데없고 웬 여자아이 하나가 어머니로 보이는 여인을 붙들고 울고 있더군요. 여인의 몸이 뜨겁고 붉은 반점이 얼굴에 퍼졌길래 필시 나병 환자 같아 병원으로 옮기려는 찰나에 손목에 불교식 팔찌가 떡하니 자리 잡고 있는 게 눈에 들어오더라고요. 참 아시잖습니까, 조선에 주님의 말씀이 전해진 이래로 우리가 얼마나 많은 박해와 멸시를 받아왔는지. 홧김에 재수가 없단 생각이 들어 팔찌를 낚아채 깨부수고 못 본 체 그 길로 곧장 내려왔습니다. 그런데, 얼마 안가 그 여자가 죽었나 보더군요."

"정말 그 여인이 그렇게 될 줄은 몰랐습니다."

가만히 앉아 있던 남자가 거들고 나섰다. 그들의 장황한 설명을 들은 테오 선교사의 미간이 좁아졌다. 그는 정색을 하고 두 남자의 얼굴을 마주 보며 낮은 목소리로 말했다.

"어찌 되었든 간에 이 일이 밖으로 알려져서 좋을 일이 아니라는 건 잘 알고 계실 겁니다. 나환자들이 넘쳐나는 이 땅에서 조선인들이 들고일어나기라도 하면 걷잡을 수 없게 되리란 건 불 보듯 뻔하지요. 벽에도 귀가 있다는데 누가 듣기라도 한다면…… . 두 분, 신중하게 처신하셔야 할 겁니다."

"아무렴요, 잘 알고 있습니다. 그런데 문제는 그 여자아이 말입니다. 병원까지 쫓아와 그 앞에서 버티고 앉아 있는 듯합니다. 그래서 저희가 도망치듯 원장실로 올라온 거 아니겠습니까."

"호오, 맹랑한 아가씨인가 보군요. 내가 잘 이야기해 볼 터이니 아이를 들여보내주시오."

말은 의연히 했지만 내심 여간 신경 쓰이는 일이 아닌지 테오 선교사의 표정이 어두워졌다.

반쯤 열린 서재 창문 사이로 한줄기 바람과 함께 그의 한숨이 새어나갔다.

　건물 앞에서 그녀는 잠시 멈칫했다. 제중원, 조선 최초의 국립 서양식 의료소로 2년 전 승하하신 황제 폐하의 명을 받아 이 동네까지 들어서게 되었는데, 겉보기에 영락없는 기와집의 형태였지만 그녀의 눈에는 왠지 모를 이질감이 느껴졌다. 아마 서양인 선교사와 간호사의 수가 조선인보다 배로 많은 탓이리라.

　바삐 오고 가는 허연 얼굴의 여인들 사이에 그녀 홀로 덩그러니 남겨져 있었다. 얼핏 보아 몸이 성하지 않은 곳은 없는 것 같고 이곳 환자의 보호자나 가족쯤 되리라고 생각해 지나친 듯했다. 하지만 이는 반은 맞고 반은 틀린 생각이었다. 가엾게도 그녀의 가족 중 병자는 있었으나 사소한 치료조차 받지 못하고 세상을 떴다. 거기까지 생각이 미치자 퉁퉁 부은 눈꺼풀에서 다시금 눈물이 배어 나왔다. 누가 볼세라 얼른 더러운 옷소매로 눈가를 훔쳤다.

　'이대로 멍하니 있을 수만은 없다.'

　겨우 마음을 다잡은 그녀는 후들거리는 다리에 힘을 주고 일어섰다. 금방 쓰러져도 이상하지 않을 것 같은 발걸음이 닿은 곳은 그녀보다 머리 하나는 더 큰 장신의 외국인 여성 앞이었다. 여인은 노란 머리칼을 쪽져 올려 둥그런 이마를 시원하게 드러내고 있었는데 그 밑으로 빳빳한 옥양목 저고리에 검정 통치마를 받쳐 입은 허름한 옷차림이 눈에 들어왔다. 누구나 입는 옷가지였지만 무언가 달랐다. 조심스레 고개를 들어 올렸다. 두 눈이 여인의 푸른 눈동자를 마주한 그 순간 질끈 감겨져버렸다. 요 등지에 외국인이 돌아다니는 것은 종종 있는 일이었지만 검정 머리, 검정 눈동자의 일본인들은 봤어도 노란 머리, 푸른 눈의 서양인을 바로 앞에서 마주하는 것은 퍽이나 생소한 일이었기 때문이다. 맥없이 얼어붙은 그녀에게로 거리를 좁힌 여인이 말을 붙였다. 이제 보니 이마에 하나둘 주름이 패인 중년의 부인이었다.

"무슨 일이죠? 도움이 필요한가요?"

말로만 전해 듣던 꼬부랑말이 나올 거라 예상한 여인의 입에서 능숙한 조선말이 나오자 깜짝 놀란 그녀의 눈이 토끼처럼 동그래졌다.

"흔히들 그렇게 놀라고는 하지요. 그래도 그렇게 입을 꽁꽁 닫고 있으면 내가 무엇을 해주어야 할지 알 수가 없답니다."

"사람을……. 사람을 찾고 있습니다."

떨리는 목소리를 애써 가다듬는 작은 체구에서 사람의 이목을 집중시키는 어떤 힘이 느껴졌다.

"허연 얼굴의 외국 남자 둘이요, 이곳 사람들인 것 같았는데."

"흠, 곧잘 붙어 다니곤 하는 남자 선교사들이 있기는 한데, 그들이 맞는다면 내가 도와줄 수 있어요."

그녀는 지푸라기라도 붙잡는 심정으로 고개를 끄덕였다.

"지금 병원에 있는지 알아보지요. 그동안 안에서 몸 좀 녹여요."

그제야 벌겋게 상기된 두 볼을 알아차린 그녀 곁으로 서늘한 바람이 훑고 지나갔다. 꽃 피는 봄을 시샘하듯 밀려오는 추위가 가슴 한구석을 썰렁하게 만들었다.

#3

"여기서 기다려요. 차를 내어 올게요."

그녀는 부인이 사라져버린 방 안에서 어색한 듯 살포시 의자에 걸터앉았다. 비 오는 날 물기를 채 닦지 못해 들떠 버린 듯한 나무 의자가 연달아 삐

걱- 소리를 냈고, 벽에 붙은 시계의 바늘 소리가 그 위에 얹혀 불협화음을 이루었다. 꽤나 신경 쓰이는 잡음을 뒤로하고 얼른 일어나 좁은 방안 걸음을 옮긴 그녀의 눈에 낡은 옷걸이에 걸린 명찰이 들어왔다.

'간호부장 서서평'

'조선 사람 이름 같은데? 서양인들이 어떤 이름을 사용하는지는 몰라도 서서평은 아닐 테지.'

방금 나간 서양 부인이 이 방의 주인이리라는 생각은 꿈에도 하지 못하는 듯했다.

창문 틀엔 한쪽 구석이 찢겨나간 담요가 늘어뜨려져 있었다. 반쪽 밖에 남지 않은 담요는 그마저도 색이 바래 추레한 모습이었다. 그 밑으로 자리 잡은 한 사람이 겨우 쓸 수 있을 듯한 크기의 탁상 역시 몇 없는 세간들과 어우러져 특유의 투박함을 자아내고 있었다.

"방이라고 하기에도 뭣한 공간이죠. 그 누구라도 그렇게 생각할 거예요."

슬며시 좀 전의 탁상에 잔을 내려놓은 부인이 나직이 내뱉었다.

"하지만 이 낡은 방에서 끊임없는 병고에 시달리는 이들을 돌볼 수 있다는 것이 제 가장 큰 기쁨 중 하나에요. 그만큼 의미가 깊어요."

부인의 얼굴에 평온한 미소가 떠올랐다. 보기 좋게 휘어지는 두툼한 입꼬리를 보아하니 그녀 역시 가슴 한구석 따뜻해지는 것이었다. 곧이어 닫혀 있던 입이 다시금 열렸다.

"참, 나는 서서평이에요. 매사를 천천히, 모난 성격을 평평히. 서서평."

#4

남자 선교사들의 행방을 알 수 없어 미안하다는 말을 연신 건네는 부인의 얼굴 위로 안타까운 기색이 떠올랐다. 부인은 괜찮다는 그녀의 말을 확인이라도 하듯 몇 번이고 듣고서야 사과를 멈추었다. 서서평. 나지막이 부인의 이름을 되뇌었다.

이 사람이라면. 불현듯 알 수 없는 확신이 들었다. 지쳐버린 그녀는 응석받이 어린아이처럼 의지할 곳을 찾으려는 마음이 강했다.

곧게 다물어진 입술을 열어 그간의 설움을 토해내듯 이야기를 이어갔다.

길었던 하소연을 끝마친 그녀는 고개를 들어 슬며시 부인을 바라보았다. 잠자코 들어주던 부인은 아무 말도 하지 않고 고요히 정지해 있었다. 이제 보니 허망한, 아니 슬픔과 실망감이 혼재된 표정을 짓고 있었다. 안 그래도 허연 얼굴에 핏기가 가시니 낯빛이 더욱 좋지 않았다. 괜한 말을 한 걸까 후회하려는 찰나에 부인의 떨리는 목소리가 들려왔다.

"그들이 간호선교사로 지내온 지가 벌써 몇 해인데 믿어지지가 않는군요. 정말 치료가 가능한데도 의도적으로 죽음을 방관한 거라면……. 일어나서는 안 될 일이에요. 내가 꼭 알아봐야겠어요."

"일일이 신경 써주지 않으셔도 저는 괜찮습니다. 이제껏 이야기 들어주신 것만으로도 고마운 일이에요."

부인에게 꾸벅 인사를 마친 그녀의 걸음이 문 밖으로 향했다. 날은 벌써 어둑어둑해졌다. 예의 바르게 인사까지 마친 그녀였지만 막상 한층 차가워진 밤공기와 마주하니 갈 곳이 아무 데도 없다는 것을 깨달았다. 어찌할 바를 몰라 바닥만 쳐다보는 그녀 앞에 어두운 그림자가 드리워졌다.

#5

머리가 띵해졌다. 제중 병원 최고 책임자이자 촉망받는 선교사. 한결같이 사람들이 입을 모아 칭송하는 선교사. 눈앞의 검은 그림자가 바로 그라는 것을 알게 된 그녀는 놀라지 않을 수 없었다. 그리고 지금 그녀는 그 존경받는 선교사에게 퇴짜를 놓고 있었다.

한 시간 전, 그녀는 테오 선교사의 사무실로 들어섰다. 구름에 닿을 수 있을 만큼 높이 쌓아 올려진 책들이 내재되어 있던 배움에 대한 갈증을 자극했다.

한참을 의미 없는 말들로 뜸을 들이던 테오 선교사는 책장에서 눈을 떼지 못하는 그녀를 흘낏 보더니 본론으로 넘어갔다. 그는 모든 걸 알고 있다는 듯이 자연스럽게 며칠 전 이야기를 꺼냈다. 그는 며칠 전 일들에 대해 함구하길 종용했다. 천연덕스럽게 그가 설립한 여학교에서 지원을 받으면서 공부할 기회를 주겠다며 매력적인 제안도 곁들였다. 그는 그녀의 의중을 살피려는 듯 시선을 고정한 채 안경 코를 쓱 들어 올렸다. 잘 닦인 안경이 빛을 냈다. 깨끗한 안경알 속 그 계산적인 두 눈을 마주한 순간 역겨움이 속을 비집고 올라왔다. 빨리 이 자리를 떠나야겠다는 생각뿐이었다.

"아니요, 그러실 필요 없어요."

"다시 생각해 보는 건 어떠니. 마땅히 갈 곳도 없는 것 같은데, 이건 오히려 너에게 더 좋은 기회가 될 수 있을 거다."

"그럴 일 없을 거예요."

그때였다. 똑똑 문을 두드리는 둔탁한 소리가 들렸다.

"원장님, 서서평입니다. 들어갈게요!"

"미스 쉐핑, 무슨 일 있나요?"

서서평은 큰 키의 소유자답게 넓은 보폭으로 뚜벅뚜벅 걸어 들어왔다. 경쾌한 발걸음에 왠지 모르게 마음이 안정되었다.

"혹시 며칠 전 일 알고 계시는가요? 병원 뒷산에서 죽은 채로 발견된 여인 말입니다. 그 여인의 딸아이를 만나고 오는 길이에요. 그런데……."

"여기 앉아 있는 아이를 말하는 것이지요?"

"네?"

그녀를 미처 보지 못하고 지나쳐버렸던 서서평은 곧바로 고개를 돌렸다. 그리고 꼿꼿이 앉아 있는 그 작은 체구를 발견했다. 잠깐 시간을 내어 달라는 부탁과 함께 테오 선교사와 서서평이 그들 고국의 언어로 대화를 주고받기 시작했다. 대화를 이해할 수는 없었지만 그리 좋은 내용이 아니리라는 것쯤은 그녀도 눈치껏 알아차릴 수 있었다.

별안간 서서평의 눈시울이 붉어졌다. 감추려는 듯 살짝 눈을 감았다 떼며 숨을 크게 내쉬어 보였다.

#6

방으로 돌아온 서서평은 한구석에서 짐 가방을 꺼내 들고 자욱한 먼지를 털었다. 그러고는 그나마 몇 없는 옷가지들을 챙겨 가방에 쑤셔 넣었다. 반쪽짜리 담요도 잊지 않았다. 짐을 다 챙긴 듯하자 이번엔 책상 위 수첩에 무언가를 끼적거렸다. 일종의 사직서와 같은 것이었다. 이게 다 무슨 일인가 싶어 고개를 갸웃거리는 그녀에게 예의 슬픔이 혼재된 미소를 지어 보였다.

"어찌하시려고요?"

"이곳을 떠날 작정이에요. 지난 십 년 동안 정이 많이 들었는데 이제는 떼려고 노력해야겠죠."

"갑자기 어째서……."

순간 자신에 관한 이야기를 하다가 일이 이렇게 되었음을 깨달은 그녀는 미안한 마음이 들어 고개를 들 수 없었다.

"기죽어 있을 거 없어요. 잘못한 것도 아니잖아요. 어쨌든 난 선교봉사 활동을 이어갈 생각이에요. 어떤가요?"

당최 무슨 말인지 알 길이 없어 그 의도를 헤아리고자 미간을 찌푸리는 그녀였다. 곧이어 운명적인 한마디가 그녀의 귓속을 울렸다. 땅·땅·땅– 그것은 마치 삶이라는 재판장에서 천신만고 끝에 받아낸 무죄선고와도 같았다.

"나와 같이하자는 말이에요."

#7

3년 후. 수많은 변화가 생겼다. 그동안 이름 없던 그녀에겐 '서아라'라는 이름이 생겼다. 서서평은 아라를 양녀로 거두어 봉사활동을 이어가고 있었다.

그들은 한 번 순회 진료를 나갈 때마다 500리는 훌쩍 넘는 거리를 말을 타고 이동했다. 진흙탕에 말이 쓰러지면 말을 끌고 백릿길을 걸었다.

한번은 전라도 일대 순회에 나섰다. 한 달여간의 순회 동안 약 300여 명이 넘는 여인을 만났다. 조선 여인들의 불우한 삶은 예나 이제나 여전했다. 과부의 개가가 허용된 지도 오래였지만 유명무실일 뿐이었다. 또한, 어엿한 이름조차 없는 조선 여인들은 개똥 어멈, 큰 년이 등으로 불리곤 하였다. 아라와 서평은 이들에게 이름을 지어주고 한글을 가르쳐주어 전라도 사람들에게 뚜렷한 인상을 남겼다. 그렇게 선교봉사를 시작한 지도 꼬박 1년이라는 시간이 지났다.

가을날이었다.

여느 때와 같이 된장국과 몇 가지 나물로 간소한 식사를 마친 그들은 일주일간 쌓였던 빨래를 널어두는 참이었다. 실타래처럼 길게 늘어진 빨랫줄 위로 환자들의 옷가지들이 갖가지 널렸다. 이따금 바람에 너울너울 흔들리는 옷가지들이 파란 하늘과 조화를 이루었다.

"아라야, 학교를 지을까 해."

"아주 멋진 생각이에요. 갈 곳 없는 걸인들에게 글도 가르치고, 부인들이 성경공부를 할 수 있는 반을 만들어도 좋겠어요."

"그래. 그게 좋겠구나."

고아들과 걸인들, 가난한 여인들에게 배울 기회를 제공할 수 있다는 생각에 벌써 설레 하는 모습이 꼭 맛있는 음식을 앞두고 군침 흘리는 아이와 같았다.

"이 일은 도슨 부인 댁에 다녀온 후에 더 얘기해 보자."

오늘은 매주 진행하는 여자 선교사들의 모임이 있는 날이었다. 바삐 어딘가로 나갈 채비를 마친 그들의 발걸음이 멈춘 곳은 양림 산에 자리 잡은 도슨 부인의 자택 앞이었다. 길쭉한 굴뚝과 회색 벽돌로 쌓아 올린 아치형의 입구가 멋스러운 집이었다.

"미스 서평, 아라! 오늘도 어김없이 찾아와 주었군요. 어서 들어와요!"

두 팔을 벌리며 서평과 아라를 한 명씩 가볍게 안는 것으로 인사를 대신하는 도슨 부인은 서글서글한 눈웃음이 매력인 중년의 선교사였다. 꾸벅 고개를 숙여 보인 아라는 서평과 함께 도슨 부인을 따라 응접실로 향했다.

"오늘은 보의사 선교사의 양아들도 함께해 주었어요. 바른 생활 사나이가 따로 없답니다. 아주 모범적인 학생이지요."

"안녕하십니까. 최흥종입니다. 보의사 부인의 도움으로 광주 보통고등학교에 재학 중이며 신학을 공부하고 있습니다."

씩씩하게 자기소개를 마친 소년의 의젓한 모습에 서평의 얼굴에 안개처럼 연한 미소가 걸렸다.

"신학을 공부 중이라고요?"

"예, 목사가 되기 위해 노력하고 있습니다."

"좋은 꿈이네요. 흠, 그래요. 여자밖에 없는 모임에서 어떤 이야기를 하려고 이렇게 멋진 청년이 참석해 주었을까?"

멋진 청년이라는 말에 귀를 붉히는 모습을 보니 영락없는 순수한 소년의 모습이었다. 그 모습도 잠시, 붉어진 얼굴을 얼른 갈무리한 소년은 묵묵한 목소리로 그의 우직한 신념을 피력했다.

"신학을 공부하는 사람으로서 매달 봉사활동을 해오고 있습니다. 병자들을 볼 때마다 현실적인 도움을 줄 수 없는 것에 마음이 아팠습니다. 특히나 천한 것들이나 걸리는 병이라고 가족에게까지 버림받는 나병 환자들……. 아직도 형제, 자매들이 괴물 놈, 문둥이 소리를 들으며 일본 놈들 돌팔매질에 맞아 죽는 모습이 눈에 선합니다. 그들이 갖은 고초를 겪고 있는데, 우리가 이렇게 가만히 있을 수만은 없습니다."

"일본인들은 한센 환자의 씨를 말리려고 작정을 했어요. 살아 있는 환자들을 강제 단종시키는 것도 모자라 실험을 한다는 말도 안 되는 소리로 해부를 하고……."

진지한 얼굴로 흥종을 거들고 나선 도슨 부인은 차마 뒤를 잇지 못하고 입을 닫았다. 아라와 서평이 자못 심각한 표정으로 말을 이었다.

"우리가 진정 그들의 삶터를 요구해야 해요. 아무래도 이번에는 경성까지 흔들어놓을 수 있는 대대적인 계획이 필요할 것 같습니다."

단호하게 결의를 다진 그들은 하루빨리 나환자들을 도울 방법을 찾는 데 골몰하기를 북돋우며 다음 만남을 기약했다.

#8

"총독부에 건의문을 제출해 보려 합니다."

두 주일 후 다시 모인 도슨 부인의 자택 응접실에는 비밀스러운 대화가 오가고 있었다.

누구보다도 걸인들, 그리고 환자들과 가까운 삶을 사는 그들에겐 거대한,

일종의 사명감 같은 것이 존재했다.

"당장 절실히 필요한 것은 전국적인 수용, 치료시설이에요. 총독부만 수용해 준다면, 나환자들을 지금보다 전문적으로 돌볼 수 있을 거예요."

"전라도 일대 선교사들 이름으로 한성 전보총국에 전보를 보내면, 빠르면 이번 주 안에는 답이 오겠지요."

#9

일주일이 지났다. 실낱 같은 희망을 보기 좋게 깔아뭉개기라도 하듯 총독부는 묵묵부답이었다.

3년 전, 한반도를 독립의 열망으로 한데 뭉치게 했던 만세 운동. 잔잔했던 물결은 점차 뜨거운 파도가 되어 일본을 뒤흔들었다. 그들에게도 가히 '위협적'이었던 그날. 사건에 대한 책임을 물어 총독은 사직하였고, 그 자리를 이어받은 이가 지금의 사이토 마코토 총독이었다. 또한, 그는 이전의 총독들과는 달리 비교적 유화적인 통치를 한다고 평이 난 인물이었다.

거의 매일 제복이 아닌 양복 차림으로 출근할 정도로 깔끔한 성격의 소유자이기도 한 그는 오늘 아침만 해도 비서과부터 들러 자신 몫의 서신들을 받아오던 참이었다. 집무실 의자에 앉아 서신들을 훑어보던 그의 안색이 별안간 어두워졌다. 무엇이 그토록 그의 심기를 상하게 하였는지 티가 나게 언짢은 기색을 억누르며 점잖은 태도로 비서를 호출한 그는 부드럽지만 뼈가 있는 말을 내뱉었다.

"요즘 아래 지방이 여간 시끄러운 것이 아닐세. 이 서신을 좀 보게. 선교사들이 나병 병자들의 생활 개선을 강경하게 호소하고 있어. 조선 천지에 나환자들이 퍼져 있는데 자칫 잘못되었다간 3년 전보다 더 한 일이 벌어질 수도 있다는 말이야. 제암리에서 일은 또 어떻고. 보는 눈이 많아. 국제적 시선도 의식해야 하지 않겠나."

"나도 방도를 생각해 보겠네. 최대한 어르고 달래는 방향으로. 더는 무력에 의지해서만은 조선을 통치할 수 없어."

#10

서서평과 아라, 최흥종은 분주히 우마차에 가재 수건들을 챙겼다. 2주일이 지나도록 총독부에서 답이 오지 않아 실의에 빠져 있던 그들은 허름한 간이 요양소를 빠져나왔다. 이제 몇 시간 후면 '구라행진(求癩行進)'이 개시될 것이었다. 그들은 광주면에서 수도 경성까지 발로 걸어갈 계획을 세웠다. 목적지는 총독부 청사 앞, 목표는 총독과의 면담. 물론 나환자들도 손수 동참하는 행진이었다. 항시 흙빛 얼굴에 죽어 있는 눈빛을 힘없이 보내오던 그들이 자신의 목소리를 내겠다고 결심한 것에 아라는 상당한 감명을 받았다. 산전수전 다 겪었다 자신할 수 있는 그녀 역시 환자들의 결심에는 상당한 용기가 필요했으리라는 것을 쉬이 짐작할 수 있었다.

잠시 후, 신작로를 따라 80여 명의 인파가 기나긴 길에 올랐다.

며칠이 지났을까. 열흘하고도 하루 정도가 지난 듯했다. 80여 명으로 시작되었던 인파는 전국 곳곳을 거치며 어느새 600여 명 가까이 배로 불어 있었다. 그리고 이제 그들은 남태령을 눈앞에 두고 있었다. 그때였다. 털썩- 누군가가 지쳐 쓰러지는 둔탁한 소리가 들려왔다. 다시 보니 이제부터 시름시름 앓던 아이였다. 붉게 열꽃이 피어오른 아이의 몸에는 곳곳에 얼룩덜룩한 반점들이 즐비했다. 팔뚝에는 언제부터 흘러나왔을지 모를 고름이 자리 잡고 있었다. 주변의 어른들 역시 고통에 울며 보채는 아이를 어찌

할 바 모른 채 안타깝고 허망한 시선으로 지켜보기만 하는 것이었다. 그때 한쪽 팔에는 가재도구를 감싸 안고 한 손으로 치맛자락을 쥐어 잡은 서평이 인파를 헤집고 들어왔다. 아이를 건네받은 서평은 정성스레 가재도구를 이용해 아이의 몸을 닦아내기 시작했다. 벌써 가재 수건도 흠뻑 젖어들었다. 그녀는 새 가재 수건을 챙기러 가기엔 우마차와 자신의 거리가 너무나도 멀다는 것을 깨달았다. 이내 결심을 한 서평은 아무렇지도 않은 듯 아이의 고름에 입을 가져다 대었다. 그러고는 하얗고 끈끈한 고름을 빨아내어 가재도구에 퉤-하고 뱉어내기를 반복하는 것이었다. 성심성의껏 아이를 돌보는 그녀의 모습은 가히 충격적인 광경인지라 주위 환자들이 술렁이기 시작했다. 이만하면 간단한 응급처치는 되었다 싶었는지 아이를 부모의 품으로 돌려보낸 서평은 예의 태연한 얼굴로 미소를 지어 보였다. 세상 그 어떤 미소보다도 깨끗한 그녀의 미소에 누구 하나 감히 토를 달 수 없었다. 그 속에 있는 것은 분명 '선의'였다.

그 사이 분주하게도 벌써 고개를 넘은 그들이었다. 마침 누군가의 탄성 섞인 외마디 외침이 들려왔다.

"경성이오, 경성!"

#11

"총독 각하. 결단을 내리셔야 할 것 같습니다."

어느새 총독부 청사 앞은 울긋불긋한 얼굴의 병자들과 그들을 이끄는 선두의 몇몇 선교사들로 장사진을 이루었다. 어림잡아 보아도 500여 명은 되어 보이는 숫자였다. 모두 총독과의 면담 약속을 얻어내고자 이곳까지 들른 것이었다.

"저들의 책임자가 저 선교사 무리 중 하나라고 하였지. 책임자를 불러오게."

일각 후, 허연 얼굴에 조선식으로 쪽져 올린 금발 머리칼이 인상적인 서양 선교사와 앳된 얼굴의 계집아이, 남학생이 집무실에 들어섰다. 굳건해보이는 눈빛이 예사롭지 않았다. 가장자리에 자리 잡은 서양 부인이 입을 열었다.

"저희는 조선의 걸인들과 병자들의 삶터를 요구하기 위해 이 자리에 모였습니다. 나병 환자들을 전문적으로 수용하고 돌보아준 시설을 원합니다. 더불어 병자들을 대상으로 행해지고 있는 단종 역시 폐지되길 건의하는 바입니다."

눈을 감고 의자에 기대어 잠자코 그녀의 말을 듣고 있던 사이토 총독이 감았던 눈을 뜨고 말을 이었다.

"내 아내와 함께 조선에 건너와 살아온 이래로 이렇게 많은 인파가 한자리에 모인 것을 몇 번 본 적이 없소. 사실 이 일을 어떻게 잘 처리해야 할까요 며칠 고민을 했는데 이렇게 하면 서로 머리 아플 일이 없을 것 같네만. 남쪽으로 내려가면 고흥군에 딸린 작은 섬이 있소. 소록도라는 섬인데 그곳에 갱생원을 지을 생각이오."

조마조마한 마음으로 숨죽여 듣던 홍종, 아라의 얼굴이 기쁨으로 가득 찼다.

#12

소록도 나환자 갱생원. 총독부의 허가를 받아 세워진 이 의료소에는 전국 각지에서 숨 쉴 곳을 찾아 모인 나환자들로 가득 들어찼다. 그들은 손수 이 바닥에서 총독부 건물 앞까지 몇 날 며칠을 걸어가 그들의 살 곳을 마련하여 준 서평을 어머니라고 불렀다. 오늘도 환자들의 간호에 온 신경을 쏟은 서평과 아라는 마지막 환자의 잠자리를 챙겨준 후 방으로 돌아오는 참이었다.

요 며칠 서평은 마른기침을 자주 내뱉었다. 처음엔 쌀쌀한 날씨 탓이겠거니 하고 대수롭지 않게 생각한 아라는 최근 들어 더 야윈 서평의 몸을 보고 슬슬 걱정되기 시작했다.

"아라야, 피로가 쌓여서 그런 것인지 눈이 자꾸 감기는구나. 지금 잠자리에 들어야 내일 힘내서 일할 수 있겠어."

"어머니, 요즘 들어 기력이 많이 쇠해지신 것 같아 걱정이에요. 이전에는 날씨가 추워져도 기침을 하지는 않으셨는데……."

"나이가 들어서 그런 것일 거야. 오늘 자고 일어나면 괜찮아지겠지. 내 걱정은 하지 말고 하던 일에 일에 집중하렴."

이윽고 등불이 꺼지고 담요를 꽤 덮고 눕는 그들이었다.

다음날, 아침이 밝았다. 아라는 이른 아침부터 일어나 지난 빨래를 걷어 왔다. 평소 같았으면 이 시간에는 서평과 함께였겠지만, 오늘은 그녀 혼자였다. 서평은 피로를 잠재우기 위해 아직 담요 안이었다. 아라는 서평의 기색을 확인하기 위해 누워 있는 서평의 몸 가까이 얼굴을 가져다 대었다.

이상한 일이었다. 쌕-쌕 숨소리가 간헐적으로 힘겹게 이어지고 있었다. 깜짝 놀란 아라가 의원을 부르기 위해 달려 나가려는 순간, 서평의 팔이 그녀를 붙잡았다. 힘없는 가냘픈 팔뚝이 덜덜 떨리고 있었다. 불안한 마음에 지레 겁먹은 아라의 눈에서 닭똥 같은 눈물이 하나둘 떨어졌다.

"내 호흡을 거두면, 육신을, 해부해, 연구용으로 삼아줘. 우리, 천국에서, 만나자."

갑작스러운 이별에 서평 역시 경직된 입술로 애써 짓는 미소에서 슬픈 기색을 지울 수 없었다. 조용히 숨을 고른 서평의 몸에서 점차 그 숨이 잦아들었다. 이윽고 아라를 붙잡은 그녀의 팔도 떨구어져 버렸다.

향년 55세. 후에 의원으로부터 전해들은 사인은 과로와 영양실조. '조선인의 친구'가 아닌 '조선인'으로 살아온 나환자들의 어머니는 그렇게 숨을 거두었다.

침대 밑에는 그녀가 손에서 늘 놓지 않던 예의 반쪽짜리 담요와 함께였다. 마치 선물로 남겨놓기라도 한 듯 펼쳐져 있던 서평의 수첩엔 '성공이 아니라 섬김이다(NOT SUCCESS, BUT SERVICE).'라는 유언 같은 한 마디가 남아 있었다.

"어머니, 어머니!"

목놓아 부르며 우는 걸인들과 병자들의 통곡 소리로 양림천이 삽시간에 울음바다가 되었다. 광주면에서 최초로 사회장으로 치러진 서평의 장례에는 그녀의 수양딸 아라와 홍종, 전라도의 선교사들과 수백의 빈민들이 함께했다. 장례 기한이 10일로 늘어난 것은 몸속의 장기를 기증하는 절차를 밟았기 때문이었다.

#13

3년 후.

아라는 서서히 눈을 감았다 떠올렸다. 시원한 바람이 그녀 곁을 타고 지나갔다. 연한 살구꽃 향기가 바람결에 묻어났다.

"홍종아, 학교를 지어야겠어."

"어머니가 생전에 말씀하신 학교 말이지? 분명 좋은 일이 될 거야."

어느덧 마을 사람들에게 존경받는 어엿한 목사가 된 홍종이 조용히 미소를 지었다.

"굶주리는 걸인들이 쉬어가고 갈 곳 없는 부인들이 모여 성경공부를 하는 뜻깊은 공간을 만들어주고 싶어."

그녀의 말이 옳았다. 성공이 아니라 섬김이었다. 아라는 가슴 속에 나지막이 그녀의 이름을 불러보았다. 서서평. 어머니, 이제는 제가 걸인들과 병자들의 어머니가 되겠어요. 햇빛을 받은 아라의 큰 눈이 또렷하게 반짝이고 있었다.

눈이 부시도록 푸른 날이었다.

그날, 그녀는 영원한 섬김의 길로 여정을 떠났다.

에필로그

#나에게 광주란……

비록 윗동네 전주에서 태어났지만 3살이라는 어린 나이에 광주로 이사
와 자라난 내게 광주는 제 2의 고향과도 같은 곳이다. 지금 내 나이 17살.
14년이라는 시간 동안 광주 시민으로서 살아온 나는 5·18 민주화 운동 이
야기가 나오면 괜스레 존경과 자랑스러움을 느끼고, 세월호 이야기가 나오
면 먹먹함에 눈시울을 붉히게 되는 사람이 되어 있었다. 이따금 인터넷 뉴
스 댓글 창에 누군가 지역감정을 조장하는 글을 휘갈긴 걸 볼 때면 가슴 한
구석이 뜨거워짐을 느끼기도 한다. 그렇게 광주가 어느새 내 삶 깊숙이 녹
아져 있었다.

나에게 광주란 소중한 사람들이 있는 곳이다. 나의 가족, 친구, 선생님, 심
지어 나보다 몇 세기 이전의 삶을 살았던 광주 시민들과 어쩌면 한 번쯤 스
쳐지나갔을지 모를 오늘날의 광주 시민들까지도. 광주는 이렇게 수많은 인
연들이 공존하는 공간이다. 따뜻한 사람들이 모여 만드는 뜨거운 곳이다.

오월애

안혜린 쓰

안혜린

당근 색 조끼와 시금치 색 치마가 인상적인 상일여고생이다.

1학년 때 자신만의 글을 쓰는 친구의 모습에 반해 무턱대고 휴먼플러스에 가입했다.

시간에 쫓기는 걸 무척이나 싫어하는데, 휴먼플러스에 들어와 시간에 제대로 치이고 있다.

가끔은 앞으로의 이야기를 어떻게 전개시켜야 할지 떠오르지 않아 머리를 쥐어짜야 할 때도 있지만, 그래도 아직까지는 글 쓰는 게 즐겁다.

누구나 한번쯤은 자신의 생각을 글로 표현하고 싶을 때가 있다.

머릿속을 스쳐 지나가는 글귀가 누군가에게 자랑하고 싶을 만큼 마음에 꼭 들 때가 있다.

이 글은 그런 순간순간들이 모여 쓰인 책이다.

나의 글이 진한 감동과 여운을 줄 수 있다면 더욱 좋겠지만, 내가 글을 쓰며 가장 바랐던 점은 '누구나 글을 쓸 수 있다'라는 것을 사람들이 알게 되는 것이었다. 중요한 것은 시작하는 것이다. 일단 시작하고 나면 어떻게든지 결말을 맞이하게 된다. 그래서 나는 만약 글을 쓰고 싶다면 우선 아무것도 적히지 않은, 앞으로 당신의 생각이 녹아들어갈 하얀 종이 앞에 앉는 것을 추천하는 바이다.

아, 그리고 멋진 그림을 그려준 희은이에게 고맙다는 말을 전하고 싶다.

오월애

"내가 민주 씨 예뻐하는 거 알지? 잘 좀 부탁해."

"네."

방송 작가를 하게 된 지 어언 6년이 다 되어가는 지금도 여전히 귀찮은 상사의 일은 내 몫이다. 이번에는 웬 다큐멘터리 하나를 만들라는데, 보아하니 잘 만들어봤자 떨어지는 콩고물이 없어 나에게 떠맡기는 게 분명하다.

"괜찮냐? 또 너한테 일 맡겼다며."

동료 승민의 소리가 어깨를 툭 치며 말을 걸어온다.

"아, 몰라. 대체 저 인간은 언제 정신 차린다니?"

의자 손잡이를 잡은 손이 파르르 떨려온다. 승민의 소리가 별수 있느냐는 듯 위로의 말을 건네 오지만, 내 귀에 들어올 리가 없었다.

"내가 진짜 언젠가 사표를 내고 만다."

물론 습관처럼 하는 말일 뿐이지만. 툴툴거려봤자 달라지는 건 스트레스로 빠지는 내 머리카락뿐, 그냥 언제나처럼 죽은 듯이 글이나 써야겠다. 나는 힘 빠진 손으로 넘겨받은 자료를 한 장 한 장 넘겨보기 시작했다. 그러나 그러는 것도 잠시, 곧이어 내 얼굴은 빨갛게 달아올랐다.

'아니, 자료 조사를 하긴 한 거야? 뭐가 이렇게 엉성해?'

딱 봐도 인터넷에서 대충 몇 개 골라 짜깁기한 것이 분명해 보였다. 포털 사이트에 검색만 하면 줄줄이 쏟아져 나오는 정보들, 과연 이 자료들을 모으는 데 얼마나 오래 걸렸을까? 이틀? 아니 두 시간이라고 해도 믿을 만큼 자료는 초라했다.

'아, 그냥 나보고 처음부터 다시 하란 소리구나.'

나는 허탈한 웃음과 함께 머리를 쥐어뜯었다.

"언제까지 이러고 살아야 하는 거야. 대체!"

퇴근 후 오랜만에 십년지기 친구 지숙을 만나 울분을 토해냈다. 그녀는 대한민국에서 꽤 알아주는 소설 작가로 활동하고 있다. 둘 다 같은 이름의 '작가' 라는 직업을 갖고 있지만, 자기가 쓰고 싶은 글을 자유롭게 쓰며 살아가는 그녀를 보며 이따금 부럽다는 생각이 들곤 한다.

"세상에……. 진짜 심했다. 그따위로 조사해놓고 너한테 글만 쓰면 된다고 호언장담한 거야? 나쁜 놈들."

나 대신 시원하게 상사 욕을 날려주는 그녀를 보며 입가에 절로 미소가 지어졌다.

"그래서 방송 준비는 잘하고 있어?"

지숙이 걱정된다는 투로 나에게 물었다.

"응, 준비는 얼추 다 끝났지. 그런데 딱 하나, 인터뷰에 응해 주겠다는 사람을 찾을 길이 없어. 왜 부탁만 하면 다들 거절들인지, 이젠 누구한테 물어보는 것도 물려."

"그럼 내가 알아봐 줄까?"

생각지도 못한 지숙의 말에, 나는 눈을 동그랗게 뜨고 그녀를 바라보았다.

"나 대학 선배 중의 한 명이 이번에 5·18 관련 책을 냈는데, 책 내용이 꽤 생생해서 비결이 뭐냐 물었더니, 자기도 5·18 겪었던 분께 도움 받았다고 말해 줬어. 네가 말하니까 갑자기 생각나네. 아무튼, 한번 물어봐 줘?"

그녀의 말이 끝나기가 무섭게 나는 고개를 대차게 흔들었고, 그녀는 웃으며 조금 시간을 달라고 말했다. 암요, 제 골칫거리를 해결해 주신다는데 얼마든지 기다려 드려야죠.

'따르릉-따르릉-'

시끄러운 전화벨 소리에 절로 인상이 찌푸려졌다. 힘겹게 눈을 뜨자 커튼 사이로 새어 나오는 빛에 눈이 부셨다. 아까부터 계속 울려 대는 휴대전화를 집어 든 나는 화면에 '지숙'이라는 이름이 뜨자 허겁지겁 통화 버튼을 눌렀다.

"여보세요, 민주니? 너 전화를 왜 이렇게 늦게 받아! 얼른 말해 주고 싶어서 혼났네. 너, 나한테 밥 한 끼 쏴야 한다? 그분이 인터뷰해 주시겠대!"

십 년 묵은 체증이 가라앉는다는 건 이런 느낌일까. 지숙을 믿는다고는 했지만, 지금까지 당해온 거절들을 떠올리며 며칠 동안 내심 불안해 했었다. 그러나 나의 친구 지숙은 날 실망하게 하지 않았다.

"진짜? 야, 진짜 고마워! 내가 프로그램 끝나면 거하게 한턱낸다!"

"그래. 내가 문자로 그분 전화번호 보낼 테니까 연락해 봐."

전화를 끊은 뒤 나는 기쁨에 가득 찬 소리 없는 아우성을 지르며 침대 위에서 버둥거렸고, 잠시 후 그렇게 원하던 인터뷰어의 번호를 받을 수 있었다.

'최대한 010-○○○○-○○○○'

후, 호흡을 가다듬고 조심스럽게 통화 버튼을 눌렀다. 괜히 긴장되네. 마른 침을 삼키는 나의 휴대전화기에서 신호음이 울리고, 곧이어 스피커에서 낮은 남성의 목소리가 들려온다.

"여보세요."

"네, 안녕하세요! 최대한님 맞으시죠? 저 인터뷰 부탁했던 SYB 방송 작가 권민주라고 합니다. 인터뷰 관련해서 상의 드릴 게 있어서 전화 드렸는데요. 혹시 만나 뵐 수 있을까요?

"아, 얘기 들었어요. 5·18 관련 다큐멘터리를 만드신다지요? 어이구, 감사해서 어쩌나."

내가 절을 해도 모자랄 판에 그는 되려 자기가 감사하다고 말하고 있었고, 나는 그런 그의 태도가 얼떨떨했다.

"감사하긴요. 저도 이 프로그램 맡게 되어서 아주 기뻐요!"

광주 사람이라고 들었는데 익숙하게 흘러오는 표준말이 의외였다. 적당히 낮은 목소리와 단정한 말투가 듣는 사람을 편안하게 만들어 주었다.

"허허, 그래요. 그럼 언제 약속을 잡을까요? 전 토요일이 괜찮습니다만……. 아! 작가님께서 우리 집에 오시는 건 어떠세요?"

"선생님께서 불편하지 않다면 저야 좋죠! 그럼 댁 주소 저한테 보내주시면 제가 찾아갈게요."

"네, 집 주소는 문자로 보내드릴게요. 그럼 토요일에 봅시다."

"감사합니다 선생님!"

전화를 마친 후 내 입가에는 기분 좋은 미소가 자리하고 있었다. 갑질이 만연한 요즘 세상에, 어찌 보면 '갑'의 위치에 있는 그가 '을'인 나에게 보인 태도는 더없이 정중했고, 그런 그의 모습은 없던 의욕도 생겨나게 하는 힘을 가지고 있었다. 그래, 어차피 해야 할 일, 이렇게 좋은 분과 함께라면 더 기분 좋게 할 수 있을 것 같다.

며칠 뒤, 예정된 대로 나는 최대한 선생님의 댁으로 향하였다. 오늘은 간단한 설명만 할 참이라 별다른 일행을 끌고 오지 않았는데, 막상 혼자 오니 긴장도 되고 뻘쭘한 기분이 들었다.

'딩동!'

초인종을 누르고 얼마 지나지 않아 문 너머에서 인기척이 들렸다.

"누구세요?"

"안녕하세요, 저 SYB 방송국 작가인데요, 오늘 찾아뵙기로 해시요."

내 말이 끝나자 덜컥, 하고 문이 열렸다. 당연히 나이가 지긋한 분이 나오실 것으로 생각하고 부드러운 미소를 짓고 있던 나는, 예상치 못했던 청년의 등장에 적잖이 당황했다. 누구지? 아드님이신가?

"들어오세요."

들어오라는 말에 들어오긴 했는데, 조용한 집안에는 어떠한 인기척도 들리지 않았다.

"저, 실례지만 아드님이세요?"

"네. 아버지는 서재에서 책 읽고 계세요."

딱딱한 말투와 표정으로 내게 설명한 그는, 서재를 손으로 가리키고는 곧장 방으로 들어가 버렸다. 되게 무뚝뚝하네,라 생각하며 나는 조심스럽게 서재의 문을 열었다. 오래된 책 내음이 퍼져 있는 서재 안에는 노년의 남성이 책 속에 몰두해 있었다.

"안녕하세요. 권민주라고 합니다."

조심스럽게 명함을 건네자 줄곧 책에 꽂혀 있던 그의 시선이 나를 향하고, 곧이어 밝은 미소를 지으며 나를 반겼다.

"어이구, 어서 와요. 여기까지 오느라 수고가 많았어요."

친절한 미소로 반기시는 모습을 보니 긴장이 좀 풀리는 듯했다. 아버지랑 아들이랑 완전 딴판이네. 따뜻하지만 조용하고 엄숙한 서재의 분위기와 이곳저곳에 세워진 위패들이 선생님께서 어떤 분인지를 짐작하게 해주었다.

"아니에요. 인터뷰해 주신다는데 당연히 와야죠. 하겠다는 분이 없어서 꽤 고생했거든요."

"허허, 그래요. 도움이 될 수 있어서 기쁩니다. 자, 일단 자리에 앉아요."

나는 소파에 자리를 잡고 앉은 뒤, 이야기를 시작했다.

"오늘은 그냥 간단하게 앞으로 인터뷰할 것 말씀드리려고 왔어요. 전화보다는 얼굴 뵙고 말씀드리는 게 더 나을 것 같아서요. 본격적인 인터뷰는 다음 일정부터 시작하게 될 것 같아요."

나의 말이 끝나자 선생님의 얼굴에 걱정이 서린다.

"몇 번 정도 인터뷰를 하면 될까요? 내가 강의를 다니는 터라 많이는 못할 것 같은데……."

"그날 한 인터뷰에 따라서 달라질 것 같긴 한데, 두세 번 정도 하면 끝날 거예요. 더 늘어난다고 하더라도 제가 선생님 일정에 맞추면 되죠!"

문제 없다는 듯 활기차게 대답하는 나를 보고 선생님께서는 빙그레 웃음을 지으시며 고개를 끄덕였다.

그렇게 다음 인터뷰 약속을 잡고, 몇 가지 안내 사항을 전달하며 대화를 이어가다 보니 대화의 방향이 자연스럽게 선생님의 아드님 이야기로 흘러갔다. 고등학교에서 역사를 가르치는 최대한 선생님은 아들이 자신과 많이 닮아 민주주의에 많은 관심이 있다고 했다. 무뚝뚝한 성격도 선생님을 닮은 거냐는 나의 질문에 호탕하게 웃으신 선생님은 "성격은 집사람을 닮았지,"라며 액자에 있는 자신의 아내를 보여주셨다. 활짝 웃고 있는 선생님과 달리 아내분께서는 무심한 표정을 지은 채 정면을 바라보고 계셨다.

"사모님이 아름다우세요."

"맞아요. 꽃처럼 아름다운 사람이었는데, 그래서 그런지 빨리 져버렸네요."

아무래도 아내분을 먼저 떠나 보내신 모양이었다. 내가 멋쩍은 웃음을 지으며 어떤 대답을 해야 할지 고민하던 바로 그때, 방문이 '똑똑' 하고 울리더니 아까 만난 청년이 문을 열고 들어왔다.

"커피 가져왔어요."

참고 있던 숨을 조그맣게 내쉰 나는 그에게 커피잔을 받아 들고 감사하다는 의미의 고갯짓을 하였다. 최 선생님께서는 마침 잘 되었다는 듯 자기 아들을 잡아 세우고 나에게 소개를 해주었다.

"앞으로도 몇 번 마주칠 테니 인사해요. 우리 아들 최민국입니다. 그리고 이쪽은 앞으로 날 인터뷰하실 SYB 방송국 권민주 작가님이시고."

"안녕하세요, 최민국입니다."

무뚝뚝한 표정으로 최 선생님의 아들은 나에게 손을 내밀었다.

"안녕하세요. 권민주라고 합니다. 잘 부탁드려요!"

그의 손이 무안하지 않게 재빠르게 손을 잡았다. 너무 급하게 잡았나 싶어 궁색한 표정으로 바라본 그의 눈은 무심한 표정과는 달리 까맣게 반짝거리고 있었다.

최 선생님의 집을 다녀온 날 이후로 이상한 꿈을 꾸기 시작했다. 꿈의 내용은 대부분 비슷하다. 내가 사람들 사이에서 무언갈 외치고 있고, 고개를 돌려 옆을 바라보면 한 남자가 내 손을 꼭 잡고 앉아 있다. 그런데 갑자기 누군가 내 눈앞에 검은 막대기를 휘젓고, 내 주변의 사람들이 그 막대기에 맞아 나가떨어진다. 두려움을 느낀 나는 잡고 있던 남자의 손을 놓은 채 어딘가로 도망간다. 이런 내용으로 매일 반복되는 두려운 꿈에 시달리다보니 잠을 설치는 일이 다반사였고, 나는 점점 지쳐갔다.

이 이상한 꿈의 시작이 최 선생님 댁을 다녀온 뒤라는 생각을 떨칠 수가 없었다. 그래서 본격적으로 인터뷰를 시작하는 오늘만을 손꼽아 기다려왔다. 약속 시각이 다가오자 서둘러 준비를 마친 뒤 촬영 팀과 함께 최 선생님 댁으로 향했다.

'딩동'

저번보다는 한결 편안한 마음으로 초인종을 누르고 기다리자 최민국 씨가 문을 열어 주었다.

"어서 오세요."

변함없이 무뚝뚝한 표정과 목소리로 우리를 맞은 그는 밖으로 나와 촬영 팀의 짐을 들어주었다. 매사에 무심할 줄 알았는데, 말없이 촬영 준비를 돕는 그의 모습이 의외였다.

"저, 선생님은 서재에 계신가요?"

조심스럽게 묻자, 그는 나를 힐끗 쳐다보더니 말없이 고개를 끄덕였다.

지나치게 말을 아끼는 그를 보며 저런 사람은 도대체 무슨 일을 할까, 라는 생각이 들었다. 뭐, 내가 신경 쓸 부분은 아니지만. 곧이어 나는 서재 문을 두드렸다.

"들어와요."

문을 열고 들어가자, 최 선생님께서 반가운 표정으로 나를 맞으셨다.

"안녕하세요! 잘 지내셨어요?"

"허허, 나야 뭐 항상 똑같죠. 권 작가는 얼굴 살이 좀 빠진 것 같아요. 무슨 일 있었어요?"

잠을 설친 탓에 살이 빠진 모양인지, 선생님께서는 걱정스러운 투로 나에 물었다.

"다큐 만드는 초기 단계라 바쁜 것도 있고, 이래저래 잠을 좀 설쳐서요. 걱정해 주서서 감사합니다."

꿈에 관한 이야기가 입가에 맴돌았지만, 인터뷰가 먼저라는 생각이 들어 얼른 카메라 감독에게 시작하라는 눈빛을 보냈다.

"그럼 이제 본격적으로 시작해 볼까요?"

카메라에 빨간 불빛이 들어오고, 주변이 조용해졌다.

"안녕하세요. 자기소개 좀 부탁할게요."

"안녕하세요. 저는 5·18 민중항쟁 당시 제2기동대대원이었던 최대한이라고 합니다."

"그 당시 나이는 몇 세이셨나요?"

"22살로 대학교 2학년이었죠. 저는 전남대 학생이었습니다."

22살. 최 선생님께서 거리로 뛰쳐나와 무기를 든 군인들에게 맞서 민주주의를 울부짖던 나이. 누구보다 열정 가득했던 선생님의 20대는 그의 열정과 비례하는 아픈 상처로 기억되고 있었다.

"그렇군요. 그럼 먼저 5·18에 대해 간단히 말씀해 주시겠어요?"

"5·18은 개인의 권력에 대한 욕심 때문에 많은 사람이 자유와 권리를 빼앗긴 것에 대해 시민이 맞선 사건이라고 할 수 있습니다."

"그럼 그때 상황이 어땠는지 말씀해 주시겠어요?"

"처음에는 꽤 평화로웠습니다. 우리는 우리의 본분인 학업을 이어가며 정부의 올바른 조치를 기다렸어요. 누구든 쓸데없는 희생을 바라지는 않으니까요."

한 번 숨을 짧게 들이마신 뒤 선생님은 이야기를 이어가셨다.

"그러나 학교에 휴교령이 내려진 것을 보고 나니 점점 화가 나더군요. 부당한 조치에 대항하기 위해 우리는 학교에 모두 모여 시위를 시작했습니다. 학교 앞을 막고 있는 계엄군들에게 '계엄군은 물러가라!'라고 외치며 대항했어요. 그러자 군인들이 폭력을 사용해 우리를 제압하기 시작했습니다."

나도 모르게 입가가 바짝 말라오는 것이 느껴졌다. 바로 전까지도 밝고 부드러웠던 선생님의 표정은 어딘가 모르게 경직되어 있었다.

"남녀노소 가릴 것 없이 검은 곤봉을 무자비하게 휘둘렀어요. 몸 여기저기에 멍이 들고 피가 났죠. 속옷 차림으로 맞는 경우가 대다수였고, 심지어 어떤 사람은 다리 위에서 군인에게 무차별적으로 맞다가 다리 밑으로 떨어진 일도 있었어요."

이야기가 진행될수록 선생님의 얼굴에는 짙은 어둠이 내리고 있었다. 아무리 오래된 과거라지만, 그 과거가 깊은 상처를 남겼다면 떠올리기가 쉽지 않겠지. 나는 카메라에 사인을 보내고 선생님을 바라보았다.

"선생님, 괜찮으세요?"

내가 걱정스럽게 묻자 선생님께서는 싱긋 웃으시며 괜찮다 대답하셨다. 잠시 쉬는 게 어떠냐는 나의 권유 또한 사양하셨고, 하는 수 없이 인터뷰는 계속되었다.

"이후에도 심한 탄압이 계속되었나요?"

"예, 시위하는 사람들의 숫자는 갈수록 더 늘어났고, 저도 그 안에 섞여 누구보다 열심히 민주화를 외쳤어요. 그런데 어느 날, 하늘에 애국가가 울려 퍼지던 순간이었습니다."

　잠시 말을 멈추던 선생님께서는 눈을 지그시 감고서 회상하고 싶지 않은 순간을 우리를 위해 다시금 떠올리셨다. 선생님의 미간이 좁혀지는 것이 보였다.

　"노래와 함께 총구가 우릴 향해 겨눠졌고, 곧 노래에 섞인 총성이 하늘에 울려 퍼졌습니다. 조금 전까지만 해도 내 옆에서 민주화를 함께 부르짖던 친구가, 순식간에 피투성이가 되어 바닥에 쓰러졌지요."

　담담한 듯 말하고 있었지만, 선생님의 목소리는 가늘게 떨리고 있었고, 의자 위에 가지런히 놓인 그의 손은 하얗게 질려 있었다.

　"아주 많이 두려웠습니다. 주위 사람들이 하나둘 쓰러져 차갑게 식어가고, 내 발밑은 붉은 피들로 물들어 가고 있었어요. 그래서 도망갔습니다. 미친 듯이 뒤로 달려갔어요. 비겁한 행동이었지만, 쓰러져가는 친구의 텅 빈 눈동자를 본 순간 도망가야겠다는 생각밖에는 들지 않았어요. 아비규환이 따로 없었습니다."

　선생님의 머릿속에서 그려지는 잔혹한 그림이 보이지 않는 곤봉이 되어 선생님에게 휘둘려지는 것 같아 나는 카메라에 컷 사인을 내리고 선생님께 다가섰다. 선생님은 두 눈을 꼭 감은 채 가만히, 아니 미세하게 떨고 계셨다.

　"오늘은 여기까지만 하려고요."

　조심스럽게 말을 건네자, 선생님께서는 슬며시 눈을 뜨고는 미소를 지으며 날 바라보셨다.

　"미안해요, 아직도 그때 생각만 하면 조금 힘들어서……."

　"선생님께서 미안할 게 뭐가 있으세요. 괜찮으니까 방송 걱정은 마시고 이만 쉬시는 게 좋을 것 같아요."

　나와 촬영 팀은 선생님께서 쉬시도록 조용히 방에서 빠져나왔다. 촬영 팀이 오늘 촬영한 분량을 빨리 가서 편집해야 한다며 출발을 재촉하자, 나도 마음이 급해져 허둥지둥 나갈 채비를 하였다. 그런데 그때, 뒤에서 누군가 날 툭

툭 건드리는 것이 느껴졌다. 돌아보니 최민국 씨가 우두커니 서 있었다.

"무슨 일이세요?"

"짐 들어 드릴게요."

최민국 씨는 짧게 대답한 뒤 날 지나쳐 내 앞에 있던 짐들을 들고선 현관으로 향했다. 아까부터 느낀 거지만, 말주변이 없어서 그렇지, 사람은 참 괜찮은 것 같다. 최 선생님 같은 훌륭한 부모님 밑에서 자랐으니, 그럴 만도 하지.

"감사합니다."

나는 차 트렁크에 짐을 싣고 있는 그에게 꾸벅 인사했다.

"별말씀을요. 안녕히 가세요."

그는 별일 아니라는 듯 내 인사를 가볍게 받고 다시 자신의 집으로 들어갔다. 자신이 할 일을 마치고 힘차게 팔다리를 저으며 걸어가는 그의 뒷모습이 어쩐지 덩치 큰 강아지를 보는 것 같아 웃음이 나왔다.

그날 밤, 잠을 청하기 위해 침대 위에 가만히 누워 있던 나는 문득 잊고 있던 것이 떠올랐다. 바로 일주일 동안 꼬박 나를 괴롭혔던 꿈. 그렇게 오늘만을 기다렸으면서, 막상 오늘이 되자 까맣게 잊어버리고 있었다. 어리석은 자신을 원망하던 나는 오늘 밤에도 그 꿈을 꿀 것만 같아 쉽사리 눈을 감을 수 없었다. 그러다 내일 출근은 해야 한단 생각에 두 손을 모아 오늘만큼은 푹 자게 도와달라 기도를 하고 눈을 감았다.

그러나 불행히도 내 바람은 이루어지지 않았다.

사방이 연기로 자욱하다. 불쾌한 냄새가 코를 찌른다. 뿌연 시야 사이로 겨우 걸어가고 있던 그 순간 발에 툭, 하고 검은 물체가 발에 걸렸다. 내려다본 발밑에는 피를 흘리며 괴로워하는 남자가 누워 있다. 그는 날 보며 힘겹게 중얼거렸다.

'도망가!'

그의 말과는 달리, 다리에 힘이 빠져버린 나는 그 옆에 털썩 주저앉아버리고 말았다. 내 앞에서 사람이 죽어가고 있는데, 난 뭘 해야 하지? 이러다 나도 죽는 거 아닐까? 멍하니 앉아 머릿속에서 시끄럽게 떠도는 생각들을 하나하나 정리하던 그 순간, 누군가 날 잡아 끌어당기는 것이 느껴졌다. 잡아당긴 쪽을 바라보니 지난번 꿈에서 보았던 그 남자다. 내가 꼭 잡고 있던 손의 주인.

"태하 선배?"

낯선 나의 감정과는 달리 내 입에서는 익숙하다는 듯 그를 부르는 목소리가 흘러나왔다. 아무래도 이 사람, 꿈속의 나를 잘 아는 사람인 것 같다. 남자친구, 뭐 그런 건가? 그를 부르는 내 목소리에 나를 바라보던 그는 이내 나의 손목을 잡고 달리기 시작했다. 그렇게 한참을 손목을 붙잡힌 채 정신없이 달리던 나는 어떤 건물 앞에 다다르고 나서야 멈출 수 있었다. 가쁜 숨을 고르며 날 끌고 온 남자를 올려다보자, 똑같이 날 지그시 바라보던 그는 '다행이다.' 말과 함께 나를 품 안에 꼭 안았다. 꿈속임에도 그의 따뜻한 온기가 생생히 전해져 오는 것 같았다.

'따르릉–'

시끄럽게 울려대는 알람을 탁, 하고 눌러 껐다. 좀처럼 잠이 깨지 않는 탓에 꿈과 현실의 경계선에 놓여 있던 나는 멍하니 침대에 앉아 있었다. 한참 뒤에나 현실에 대한 감각이 돌아온 나는 내가 꼭 안고 있던 것은 '태하 선배'가 아닌 길쭉한 베개이며, 어서 준비하지 않으면 출근 시간에 늦게 될 것이라는 사실을 깨닫게 되었다.

"망했어! 꿈이 이렇게 생생하면 어쩌라는 거야!"

나는 정신없이 출근 준비를 끝냈고, 회사로 향하는 택시를 잡아 타고 나서야 숨을 잠시 돌릴 수 있었다.

'후—'

정체도 모르는 이상한 꿈 때문에 별짓을 다 한다 싶어 한숨이 절로 나온다. 병원이라도 가봐야 하나? 꿈 때문에 병원에 가는 사람들도 있나 싶어 인터넷 검색을 해보려는 찰나, 갑자기 화면에 '최대한'이라는 글자가 떴다. 이른 아침부터 어쩐 일이시지?

"여보세요?"

"권 작가님? 아침부터 미안합니다. 통화 괜찮나요?"

"네! 어쩐 일이세요?"

"모레 만나기로 한 약속, 날짜를 더 당길 수 있나 해서요. 내가 갑자기 중요한 약속이 잡히는 바람에…….."

목소리를 듣기만 해도 선생님께서 미안해 하시는 마음에 물씬 전해져 왔다. 이렇게 일찍 전화하신 걸 보니, 분명 어제저녁부터 전화기를 들고 고민하셨을 것이다.

"걱정하지 마세요, 선생님! 제가 일정 바꿔볼게요."

"아이고, 고마워요. 나 때문에 시간을 당겼으니 시간은 작가님이 정하시고 알려주세요."

"네, 그럼 내일 뵐게요!"

전화를 끊고 나니 어느새 회사에 다다른 나는 눈썹이 휘날리게 달려가 겨우 지각을 면했다. 그리고 언제나 바빴던 회사 일은 달라진 일정 때문에 처리할 일이 배가 되어 날 맞이하고 있었다.

다음 날, 촬영 팀과 함께 최 선생님 댁으로 향했다. 어제 알려 드린 약속 시각이 2시인데, 생각보다 출발 시각이 늦어져 빠듯할 것 같다.

'띵동–'

조금 기다리니 최민국 씨가 문을 열어준다.

"안녕하세요."

웬일인지 오늘은 그가 먼저 우리에게 인사를 해 왔다.

"안녕하세요."

가볍게 인사를 받은 나는 선생님께서 계시는 서재로 향했다. 서재 안의 선생님은 변함없는 모습으로 책을 읽고 계셨다. 조용히 집중하고 계시는 선생님의 모습이 너무나도 평화로워 쉽사리 인기척을 내지 못했다.

"선생님, 저희 왔어요."

우리가 온 줄도 모르시고 책에 빠져 계시던 선생님은 조심스레 인사하는 내 목소리가 들리고 나서야 고개를 드셨다.

"어서들 와요. 나 때문에 고생이 많아요. 미안해서 어쩌나."

"고생은요, 괜찮으니까 신경 쓰지 않으셔도 돼요."

미안해 하시는 선생님께 대수롭지 않다는 듯 대답했고, 빠듯한 일정 탓에 별다른 이야기 없이 곧바로 인터뷰가 시작되었다.

"시민에게 향한 총은 거둬질 줄을 몰랐습니다. 공수부대원들은 건물 옥상에 올라가 시민에게 총구를 겨눴어요. 더 우리도 가만히 있을 수는 없겠다 싶어 무장하게 되었습니다. 그렇게 시민군이 탄생했어요. 우리는 광주 시민을 지켜야 한다는 의지를 굳게 다지며 계엄군을 몰아붙였습니다. 그들은 당황했는지 곧 광주에서 철수하더군요. 그러나 그걸로 끝난 것은 절대 아니라는 걸 우리는 알고 있었지요."

씁쓸한 웃음을 지으며 말하는 그의 표정이 앞으로 말할 내용이 어떠한지 알려주고 있는 듯했다.

"저는 잠시 가족들의 얼굴을 보기 위해 집으로 돌아갔습니다. 오랜만에 뵌 어머니의 모습은 수척하게 말라 있었어요 그 모습을 보니 마음이 아팠지만, 그렇다고 계속 집에 있을 수는 없기에 어머니께 인사를 드리고 시민군으로 다시 합류했습니다. 한 사람은 돌아와 펑펑 울더군요. 자신의 어머니께 마지막이라는 마음가짐으로 인사드리고 왔다며, 어머니께서 가지 말라며 붙잡는 것을 겨우 진정시켜 드리고 왔다고. 한참을 그렇게 울었습니다."

예상했던 대로 분위기는 차갑게 내려앉았고, 그 누구 하나 숨소리조차 크게 내지 못한 채 그의 이야기에 귀를 기울이고 있었다.

"그분은 다시 집으로 돌아가셨나요?"

"그랬다면 좋았겠지만……."

나의 질문에 대답하시던 선생님은 잠시 뜸을 들이시더니 말을 이어가셨다. 그의 눈시울이 붉어지는 것이 보였다.

"불행히도 제가 본 그 친구의 마지막은 흰 천에 덮여 있던 모습이에요. 그의 어머니가 그를 부둥켜안고 서럽게 울고 계셨죠. 우리는 그 곁에 서서 자리만 지킬 뿐, 어떠한 위로도 해드릴 수 없었어요. 아들과 함께 간 사람들이 아들만 빼고 돌아왔는데, 어떤 말을 건넬 수 있겠습니까."

선생님의 말씀 뒤 잠깐 침묵이 이어졌다.

"이런 질문이 실례될지도 모르겠지만, 그분이 돌아가신 이유를 여쭤볼 수 있을까요?"

"전날 계엄군이 광주에 들어온다는 소문이 퍼져 있었습니다. 이미 시민군도 최후를 예감하고 있었어요. 시내 전화도 끊겨 있었고, 도와 달라는 방송에도 선뜻 나서는 시민이 없었습니다. 당연한 거지요. 우리조차도 두려워했으니까요. 우리는 시민의 마음을 이해하며 곧 닥쳐올 상황을 기다리고 있었습니다. 계엄군은 예상대로 광주를 제압하기 시작했고, 그때에 대한 제 기억은 총 소리로 가득 차 있습니다. 계엄군들은 가차 없이 우리를 공격했습니다. 끝내 집에 돌아가지 못한 그 친구도 그때 총에 맞아 세상을 떠났어요. 얼마나 무자비했는지, 진압하는데 1시간 정도밖에 들지 않았지요. 그렇게 바라던 민주주의의 결실을 맛보지도 못하고서 우리의 저항은 아픈 상처를 남긴 채 끝이 났습니다."

무겁게 말을 마치고 한참이나 말이 없던 그는 슬며시 고개를 들며 앞에 앉은 나를 바라보았다. 그의 눈동자가 검게 빛나고 있었다.

"그래도 5 · 18을 계기로 민주주의가 꽃을 피울 수 있었다고 생각해요. 우리의 희생은 헛되지 않았어요."

모두가 그의 마지막 말에 조용히 고개를 끄덕였다. 누구 하나 그의 말에 동의하지 않는 사람이 없었다. 나는 이만하면 되었다 싶어 카메라 감독에게 눈짓을 주었고, 카메라 감독이 알겠다는 듯 고개를 끄덕이고는 큰 목소리로 외쳤다.

"컷!"

여기저기서 최 선생님의 이야기에 대한 감동과, 인터뷰가 모두 끝났다는 사실에 박수가 터져 나온다. 선생님의 이야기 여운이 아직 채 가시지 않았지만, 동시에 인터뷰라는 큰 산을 넘겼다는 사실이 기쁘게 다가왔다. 아직 할 일이 완전히 끝난 건 아니지만, 나머지는 PD와 내가 나눠서 하게 될 테니 내가 해야 할 중요한 일은 거의 끝난 것이나 다름없었다. 나는 촬영 팀을 먼저 돌려 보내고 선생님과 이런저런 이야기를 나누었다.

"선생님, 정말 감사드려요. 제가 나중에 밥 한 끼 대접할게요."

"권 작가도 수고 많았어요. 덕분에 나야 심심치 않고 좋았지."

선생님께서는 언제 그랬냐는 듯 다시 인자한 미소를 지으며 나에게 말을 건네셨다. 선생님의 미소와 향기로운 커피 내음은 따뜻한 봄날의 분위기와 잘 어울렸다. 잡다한 이야기를 나누다 보니 어느새 대화의 주제는 그토록 이야기하고 싶었던 내 꿈 이야기로 향해 있었다.

"선생님, 제가 요즘 이상한 꿈을 꾸고 있어요."

"꿈?"

"네. 요즘 이것 때문에 잠을 푹 자질 못해요. 최근에 꾼 꿈은 제가 연기 속에 둘러싸여서 방황하고 있는데, 발밑에서 웬 사람이 죽어가고 있었어요.

그리고 어떤 남자가……."

'쨍그랑-'

바로 그때, 방문 쪽에서 무엇인가 깨지는 소리가 들려왔다.

"무슨 일이냐?"

놀란 표정으로 선생님께서 묻자, 살짝 열려 있는 방문 틈 사이로 최민국 씨의 얼굴이 쑥 튀어나온다.

"죄송해요, 커피 좀 더 드리려고 가져오다 손이 미끄러졌어요."

"다친 데는 없고?"

"네."

"제가 치우는 거 도와드릴게요."

내가 깨진 유리잔을 치우는 것을 도우려 그에게 가까이 다가가자, 그가 고맙다는 듯 내 눈을 바라보며 고개를 까딱 흔들었다.

"저기요."

한참 흩어진 유리 조각을 밟지 않도록 피해 가며 하나둘 줍고 있을 때 갑자기 그가 낮은 목소리로 나를 불렀다.

"네?"

한껏 깐 목소리로 날 부르자 덩달아 나도 목소리의 크기를 죽여 대답했다.

"방금 아버지에게 이야기한 꿈, 다시 한 번만 말해 줄래요?"

깨진 유리 조각을 줍는 상황에서 뜬금없이 묻는 그가 이상하다고 여겨졌지만, 그의 눈에서 일렁이는 진지함이 농담이 아님을 알려주고 있어. 그냥 대화를 이어가기로 했다.

"제 꿈 얘기는 왜요?"

"그냥, 흥미로워서요. 이야기를 다 듣고 나면 저도 드릴 말씀이 있을 것 같기도 하고요."

이게 대체 뭔 소리람. 내 얘기를 들으면 본인이 할 얘기도 생긴다, 그런 말인가? 순간적으로 미심쩍은 요구를 하는 그가 낯설게 느껴졌지만, 그래도 최 선생님 아들이니 이상한 사람은 아닐 거라 자신을 안심시켰다.

"그러시구나……. 그럼 제가 오늘 회사 끝나고 연락드릴게요."

"네. 기다리겠습니다."

이야기가 끝나갈 때쯤 유리 조각도 더는 보이지 않게 되었다. 그는 할 말이 다 끝났는지 다시 입을 꾹 다물고 부엌으로 사라졌다. 그러고 보니 처음으로 최민국 씨랑 제대로 이야기 나눠본 것 같다. 하도 이야기를 잘 안 해서 말을 길게 할 줄 모르나 싶을 정도였는데, 그건 아닌 것 같고, 아무튼 이따 이야기를 좀 더 나누어 봐야 저 사람에 대해 제대로 알 수 있을 것 같다.

"그럼 가 볼게요. 선생님, 정말 수고 많으셨어요. 감사합니다."

"그래요. 나도 즐거웠어요. 조심해서 들어가요."

최 선생님의 말씀에 나는 활짝 웃는 것으로 대답을 대신하고 꾸벅 인사를 하며 집을 빠져나왔다.

"민주 씨! 어떻게, 일 잘하고 있어?"

나에게 이번 일을 떠넘긴 상사가 은근한 목소리로 말을 걸어왔다. 나는 그의 질문에 표정이 굳어지려는 것을 겨우 막고 억지로 웃으며 대답했다.

"그럼요, 제가 언제 일 허투루 하는 거 본 적 있으세요?"

"그래- 민주 씨가 한 번 하면 제대로 하는 성격이니까 잘할 거야."

"아이고, 칭찬 정말 감사합니다. 과찬이세요."

"그래, 그래. 이번 일 끝나면 내가 팍팍 밀어줄게. 잘 마무리해!"

휘파람을 불며 자기 자리로 돌아가는 그의 모습을 보니 뒷목이 뻐근해져온다. 물론 방송은 거의 완벽한 수준으로 완성돼가고 있다. 편집하던 동료가 눈물을 흘리며 뛰쳐나갔다는 이야기가 들릴 정두면, 두말 할 것 없단 얘기 아닌가. 예상보다 잘 만들어진 방송을 보고나면 저 인간 분명 끝자락에 자기 이름 끼워 넣으려 할 것이 뻔하다. 그 생각이 들고나니 상사의 행동이 얄밉기만 하지만, 그래도 상사가 일을 나에게 미룬 덕에 좋은 인연을 만났으니 잘된 일이라 생각하자고 내 자신을 위로했다.

　퇴근 시간, 찌뿌둥한 몸을 이리저리 흔들며 걷다 보니 입구 앞에 왠지 익숙한 뒷모습이 보였다.

"최민국 씨……?"

역시나 그였다. 그는 날 보자마자 곧장 나에게로 걸어왔다.

"끝났어요?"

"네. 그런데 제가 언제 끝날 줄 알고 기다리셨어요?"

"그냥, 이때쯤 끝나지 않을까 싶어서 기다려 봤어요. 마침 근처에 지나갈 일도 있고 해서요."

"제가 야근이라도 하면 어쩌시려고……."

"좀 기다려 보다 나오지 않으시면 가려고 했죠. 아버지께 번호도 물어봐서 그다지 많이 기다릴 생각은 아니었어요. 일단 끝나셨으니 근처 카페라도 가서 얘기하시죠."

그는 어깨를 으쓱하며 저만치 앞으로 걸어나갔다.

"네."

얼떨떨한 기분을 안은 채 그를 따라간 나는 근처 카페에 자리를 잡았다. 달콤한 카페라떼를 주문하는 그를 보며

'에스프레소만 먹을 것 같이 생겨서는, 의외네.' 라는 생각이 들었다.

"그래서, 듣고 싶은 얘기가 제 꿈 얘기란 말이죠?"

"네."

"정말 별거 없는데……. 처음 꾼 꿈은 제가 모르는 사람들 틈에 껴서 시위 비슷한 걸 하던 것 같고, 두 번째 꿈은 피 흘리며 누워 있는 사람을 보고 멍하니 앉아 있던 저를 어떤 남자가 들어 올려서 함께 도망가는 내용이었어요."

꿈속의 남자가 날 안았다는 내용은 굳이 말하지 않아도 되겠지.

내 앞에 앉아 있던 그는 심각한 표정으로 조용히 내 말을 듣고 있었다. 내 꿈 이야기가 그렇게 중요한 이야기인가?

"강태하, 맞죠?"

"네?"

"강태하라고요. 당신을 들어 올렸다던 그 남자 이름."

강태하, 성은 잘 모르겠지만 내가 꿈에 나온 남자를 부를 때 '태하'라고 부른 것은 확실하다. 그가 어떻게 알고 있는 거지?

"그걸 어떻게 아세요?"

당황스러운 표정을 지은 채 그에게 묻자, 그는 자신의 눈을 반짝이며 대답했다. 저번 악수할 때처럼 빛나고 있었다.

"저도 요즘 민주 씨와 비슷한 꿈을 꾸고 있는 것 같아요."

"네?"

갑작스러운 그의 말에 나도 모르게 목소리가 높아졌다.

"민주 씨를 꿈에서 일으킨 사람, 저예요. 민주 씨와 시점은 다르지만, 분명 같은 상황 속에 있었습니다. 민주 씨가 꿈속의 남자한테 안겼던 걸 알고 있는 정도라면, 증거는 되지 않나요?"

드라마에서나 나올 법한 전개다. 아무리 내가 방송 작가라지만, 그래서 황당무계한 이야기는 익히 들어 왔다지만, 이런 일이 실제로 일어날 줄은 몰랐다.

"어, 어떻게 그럴 수가 있죠? 상식적으로 말이 안 되잖아요."

"저도 믿기지가 않아요. 그래서 오늘 만나자고 한 겁니다. 긴가민가해서, 제대로 된 이야기를 듣고 싶었거든요."

"민국 씨가 지금 하는 말을 제가 믿을 거라고 생각하세요?"

"믿지 않으셔도 됩니다. 저는 그저 확인하고 싶었던 것뿐이에요."

진지한 그의 표정이 농담이 아니라는 것을 강하게 주장하고 있었다. 믿기지는 않았지만, 그렇다고 믿지 않기엔 그가 하는 말 족족 내 꿈과 일치했다.

"민국 씨는 '강태하'라는 이름을 어떻게 아는 거죠?"

"처음 알게 된 건 민주 씨가 절 부를 때였어요. 그리고 그 꿈속에서 제가 들고 있는 가방에 적힌 이름을 보고 꿈속 제 이름이 '강태하'인 걸 알게 되었죠."

과하게, 그리고 완벽하게 들어맞는다. 이렇게 되면 믿을 수밖에 없다. 그렇다면 어째서일까? 어떻게 둘이 동시에 같은 꿈을 꾸게 된 걸까? 그것도 시점은 달리해서?

"그럼, 우리는 그 꿈을 왜 꾼 걸까요? 그것도 동시에?"

"그거야 저도 모르죠. 아버지한테서 들은 이야기 때문일 수도 있고요."

역시나 그도 꿈에 대한 별다른 정보는 갖고 있지 않았다. 그 사실에 왠지 힘이 빠진 나는 의자 등받이에 힘을 빼고 기대어 앉았다.

"그것도 일리는 있네요, 그렇다고 하더라도 엄청나게 놀랄 일이지만."

그 이후로도 한참 동안을 카페에 앉아 그와 이야기를 나누었다. 대화하면 할수록, 그가 지금까지 내가 그에게 갖고 있던 이미지와는 많이 다른 사람이라는 것을 알게 되었다. 처음부터 시종일관 무뚝뚝했던 표정은 무관심 또는 무심한 게 아니라, 낯을 심하게 가리는 자신의 성격 탓에 굳어 있었다는 것, 뭐 이런 사실들 말이다. 특히 처음 나를 봤을 때 생각보다 아주 예뻐서 놀랐다는 말을 듣고서는 웃음을 터트리지 않을 수가 없었다. 그리고 어쩌면, 우리가 꾼 꿈이 새로운 인연의 시작을 위한 것일지도 모른다는 생각도 들었다.

"이제 슬슬 일어나 볼까요?"

어느덧 어둑어둑해진 바깥을 바라보며 그가 내게 말했고, 나 또한 집에 돌아가 해야 할 일이 있기 때문에 슬며시 고개를 끄덕였다.

"선생님께서 인터뷰를 잘해 주신 덕분에, 다큐멘터리는 잘 만들어질 것 같아요. 다시 한 번 감사하다고 전해 주세요."

"감사합니다. 아버지께서 권 작가님 굉장히 좋아하시던데요. 민주 씨 얘기가 나올 때마다 표정이 환해지시는 게 저보다 민주 씨를 더 좋아하는 것 같아 질투 날 때도 있었어요."

기분 좋은 너스레를 떠는 그의 모습에 살포시 웃음이 났다.

"저도 가끔 선생님 같은 분이 아버지면 좋겠다 싶을 때도 있었어요."

"그럼 자주 놀러 와요."

기다렸다는 듯이 얼른 대답하는 그의 말에 나는 진심이냐는 듯한 표정과 함께 그에게 물었다.

"그래도 돼요?"

"그럼요, 나도 아버지도 언제든 대환영이에요."

대화가 끊긴 뒤에도 우리는 어색함 없이 서로 응시하며 미소 짓고 있었고, 밖에는 한껏 들어찬 커다란 보름달이 빙그레 웃으며 환하게 떠 있었다. 비록 방송으로 만난 인연은 오늘로 끝이 났지만, 꿈으로 맺어진 인연은 앞으로도 계속될 것 같다는 좋은 예감이 들었다.

#나에게 광주란……

　태어나서부터 살았던 곳이기에 오고가는 장소마다 모두 내 추억이 서려 있는 곳이다. 가족들과의 추억, 친구들과의 추억들이 모이면 한 권의 일기장이 된다. 광주라는 소중한 일기장의 존재는 새로운 일을 시작하려는 나에게 큰 힘이 되어준다. 또 어떤 추억이 일기장에 적힐까 하는 기대감 덕분이다.

그날의 약속

글 박윤아

삽화 강지민

박윤아

온전한 나의 글을 쓴다는 것.
아무것도 그려지지 않는 하얀 도화지에
나만의 그림을 그리는 것이 쉽지 않음을 알고 있다.
그러나 자꾸 그리려고 하다 보면, 그리다 보면,
어느새 완성된 하나의 작품을 보게 된다.
소설을 완결하고, 출판된 책을 손에 넣었을 때의
그 느낌을 알고 있기에 이번 소설에도 많은 고뇌를 담았다.
이로써 고등학교에서 두 편의 소설을 완성하고
휴먼플러스를 떠나게 되었지만
밖으로 내놓은 글들에 담긴 2년간의 고민의 시간은
앞으로 쓰게 될 수많은 글들을 위한
가치 있는 발판이 되었다고 믿는다.

프롤로그

이 소설의 쓰기 전의 나는 4·19혁명 때의 광주를 물으면 부끄럽게도 대답하지 못했다. 광주고등학교가 4·19혁명의 광주 발상지임을 아느냐고 물으시는 선생님의 질문에 처음으로 4·19혁명과 광주를 엮어 생각해 보기 시작했다. 광주 어딘가에 있는 광주고등학교. 몇 번 들어보기만 했던 그 고등학교가 바로 4·19혁명의 광주 발상지란다.

지금으로부터 약 65년 전, 불의에 맞서 거리로 나온 이들은 다름 아닌 고등학생이었다. 과거의 그날, 학생들이 거리로 뛰쳐나와 '반독재정부'를 외치고 친구들의 죽음에 슬퍼하며 마땅히 부를 노래가 없어 울음을 삼키며 불렀다는 군가, '전우여 잘자라'. 진정한 민주주의를 위해 희생한 광주의 시민들을 기억하고 싶었다. 그래서 모두들 4·19혁명 하면 떠올리는 故김주열 열사의 친구를 주인공으로 삼아 친구의 죽음과 혼란스러운 시대적 배경 속에서 성장하게 되는 인물을 그렸다.

묘하다. 끝을 내야 하는 지금. 분명 글을 쓰는 과정은 힘들었는데, 또 이 시점이 되니 시원하기보다 섭섭한 마음이 앞선다. 작년 이맘때쯤. 휴먼플러스를 통해 얻는 것이 무엇인지 많이 고민했었고 동아리를 계속해야 하는지 확신을 하지 못하기도 했었다. 그러나 돌이켜 생각해 보면 여전히 내가 컴퓨터 앞에 앉아 글을 쓰는 '휴먼人'임이 자랑스럽다. 모든 것들이 다시는 겪지 못할 너무나 귀중한 경험이 아니었을까. 많은 아쉬움과 후회가 남지만 참으로 행복한 시간이었다. 벌써 지나가고 있는 이 순간들조차 그리워진다.

마지막으로 동아리를 위해 바쁘게 달려오신 남효진 선생님. 말로는 다 표현할 수 없겠지만 진심으로 감사합니다. 사랑합니다.

그날의 약속

'자, 오늘 숙제는 4·19혁명에 대해서 조사해 오는 거예요. 인터넷에 이해가 가지 않는 부분이 있을 때는 부모님의 도움을 받는 것도 좋아요.'

집으로 돌아오던 연화는 오늘 선생님께서 내주신 4·19혁명에 관한 이야기가 떠올랐다. 어렴풋이 책에서 스쳐 지나듯이 본 기억이 있는 그녀는 집에 오자마자 컴퓨터 앞에 앉아서 열심히 검색을 시작했다.

"3·15 부정선거? 반독재 민주주의 운동? 무슨 말인지 하나도 모르겠네……."

어린 연화가 혼자서 이해하기에는 어려운 부분이 많아서 거실로 나가 소파에 누워계신 할아버지를 불렀다.

"할아버지~ 나 부탁이 있는데 내 숙제 좀 도와줘요!"

"허허, 연화가 뭔 일로 나한테 부탁을 하노?"

"오늘 선생님이 4·19혁명에 대해서 조사해 오라셨는데 검색을 해보니까 무슨 말인지 하나도 모르겠어요. 할아버지가 설명 좀 해주세요."

순간적으로 할아버지의 표정이 찡그려진 것을 연화는 알아채지 못했다.

"4·19혁명이라."

잠깐 몸을 일으켜 세운 할아버지는 연화를 옆에 앉혔다. 그런 후 지금까지 그 누구에게도 말하지 않았던 56년 전의 일을 이야기하기 시작했다.

우린 그날도 사소한 말다툼 중이었다.

"니 뭐하노? 내가 여기 치우라 했나, 안 했나."

"아, 형이 좀 해봐. 매앤날 나만 시키고. 엄마한테 다 일러 분다. 이게 뭐꼬? 편지? 마산상업고등학교 김주열. 주열이 형 편지 아이가. 우리 같이 읽어볼까, 형아야.”

“내 주고 니는 퍼뜩 안 치우나. 왜 말을 돌리고 앉았노.”

그렇게 말하면서도 주열의 편지라는 말에 기분이 좋아진 종우는 입가에 잔잔한 미소가 보였다.

종우가 광주로 이사를 오게 되면서 소통수단이 편지밖에 없기는 하였으나 소꿉친구인 주열과는 꼭 1, 2년마다 한 번씩 만나기 때문에 여전히 각별한 사이다. 이번에는 종우가 주열을 찾아갈 차례였다. 벌써 못 본 지 2년이 되어가 어엿한 고등학생인 그의 모습이 보고 싶었고 언제 가면 좋겠냐는 물음을 담은 편지를 보냈었다.

“이게 뭐꼬.”

물음에 답을 기대하고 있던 종우에게 온 것은 편지 속 주열의 분노 섞인 목소리였다.

'내다. 니 텔레비전 봤제. 이승만이가 이번에 작정하고 못된 짓 했다카이. 화가 나서 몬살겠다. 곧 우리 동네에서 독재정권 반대 시위가 열린다 카데. 내도 거기 갈끼다.'

어제 옆에서 아버지가 보던 뉴스가 어렴풋이 떠올랐다. 하지만 무슨 일이 일어나는지 제대로 알지 못했기 때문에 그냥 어릴 적 행동대장이었던 주열이를 회상하며 펜을 잡았다.

그때 이후로 주열이는 답장이 없었다. 이상한 마음에 편지를 연달아 보냈지만 내가 받은 답장에는 주열이 아닌 다른 사람이 있었다.

'계속 편지 보내길래, 몇 자 적어 본다. 니도 주열이 친구 같은데, 적어도 아한테 무슨 일이 일어났는지는 알아야 하지 않겠나. 저번에 우리 동네에서 이승만이 독재 정권 반대 시위가 열렸는데 주열이가 그 시위에 나갔다가 사라졌다카이. 마을이 한바탕 난리가 나가지고 아를 찾았는데, 주열이

얼굴을 차마 몬 알아보겠더라.'

차디찬 바다에 엎드려 있었다고. 머리를 관통한 최루탄이 그의 얼굴을 알아보기 힘들게 했다는 편지 속 누군가의 절규가 나한테까지 들리는 듯했다. 손이 떨렸다.

"이 새끼가 뭐라카노……. 뭔 소리고, 이게."

편지를 다 읽었음에도 무슨 말인지 이해를 할 수가 없었다. 믿고 싶지 않았던 것 같다.

"아부지!"

발갛게 달아오른 얼굴로 뛰어오는 나를 보며 아버지는 어리둥절한 표정을 지으셨다.

"뭔 일 났나."

말없이 편지를 건넸다. 편지를 읽은 아버지는 나를 바라보며 이야기를 해주셨다.

3월 15일에 자유당이 반공개 투표야당 참관인 축출, 투표함 바꿔치기, 득표수 조작 발표 등 부정선거를 저질렀다. 같은 날 마산에서는 반발 시위가 벌어졌고 주열이가 가겠다는 곳이 바로 그곳이었던 것 같다. 텔레비전을 켰다.

"마산상업고등학교 김주열 학생이 실종 27일 만에 마산시 중앙부두 앞바다에서 발견됐다. 어부의 어망에 의해 인양된 시신은 왼쪽 눈에 알루미늄제 최루탄이 깊숙이 박힌 채였다."

떨어지는 눈물이 옷을 다 적시고 있는데도 울음을 그칠 생각은 하지 못했다.

'와 그리 말도 없이, 어떻게 그런 얼굴을 해가지고 떠날 수 있노. 니 나이

가 겨우 열일곱 아이가. 와 그 많은 사람 중에서. 나중에 내가 니를 어떻게 알아보라고.'

다음 날 간 학교에서도 자꾸 생각이 났다. 아이들도 이미 웅성거리며 각자 텔레비전에서 본 내용들을 말한다. 또 다시 걷잡을 수 없는 분노를 느꼈다. 나는 무엇을 하고 있었나. 네가 그 사람들과 맞서고 있는 동안 나는 무엇을 했나.

"그 새끼들이 사람이가!!!"

나의 소리침을 들은 아이들이 하나둘 곁으로 몰려들었다.

"종우야."

그 순간, 울음소리가 교실을 가득 채웠고 친구들은 어리둥절한 표정으로 나를 한동안 말없이 바라보았다. 겨우 울음을 그친 내

가 친구들에게 주열이 이야기를 꺼내자 아이들은 일순간에 조용

해졌다. 모두들 나와 주열이가 어떤 사이인지 알고 있었기 때문에 안쓰러운 눈빛만을 보내왔다. 그들 중 한 명이 말했다.

"우리도 가만히 있으면 안 되겠구먼. 지금 전국에서 시위가 일어나고 있다는디 우리도 뭔단지 해야 하지 않겠어?"

이 말에 아이들은 술렁였지만 모두 같은 생각인 듯했다.

"맞아. 우리부터 나서야 해!"

"이승만을 몰아내불자!"

"들고 일어나자!"

그날 밤 나는 아버지와 마주 앉았다.

"아부지. 주열이가 어떻게 죽었는지 압니까. 개가 그러고 있을 때 내는 잠만 자고 있었습니더. 세상의 어떤 국가가 자기 나라 국민을, 어린 아의 머리통에 최루탄을 박아 넣을 수 있답니까. 내는 도저히 이런 그지같은 나라에서 몬살겠습니더. 내일 학교 가믄, 야들이랑 같이 밖으로 뛰쳐나갈기라요."

"그만혀라. 니가 그렇게 한다고 해서 뭐가 달라지겠노. 안다. 니가 무슨 생각 하는지도 알고, 그 인간들이 잘못했는지도 안다. 근데 어쩌겠노. 내가 내 아들한테 밖으로 가서 날뛰라 하겠노, 뭐라 하겠노. 내는 그렇게 몬한다. 그만 울라카이. 니가 이러고 울고만 있으믄 주열이가 뭐라 생각하겠나."

그냥 계속 하염없이 눈물이 흘렀다. 아버지를 원망하는 것도 아닌데 마치 그런 것처럼 쉴 새 없이 원망을 쏟아내었다. 아버지와 이야기 하는 동안 투명하게만 보였던 계획들이 어느새 뚜렷하게 눈앞에 그려지기 시작했다.

다음 날 평소보다 일찍 학교에 온 나는 친구들에게 계획을 전달했다.

"오늘 10시에, 종이 울릴끼다. 그라믄, 전부 나랑 같이 밖으로 나가서 시위에 동참해 줄 수 있겠나? 니네들 도움이 간절하게 필요하다. 내 혼자서 떠든다고 누가 봐주기라도 하겠나. 부탁한다, 야들아."

"야, 당연한 거 아니냐? 너를 누가 안 돕겠냐. 다들 팔 걷고 나설거여. 너무 걱정 말어. 우리 반만으로는 부족하제? 내가 다른 반에 가가지고 도와 달라고 할테니께 니는 애들이랑 더 이야기 하고 있어라잉."

지홍이를 비롯한 아이들은 나의 부탁에 우호적이었고 고맙게도 누구 하나 싫은 기색을 보이지 않고 돕겠다고 말했다.

아침 종례 때 본 아이들의 눈은 오직 비장함만이 보였다. 여느 때와 같았던 아침조회 시간이 지나갔다.

띵-동-댕-동

약속했던 열 시 종이 울렸다.

"야, 다 나가!"

아이들은 모두 자리를 박차고 일어나 운동장으로 뛰쳐나갔다. 다급해진 선생님들도 허둥지둥 띠리 니갔고, 교단에 선 교장 선생님은 허둥지둥 마이크를 잡으셨다.

"여러분, 이게 지금 뭐하는 겁니까? 여러분이 어떤 생각일지, 나도 잘 압니다. 하지만 여러분을 밖으로 보내기에는 너무 위험해요. 제발 반으로 돌

아가 주기를 바랍니다."

"교장 선생님! 쪽팔려서 못 참겠습니다. 광주 학생의 위신을 세
  워야 할 게 아닙니까!"

옆 반 은빈이의 외침이었다. 아이들은 모두 은빈이의 말에 동조하며, 일
제히 교문으로 달려갔다. 선생님들이 필사적으로 교문을 가로막았지만 그
많은 아이들을 막아내지는 못했다. 나오면서 은빈이가 나에게 큰소리로 말
했다.

"내가 이쪽 애들 데리고 계림 파출소 쪽으로 갈 테니까 니가 나머지 데리
고 경양방죽 쪽으로 가. 시내에서 만나자. 모든 학교 애들한테 다 도와달라
고 말해."

그렇게 은빈이와 헤어지고 나서 나는 동찬이, 지홍이를 비롯한 50여 명
의 아이들과 경양방죽 쪽을 향해 달렸다. 우리의 목표는 금남로였고 그 전
까지 최대한 많은 아이들을 모아야 했다. 가장 먼저 가게 된 광주여고의 운
동장에서 다짜고짜 큰소리로 외쳤다.

"광주여고 학생 여러분! 독재 정권 이승만을 몰아내야 합니다! 지금 여러
분의 도움이 진정으로 필요할 때입니다! 모두 저희에게 힘을 보태주세요!"

우리의 간절한 외침에 반응한 광주여고 학생들은 조금 뒤, 학교 전체에서
우르르 몰려나왔다. 하지만 역시 선생님들의 강한 제지가 있었다.

"아따, 아그들아, 이것이 뭣하는 짓이냐. 얼른 들어가자. 말도 겁나게 안
듣는구먼. 위험하다고 몇 번을 말해야 알겠냐, 잉?"

머리가 희끗희끗한 한 선생님이 필사적으로 아이들을 막으며 외치셨다.

"선생님, 죄송합니다."

우당탕탕, 쾅.

판자 울타리가 넘어졌고, 광주여고 학생들은 시위대에 힘겹게 합류했다.
그 뒤에 나는 전남여고, 광주일고, 조대부고 등을 돌아다니며 도움을 요청

했다.

우리의 계속된 노력 끝에 오후 2시. 금남로는 몰려드는 고등학생들로 가득했다.

"수고했다, 은빈아. 애들 억수로 많이 모였다카이."

"그러게, 너도 고생 많았어."

게다가 시민들이 연이어 합류하면서 수천으로 불어난 시위대는 한목소리로 외치기 시작했다.

"광주 학생의거 선배를 따르자!"

"광주 학생의거 선배를 따르자!"

"독재정부는 물러나라!"

"독재정부는 물러나라!"

우리는 시내를 돌아다니며, 구호를 외쳤다. 나도, 은빈이도, 지홍이도, 옆 집 아저씨도, 구멍가게 아줌마도, 모두 같은 표정이었다. 발에 물집이 잡힌 줄도, 다리가 아픈 줄도 모른 채, 그렇게 오랜 시간 계속해서 걸었던 것 같다.

"오메, 저것이 뭐시데."

"뭣이 시커멓게 많이 서 있는디?"

옆에서 걷던 지홍이가 동찬이에게 속삭였다.

"경찰인갑서. 우리를 겁나게 반갑게 맞이하는구만. 세상에 옆구
에 우리한테 줄 선물도 끼고 있는거?"

평화롭게 지속될 줄 알았던 우리의 전진은 멀리서 까맣게 보이는 무언가에 의해서 멈추게 되었다. 광주경찰서 앞에서 우리를 맞을 준비를 하고 있던 수많은 경찰들. 심지어 사이사이 보이는 최루탄과 공포탄은 당당하기만

했던 우리에게 공포심을 안겨주었다. 우리도 그들 못지않게 많은 수였지만 쉽사리 앞으로 발걸음이 떨어지지 않았다. 그러나 그 순간에 시위대의 저 뒤편에서 한 여자가 말했다.

"우리가 뭣을 잘못했간디, 세상에 양손에 폭탄을 들고 서 있는 것이여? 우리가 뭣을 잘못했는디!!!! 망할 놈의 이승만이는 그렇게 큰 잘못을 저질렀는디 왜 그놈은 고렇게 살려두면서 아무 잘못 없는 시민들한테 이러는 것이여!"

"독재정권 이승만은 물러나라!"

우리는 큰소리로 외치며 한 발, 한 발, 내디뎠다. 흐릿하게만 보였던 얼굴들의 표정을 점차 확인할 수 있게 되었을 때, 그들이 우리를 향해 최루탄을 던지려는 움직임까지도 볼 수 있었다.

휘익 – 쾅, 콰르르 쾅!

눈앞이 하얘진 것은 순식간이었다. 뿌얀 연기를 들이마신 순간, 눈을 뜨기도, 숨을 쉬기도 힘들었다.

"콜록, 콜록!"

"아윽, 매워…… 크윽"

모두들 하나같이 눈물을 흘리기 시작했다. 걸음을 내딛지도 못 할 만큼 최루탄의 위력은 강력했다.

쾅! 쾅쾅

그들은 멈출 생각이 없어 보였다. 그리고 눈물이 흐르는 눈을 옆으로 치켜 떠 보았을 때 코에서 피를 흘리는 은빈이를 보았다.

"큭, 아야, 괜찮나?"

"괜, 괜찮아. 가자, 우리. 계속 걸어야 되잖아."

"동찬아, 지홍아, 괜찮나? 걸을 수 있는기가?"

"괜찮혀, 우리는."

그렇게 말하는 동찬이의 귀에서도 피가 흘러 나왔다. 그럼에도 우리는 계속해서 걷기로 했다.

"독재정권 이승만은 물러나라, 물러나라!"

"국민을 죽이는 정부는 물러가라, 물러가라!"

우리가 다시 외치기 시작한 구호는 그곳에 모인 시위대의 입에서 입으로 계속 뻗쳐 나갔다. 우리의 계속된 전진을 막을 방법을 생각하던 경찰들.

탕, 탕탕탕.

갑자기 시작된 총격이었다. 분명히 내 앞은 사람들로 빽빽했었던 것 같다. 그런데 어느 순간 경찰들이 제대로 보이기 시작했다. 경찰을 가리고 있던 많은 머리들이 사라졌다. 왜인가. 그들은 분명 총을 들고 있었다. 심지어 사람들의 다리 사이로 보이는 전남여고 학생이 보였다. 흰 색 와이셔츠가 점차 붉은 색으로 물들고 있는. 옆에서 동찬이가 소곤거리는 소리를 들었다.

"저거 맞으면 바로 죽는 거 아니여? 오메, 어찐당가."

"정신 차려! 지금 이럴 때가 아니야. 저럴수록 우리가 더 앞장서야 한다고. 야!"

"나도 알아야. 근데 내가 잊고 있었는디 세상에 우리 어무니가 나한테 집에 퍼뜩 들어와서 짐짝 옮기는 것 좀 도우라고 그라셨는디 내가 깜빡 잊어버렸다 뭐냐, 우리 어무니 기다리시니께 얼른 들어가 봐야 쓰겄구만. 나는 먼저 갈테니께 다들 몸조심하고 내일 학교에서 보자잉."

"야! 진짜 이러기냐?"

지홍이의 간절한 외침에도 동찬이는 계속해서 멀어져 갔다. 알고 있다. 목숨을 보장할 수 없는 상황에서 같이 시위에 계속 참여해 달라 말할 수는 없다는 것을. 그런데 성삭 멀어져 가는 동찬이를 보니 내가 무서웠다. 주열이가 생각났다. 두려웠고 몸이 움직이지를 않았다. 주변은 비명소리로 가득했지만 귀에 아무것도 들리지 않는 것 같았다. 머리가 하얘졌다. 나도 죽는 건 아닐까.

"뭐해, 안 가?"

은빈이가 나를 바라봤다.

"무서워서 그래? 네가 가장 먼저 제안한 일이야. 끝까지 가야지. 주열이가 뭐라고 생각하겠어. 누가 안 무섭겠냐. 나도 무서워 죽겠는데. 근데 니가 지금 돌아서면 앞으로 주열이 같은 애들이 얼마나 많이 나오겠냐. 종우야?"

"……."

아무 말도 하지 못했다. 그렇게 뒤돌아 버렸으니까. 심지어 전력으로 달렸다. 그 수많은 사람들 속을 헤치고. 모두가 앞을 바라볼 때 나는 뒤를 바라보았다.

"비겁한 새끼. 친구 자격도 없는 쓰레기."

달리고 달렸다. 다리에 감각이 없었다. 그럼에도 멈추지 않았다. 오로지 익숙한 빨간 지붕이 나타날 때까지 계속 달릴 심산이었다. 문을 열고, 다짜고짜 이불 속으로 들어갔다. 추웠다. 한겨울인 것처럼 몸이 사시나무 떨리듯 떨렸다.

"뭔 일이고?"

깜짝 놀라서 나에게 달려오신 어머니는 걱정스런 눈빛을 보냈다.

"아까 옆집 아가, 광주 경찰서 앞에서 소란이 났다 카던데. 니는 뭐 모르나? 괜히 내 새끼들 다치는 거 아닌가 모르겠네. 아가, 괜찮나? 와 이불 속에 처박혀가지고 그러고 있노. 퍼뜩 나와라."

그렇게 한참 동안 이불 안에 들어가 있었다. 어머니께서 옆에서 계속 말씀을 하셨음에도 꿈쩍도 하지 않았다.

뭐하노. 왜 여기 있는데, 니가 지금. 애들을 그 총 앞에 세운 게 닌데 지금 뭐하고 있노. 죽는 게 그렇게 두렵나. 나중에 주열이를 어떻게 보려고. 니는 친구도 아니다.'

물밀듯이 후회가 밀려왔다. 후회할 것을 알았을까. 그 순간의 내가. 그렇게 돌아섰을 때의 내가 후회할 것을 알았을까. 또 다시 울기만 하고 있는 나를 발견한다. 참으로 겁쟁이였다. 나는 친구도 아니며, 애국자도 아니며, 죽기를 두려워하는 한낱 나약한 인간에 불과했다.

"주열이 때문에 그러나. 종우야, 걱정 말기라. 니가 그렇게 슬퍼하는지 주열이가 모르겠나. 언제까지고 하늘에서 우리 종우 잘 살고 있나 지켜보고 있을끼다."

"이런 모습까지 보고 있으면 우짭니까. 나 살겠다고 애들 버리고 혼자 도망친 비겁한 친구새끼 보고 주열이가 얼마나 원통할까요."

부끄러움, 괴로움. 무슨 감정인지 설명조차 되지 않을 그 순간의 감정들. 이불을 박차고 일어섰다.

"어무이. 나 지금 내 친구들한테 갈낀데, 조금 늦을 수도 있습니더. 기다리지 말고 저녁 먼저 드이소."

"어디 가는데? 들어왔다 바로 나가나. 너무 늦게 들어오지 말기라."

"알겠심더."

미친 듯이 달려왔던 길이다. 무서워서 돌아왔던 길이다. 하지만 다시 돌아가는 길이다. 나를 기다리고 있을 친구들에게 돌아가는 길이다. 한결 홀가분했다. 그 현장에 다시 설 수 있다는 이유 하나만으로 심장이 두근거림을 느꼈다.

도착해서 마주한 현장에는 여전히 많은 사람들이 있었지만 처음보다 확연히 다른 수였다.

"미친, 저 많은 사람들을 다 죽인기가? 진짜 돌았나."

불안했다. 느낌이 좋지 않았고 계속 다급히 친구들을 찾기 시작했다. 멀리서 지홍이 얼굴이 보였고 그제야 안도의 한숨을 내쉬었다.

"어, 지홍아, 괜찮나."

"아따 겁나게 쏘아 대더만. 무서워가지고 앞으로 가지도 못하고 지금 이것이 몇 분 짼 지 모르겠어. 사람들이 많이 죽었어. 지금은 총 안 쏘는데 또 언제 시작할지 모르겠네."

"평화 시위에 왜 총을 겨누노? 근데 은빈이는 어딨는데?"

"못 본 지 쫌 된 것 같구만. 사람이 하도 많으니께 찾기가 힘들 것이여. 뭐 어디 있지 않겠어? 너무 걱정 말어."

그렇게 나를 안심시키는 지홍이 얼굴에도 근심이 가득하다.

"은빈아! 어딨노?"

계속 찾아다녔다. 왜 이렇게 서늘한 느낌이 자꾸 드는지, 어쩌면 알고 있었을지도 모르겠다. 아니, 어쩌면 이미 봤을지도 모르겠다. 바닥에 누워 있는 은빈이를. 그리고 붉게 물든 은빈이의 교복을. 애써 모른 척하고 싶었던 것 같다.

그냥 그 자리에 멈추어 섰다.

"이게 뭔……."

뒤따라온 지홍이도 내 옆에 가만히 멈추어 섰다.

"다 내 탓 아이가. 전부 내 잘못이야. 내가 나가자 해가지고……. 그래 놓고 나는 도망가고. 주열이는커녕 은빈이 얼굴도 못 보게 생겼다."

"왜 그렇게 생각하냐. 돌아왔으면 된 거다. 여기서 멈추는 게 더 부끄러운 거야."

지홍이의 말이 맞았다. 여기서 멈추면 죽어서라도 친구들 얼굴을 볼 수 없을 것 같았다.

"꼭 다시 올게."

뒤로 돌았다. 지홍이와 함께 사람들 틈 속에 끼어 들어갔다. 우리에게는 딱히 부를 만한 데모 노래가 없었다. 그때 지홍이가 학교에서 배운 군가 하나를 부르기 시작했다.

전우의 시체를 넘고 넘어 앞으로 앞으로
낙동강아 잘 있거라 우리는 전진한다
원한이여 피에 맺힌 적군을 무찌르고서

"총을 더 안 쏘는 게 참 다행이지 않냐. 진짜 이번에 더 가면 죽을 거라 생각했는데. 경찰들도 지쳤나 보구만."

우리는 계속해서 군가를 부르며 전진했다. 어느새 해가 저물었다. 모두들 점차 돌아갔다.

"이제 슬슬 들어가자. 부모님 걱정 하시겠다."

"내는 좀 늦게 들어갈게. 은빈이 얼굴도 다시 보고 가야 하지 않겠나."

"아니여. 나도 같이 갈테니께 안심혀."

나와 지홍이는 가장 마지막까지 남았다. 그리고 돌고 돌아 은빈이 앞에 서게 되었다. 가만히 눈을 감고 고개를 숙였다. 나의 마음을 전했다.

'내 슬픔에 공감해 주고, 가장 적극적으로 같이 나가겠다고 해준 거 절대 잊지 않을끼다. 겁에 질린 모습만 보여줘서 진심으로 미안하데이. 내가 나중에 꼭 무릎 꿇고 사과할게. 용서해 주라. 그 때까지 꼭 내가 원하는, 그리고 니가 원했던 자유, 이뤄 내고 말끼다. 지켜봐라, 은빈아.'

은빈이 뿐만이 아니었다. 우리 학교 학생의 여럿이 죽었다. 죄책감이 밀려올 때마다 미안하다고, 꼭 지켜봐 달라고, 이루어 내겠다고 속삭였다. 그 뒤에도 우리는 계속 시위에 나갔다.

"4월 19일, 절망적인 위기에 봉착했던 이 나라의 민주주의를 구하고자 우리 청소년 학도들은 총 궐기했다. 이 날 민권수호 운동의 주동이 되어 봉기한 학생들은 3·15 부정선거를 비롯하여 12년 동안에 걸친 독재 정부의 반민주적 행위를 비판하면서 줄기찬 데모를 감행하던 중 독재정부 경찰의 무자비한 총격으로 말미암아 수많은 사상자를 내고 고을의 길목을 헌혈로 물들였다.”

“4월 26일, 부패와 불의를 규탄하며 젊은 학도들이 아우성치며 일어난 거리. 뜨거운 젊은 피는 4월의 태양을 향해 용솟음 쳤습니다.”

“마침내 4월 26일 독재 정부를 물리치는데 성공, 민권의 승리를 거두면서 민주 대안의 새로운 역사를 창조하기 시작했다.”

1960년 4월 26일 밤 10시 30분 라디오에서 목소리가 흘러나왔다.

“첫째는, 국민이 원한다면 대통령직을 사임하겠으며, 3·15 정부통령 선거에 많은 부정이 있었다 하니 선거를 다시 하도록 지시하였다…….”
‘듣고 있냐, 주열아. 우리가 해낸기다. 거기서 내 꼭 지켜봐라. 니가 원했던 거 대신 이뤄줄게.’
이승만 대통령의 하야로 얻은 잠깐의 평화 속, 거리의 사람들은 모두 자신들의 힘으로 얻은 자유의 기쁨을 만끽했다. 행복한 얼굴들. 비록 그 시간이 1년 뒤, 또 몇 년 뒤, 다른 인물들로 인해 금방 빼앗겨 버렸지만 그 순간만큼은 잊을 수 없을 만큼 달콤했다.

“할아버지! 그래서요? 그래서 결국에 이승만 대통령은 어떻게 됐는데요?”
“이승만 대통령은 하와이로 가가지고 1965년 요양소에서 쓸쓸하게 돌아가셨어. 어떠노, 숙제에 도움이 좀 되겠나?”

"네! 근데, 욕심이 지나치면 정말 위험한 것 같아요. 원하는 걸 갖고 싶다고 자꾸 나쁜 짓을 하다가 결국에는 자기만 손해 보는 거잖아요. 그렇죠?"

"니 말이 백번은 맞다. 아무리 좋은 게 있어도 절대 욕심은 부리면 안 되는 기라. 알겠나? 할아버지는 잠깐 나갔다 올 테니까 숙제 하고 있어라.

"조심히 다녀와요, 할아버지."

모자를 눌러쓰고 한 손에는 지팡이를 들고 나선 오늘은 유독 추웠던 것 같다. 천천히 걸어 도착한 몇 십 년 전, 그날의 이곳. 나의 모교. 이곳이 여전히 남아 있음에 감사함을 느낀다. 끝없는 그리움에 사로잡히고, 내가 지금도 살아 있다는 죄책감이 들게 하는 곳. 아무리 여러 번 같은 곳에 서 봐도 사라지지 않는 감정들이다.

주머니에서 핸드폰을 꺼내 전화를 건다.

"내다. 오늘 시간 좀 있나. 어, 별일은 아니고. 지금 학교 앞에 있다."

요즘 걷기가 힘들다는 지홍이가 멀리서 걸어오는 모습을 보고 언제 저렇게 늙어버렸나 하는 서운함과 아쉬움이 밀려왔다.

"뭘 일로 부른 거여?"

"진짜, 별일 없다. 오늘 연화가 내한테 뭘 물어봤는지 아나. 4·19가 뭔지 물어봤다카이. 내 간만에 주열이랑 은빈이 생각하니까 니 보고 싶어가지고."

"또 오랜만에 애들 생각하니께 소주 생각이 난 거여? 아따 오늘 겁나게 춥구만. 우리 집 앞에 새로 생긴 집이 있는디 저번에 딸내미랑 같이 갔다가 엄청 먹고 와부렀어. 같이 가세. 내가 살라니께."

"그래서 니는 요즘 집에서 뭐하는데?"

"나도 요즘 우리 우현이 보는 맛에 살제. 인제 애기가 걸어댕겨야. 아주 고놈 방실방실 웃는 것이 꼭 우리 현식이 어릴 때를 꼭 빼다 박아버린 것 같어."

"늦둥이 손자를 봤으니까 얼마나 좋겠노. 얼굴이 폈네, 폈어. 내는 요즘 우리 연화가 자꾸 학교에서 숙제를 내주는 갑서. 잘 기억도 안 나는 거 억지로 생각해 낼라니까 얼마나 머리가 아픈지 모른다. 그래도 또 할애비가 알려주니까는 옆에서 쫄래쫄래 붙어서 듣고 있는 모습이 얼마나 귀여운지."

손녀, 손자 자랑에 열을 올린 둘이다. 눈송이 하나가 흩날려 종우의 모자에 얹힌다. 바람이 매섭게 불어댄다. 하지만 같은 기억을 가지고, 같은 감정을 가지고 함께 살아온 두 할아버지가 껄껄 웃는 그 주위만큼은 고드름 꽁꽁 어는 추위가 무색하리만큼 참으로 따뜻해 보인다.

#나에게 광주란……

　광주에서 태어나 광주에서 살고 있지만 여전히 알아가야 할 것이 많다. 이번 기회를 통해 알게 된 광주는 친구들의 소설 속에 등장하는 배경들처럼 정겨움이 느껴지는 서구 발산마을이나 귀여운 펭귄들이 가득한 남구의 펭귄마을 등 많은 볼거리를 간직한 곳이었다. 정겨운 분위기, 따스한 분위기. 너무나 익숙한 나의 안식처. 그리고 내가 이번에 초점을 맞춘 광주의 모습은 5·18 민주화 항쟁보다 더 이전부터 민주주의 정신이 깃들어 있는, 깊은 역사를 간직하고 있는 곳이기도 하다.

　과거에 광주가 보여주었던 모습처럼 여전히 이 사회를 살아가고 있는 학생들, 뿐만 아니라 모든 시민들의 마음 속 어딘가에는 현실에 맞추어 살아가느라 발견하지 못했을 뿐, 잠재되어 있는 민주주의 징신이 있을 것이라 확신한다. 나에게 광주란 그런 곳이다. 불의에 맞서 일어나고, 그 작은 용기와 힘들이 모여 결국에는 변화를 만들어 낼 수 있는 곳. 내가 사랑하는 나의 고향이다.

청춘발산
36.5℃

發散[발싼] : 감정 따위를 밖으로 드러내어 해소함.
또는 분위기 따위를 한껏 드러냄.

성장의 토양을 가꾸고,

청춘의 꿈을

담은 씨앗을

싹 틔우는 마을

김유리

김유리

어깨를 한 뼘 정도 넘는 길이의 머리카락으로
오월, 처음 발산마을과 직접 만났다.
단발로 싹둑 자른 지 얼마 되지 않아
칠월, 발산마을과의 두 번째 만남이 선사되었다.
지금은 그 짧던 머리카락이 자라
이제는 별다른 힘을 들이지 않고도 묶인다.
머리카락이 자란 만큼 발산마을에 대한 애정도 깊어졌는지.

문득 어렸을 적 읽었던 책이나 봤던 영화를
꽤 오랜 시간이 지나 다시 꺼내보았을 때 묘하다.
전에 느끼지 못했던 감정이 북받쳐 오르거든.

'아, 변했구나.' 라기보다는
괜히 시원섭섭하다.

프롤로그

　사람의 감정을 글이나 말로 설명하는 것은 참 어렵다. 그래서 내 감정을 누군가에게 솔직하게 표현하는 것도 서툴다. 첫 구상을 할 때도 미처 '사람'의 입장에서 이야기를 쓸 엄두가 나지 않았다. 그 대신, 그저 사물인 개체들이 감정을 갖고 우리를 관찰한다면 어떤 모습일지 상상해 봤다.

　올해 휴먼플러스 동아리에서는 열두 명의 여고생 작가가 광주를 배경으로 하는 팩션(fact 사실 + fiction 허구)을 한 권에 묶어냈다. 지금, 혹은 이 글을 다 읽고 난 후 인터넷에서 광주 서구 양동에 위치한 발산창조문화 마을을 찾아보는 것은 어떨까. 지금부터 내가 풀어나갈 이야기는 이 발산마을의 최고봉이라고 할 수 있는 '발산', 즉 제봉산의 삶이다. 글을 읽고 나서 꼭, 한 번쯤 발산마을을 방문해 주길 바란다. 사람의 체온 36.5도로 훈훈한 기운이 가득한 곳이다. 과거 그 시대의 청춘과 이 시대의 청춘이 함께 어우러지는 모습을 발견할 수 있을 것이다. 내 소설에 들어간 모든 사진과 앞뒤표지는 현재 발산마을의 모습을 보여준다. 사진만으로는 온전히 느낄 수 없는 이 마을만의 매력을 꼭, 직접 와서 체감할 수 있길 바란다.

　때론 키보드가 우리를 부르지 않아 힘들기도 하고, 그 힘듦을 달래주는 달달한 간식과 선생님, 친구, 후배들이 있어 참 따뜻하기도 했다. 영영 잊지 못할, 소중한 사람들.

　마지막으로 항상 든든하게 절 지켜봐주시는 많은 분들께 오늘도 감사합니다.

청춘발산 36.5℃

1

하아암. 나른하다. 엊그제만 해도 따갑게 눈을 찌르던 햇빛은 풀이 죽고 구름만 높게 둥둥 떠 있다. 벌써 가을인가. 어쩐지 몸 군데군데 누런색이 올라오더니, 맞구나. 이미 빠알간 빛이 바랜 고추밭도 한몫 거두네. 오늘도 동네 회관에서는 깔깔깔 회장 할머니의 웃음소리와 함께 달그락거리는 숟 가락 소리가 들린다. 매콤한 묵은지 찌개 냄새가 온 동네를 감싼다. 아, 지 금 쿵쿵거리고 있는 내가 누구인지 말해 줘야 할 것 같다. 나는 이 발산마 을의 최고봉이라고 할 수 있는 산, '발산'이다. 원래 첫 이름은 '제봉산'이 었다. 이후 오래전 내 주위에 사람들이 모여들기 시작하면서 그들이 나를 줄곧 '발산'이라고 불렀다. 이제는 제봉산보다는 발산이라는 이름이 더 자 연스럽고 익숙하다.

어쨌든 기분이 지금 좋다. 슬쩍 눈을 돌렸는데 유독 햇빛에 반사되어 반 짝 빛나는 손 모양 구조물이 보인다. 2년 전쯤엔가 어떤 청년들이 와서는 환한 표정으로 내 몸 한구석에 고정해 놓고 갔던 것 같다. 그 옆에 있는 별 모양 모형도 잘 버티고 있네. 저편에서 우르르 사람들이 몰려오는 소리가 올라온다. 빼꼼, 한 남자아이가 고개를 쭉 빼고 구조물을 보자마자 환하게 웃는다.

"애들아, 여기도 뭐 있는데? 일루 와 봐."

이내 다섯 명의 무리가 꼬리 물듯 구조물이 있는 곳에 쪼르르 올라왔다. 귀여운 단발머리를 한 여자아이가 밝게 웃으며 털썩 잔디밭에 앉는다.

"우리 여기서 잠깐 쉬었다 가자. 사진도 좀 찍구, 응?"

다 같이 그래— 입을 모아 일제히 합창한다. 귀여운 아이들. 한 아이가 환하게 트인 언덕 끄트머리로 향한다.

"봐봐, 광주 시내가 여기서 다 보여. 진짜 개미같이 쬐끄매. 저기 우리 학교도 보여."

"그러게, 진짜. 음, 여기 안내판 보면 이 별같이 생긴 거랑 저기 공 잡고 있는 손이 2014년에 세워진 거래. '별이 뜨는 발산마을'?"

"여기 되게 신기한 것 같아. 분명 멀리서 봤을 땐 평범한 동네 같았거든. 근데 직접 들어와 보니까 내가 생각해왔던 거랑 정반대야. 벽도 예쁘게 칠해져 있고, 아까 슬쩍 봤는데 계단에 무슨 문구도 써져 있더라."

"진짜? 그럼 우리 이번엔 거기로 한 번 가보자. 응? 얼른, 빨리 와!"

기운 넘치는 아이들의 모습을 정말 오랜만에 본다. 쉴 새 없이 움직이는 자그마한 생명체들의 형체가 가슴속의 뭔가를 끓어오르게 한다. 우르르 좁은 골목길로 들어서는 무리 중 맨 뒤 여자아이의 뒷모습을 보니 문득 수십 년 전 치마를 펄럭거리며 뛰어가는 한 여성의 뒷모습에 이어지는 누런 하늘이 떠오른다.

2

사람들 말로는 6·25전쟁이 겨우 끝났다고 한다. 주변은 온통 폐허다. 심지어 다리 건너 있던 전남방직도 흔적 없이 파괴되었다. 도저히 참혹한 내 주변을 보고 있을 수 없다. 내 몸엔 대충 흙으로 덮어놓은 묘만 다닥다닥 잔뜩 붙어 있다. 어디에서 오는지는 모르겠지만, 사람들이 한 명 한 명 내 쪽으로 오기 시작한다. 저쪽엔 천변에서 힘겹게 올라오는 사람들. 사람들

말을 들어 보니 천변 밑에서 살았던 사람들이 내 앞에 흐르는 광주천에 둑길을 만든답시고 쫓겨나듯이 올라왔다고 한다. 내 머리 꼭대기로 올라와선 집을 짓고 아등바등 살아가려는 생명체들이 참 불쌍하다.

한창 사람들이 모여들기 시작한 것은 건너편 전남방직이 복구되면서부터였다. 공장의 굴뚝에서 다시 연기가 잦아들면서 내 온몸에도 시끌시끌한 소음이 피어난다. 나를 찾아오는 사람들은 각지에서 있는 짐 없는 짐을 품에 껴안고 마을에 들어서는 여성이 대부분이다.

"저기, 아주머니. 혹시 남은 방 좀 있을까요?"

"으응. 있어, 있어. 짐 갖고 따라와 봐."

줄곧 방을 찾으러 다니는 여공들과 학생들의 조심스러운 목소리와 그들을 반기는 집주인들의 목소리만 메아리처럼 울릴 뿐이다. 그나마 이른 시기에 정착하여 집 구실을 할 수 있는 공간을 마련했던 집주인들이 칸칸이 방을 더 만들어 하숙을 내준다.

어두컴컴한 밤, 한쪽에서 집주인이 문을 똑똑 두드린다.

"학생, 학생. 자는가?"

"아니요, 아주머니. 무슨 일이세요?"

"아니, 그 뭣이냐. 아, 이거 감자 좀 쪘는데. 너무 많이 해서 다 못 먹을 것 같네. 또 뜨끈뜨끈할 때 먹어야 맛난 게 감잔데, 이것 좀 먹어봐."

"고맙습니다. 마침 저녁을 걸러서 좀 출출했는데. 정말 감사합니다."

연신 꾸벅꾸벅 인사를 하며 기뻐하는 얼굴을 보니, 나도 덩달아 행복해진다.

다음 날도, 또 그다음 날도 보따리를 갖고 고달픈 얼굴로 찾아온 사람들이 찾는 것은 여지없이 방 한쪽이다. 천변 사람들을 비롯한 여공, 학생이 모여 어느덧 하나의 마을이 만들어졌다. 예전엔 내 주변에는 온통 황무지뿐이었다. 좀처럼 이런 활기는 찾아볼 수 없었던, 영영 풀밭으로만 남을 것 같았던 나의 인생이 말이다. 그래서 아직도 이 시끌벅적함이 나에겐 어색하다. 사람들이 나를 줄곧 '발산'이라고 부르면서 자연스럽게 자기들이 사는 곳이 발산마을이라고 말하는 모습을 종종 볼 수 있었다. 나쁘진 않다. 나를 둘러싼, 좁디좁은 골목 사이사이 퍼즐 조각처럼 간격 없는 집들이 놓여 있는 모습에 짠했다. 그 가운데 살짝 입꼬리 올라갈 만한 여유라도 조금이나마 보이기 시작한 것 같아 다행이다. 아직 눈꺼풀도 떼기 어려운 시각에 거의 매일 아침 헐떡거리는 숨과 함께 까까머리 남학생은 현관문을 박차고 뛰쳐나온다. 행여나 그 남자아이가 넘어지지는 않을까, 버스는 놓치지 않을까 하며 나도 모르게 그 시간만 되면 시커먼 현관문을 주시한다. 그의 흰 양말이 보이지 않을 때가 되어서야 겨우 곤두섰던 털이 가라앉는다. 그러고 나서 한동안 넋 놓고 있으면 코끝을 자극하는 구수한 밥 냄새가 내 몸을 감싸 돈다. 정신을 차리고 주변을 둘러보면 어느새 곳곳 환하게 불이 켜져 있다. 마치 아직 제대로 뜨지 않은 해를 깨우는 것처럼. 오늘도 파란 지붕 집 주인이 옥수수가 가득 담긴 사발을 들고 하숙을 내준 우유 팩 입구로 향한다. 부지런도 하시지, 한 손엔 김이 모락모락 올라오는 쇠그릇을 들고 다른 한 손으로는 문을 쿵쿵 두들기고 있다. 안에서 갓 일어난 신음이 들리길 기다리는 것 같다.

"으으으…… 네에……."

역시나 쿵쿵 소리만큼 반복되는 저 투정.

"아이고, 딸내미. 아직도 안 일어난 거야? 어제 또 늦게 잤나 보네."

"아, 아주머니. 헤헤. 벌써 아침이네요."

"벌써 아침은 무슨, 한가한 소리 그만하고 얼른 이거 조금이라도 먹어."

급하게 학생의 손에 그릇을 넘겨주며 손을 한번 꾹 잡는다. 고개를 들지 못하던 학생이 그렁그렁한 눈으로 그런 주인을 겨우 바라본다.

"매일 이렇게 챙겨주셔서 정말 고맙습니다. 아주머니는 제게 정말 어머니 같은 분이세요. 돌아가신 엄마께서 아침마다 딸내미, 딸내미 하시면서 깨워주셨던 게 자꾸 겹쳐 보여서……. 아이, 제가 참 방정이네요, 아침부터.

잘 먹겠습니다."

주인은 말없이 그저 젊은이의 머리를 쓰다듬다 어깨를 토닥거리며 힘들게 입을 연다.

"우리 딸 같아서, 전쟁 통에 잃어버린 울 순영이 같아서 그래. 딱 아가씨처럼 단발머리에다가 볼도 통통해가지고 얼마나 예뻤는데. 처음에 아가씨가 방 얻으러 왔을 때 얼마나 놀랐는지 몰라. 영락없이 우리 순영인데, 다시 살아서 돌아온 줄 알았네. 아무튼, 내 딴엔 우리 딸한테 못 해줬던 거 아가씨한테라도 해주고 싶었던 거지."

"그러셨구나. 많이 힘드셨을 텐데."

"마음고생은 아가씨가 더 했을 것 같은데. 이 어린 몸이 어떻게 감당해냈을까, 응?"

한동안 서로를 바라보다 이내 훌쩍거리며 어린 몸을 끌어안는 모습 사이로 햇살이 방 안을 환하게 비춘다. 조금 삐져나온 해를 보고 놀란 주인이 애써 웃음을 지어보는 모습에 살짝 마음이 아려온다.

"아휴, 아침부터 내가 무슨 유난이야. 아가씨, 얼른 출근 준비해야지. 이거 옥수수 먹고 조심히 가."

"네, 아주머니. 감사합니다."

"어서 들어가."

우유 팩 입구의 문손잡이를 꾹 눌러 닫고 자신의 집으로 들어가는 주인의 뒷모습을 보니 한껏 품어줘야 할 것 같다는 생각밖에 들지 않는다. 자식을 잃은 아픔과 어머니를 잃은 아픔이 교환하는 순간을 포착하게 될 줄은 몰랐는데, 막상 마주치고 보니 이렇게 안타까울 줄이야. 지금 와서 전쟁 당시의 주변 모습을 생각해 보면, 건너편 동네 사람들의 끊어지지 않는 아우싱이 들리는 것 같다. 소중한 사람을 잃었다는 사실에 울분을 터트리고 설움을 쏟아냈던 그들의 눈물에 공감하지 못했던 것은 아니었다. 다만 피상적으로 하나의 견디기 힘든 현실이 연속된다고 여겼을 뿐이었다. 그랬던 내가 당시의 슬픔을 꾹꾹 눌러 참는 그 둘의 모습을 보고 나서야 진짜 아린 감정을 느끼게 된 거다. 참 슬프다.

환하게 떠오른 해 때문에 뒤통수가 살짝 아려오기 시작했다. 오늘 따라 저편 뿅뿅 구멍 뚫린 다리를 건너는 치마폭에 눈길이 간다. 뿅뿅 다리는 수많은 사람에게 있어 만남의 공간이 되곤 했다. 그중 저 두 아가씨도 자주 만나는 쌍으로 내 기억 속에 남아 있다. 그다지 큰 관심을 두고 보진 않았는데, 한 번 관찰해 볼까. 저들도 돈을 벌기 위해, 살림에 조금이라도 더 보태기 위해 눈물 콧물 꾹 삼키고 다른 지역에서 온 무리 중 하나일 텐데. 긴 바지를 입고 장식 없는 머리끈으로 질끈 묶은 머리를 찰랑거리며 걷는 왼쪽 아가씨. 그와 달리 짧은 꽁지머리와 무릎 뒤 오금이 훤히 다 보이는 짧은 치마를 입은 오른쪽 아가씨. 호호 웃으며 뿅뿅 다리를 건너는 뒷모습 가운데 익살스러운 웃음으로 나처럼 그들의 뒷모습을 지켜보고 있는 무리가 갑자기 눈에 띈다. 다리 밑으로 조심스럽게 내려가 요리조리 다리의 수많은 구멍 사이를 쏘시고 다니는 사내들의 모습이 마냥 우스꽝스럽기만 하다.

"야, 보이냐, 보여?"

"아, 좀. 조용히 좀 해봐."

"아니, 그쪽은 보이냐고?"

"아, 좀!" 갑자기 자기 입에서 큰 소리가 나온 것에 스스로 놀라는 사내의 모습이 마냥 웃기다. 옆에서 계속 닦달하던 사내도 툭 튀어나온 불평에 혹시나 하는 눈빛으로 다리 위를 올려다본다. 역시나. 짧은 치마의 여공이 깜짝 놀란 표정으로 다리 밑을 힐끗 내려다본다.

"거기 누구 있어요?"

"으아, 아니요!"

순간 긴 머리의 여공이 깔깔깔 웃음을 터트린다. 동시에 사내들은 붉게 타오르는 얼굴로 발에 불똥 떨어진 것처럼 후다닥 내 쪽으로 달려온다. 꽁지머리가 인상을 찌푸리면서 욕을 내뱉기 전까지 긴 머리는 평생 웃지 못했다가 웃는 방법을 알게 된 사람처럼 박장대소한다.

"아, 그만 좀 웃어!"

"아아, 진짜. 저 사람들 진짜 웃긴다. 너무 순진한 거 아니야?"

"아니, 밑에서 뭐하는 건데? 하여튼 요즘 남자들이 다리 밑에서 치마 속 훔쳐본다는 소문이 맞네. 설마설마했는데. 아 진짜, 짜증나. 야, 얼른 가자."

"그러니까 치마 짧은 거 좀 입지 좀 마. 어차피 공장 들어가면 옷 갈아입을 건데 뭐 하러 그렇게 꾸미고 난리야."

"또 잔소리. 우리 또 늦겠다, 뛰어!"

한창 아옹다옹하다가 허겁지겁 달려가는 뒷모습에 그저 웃음이 난다. 계속해서 그들의 꽁무니를 눈으로 뒤쫓아 가다가 공장 문으로 쏙 들어가고 나서야 눈길을 거둘 수 있었다. 잠시나마 깊은 상념 없이 인간을 볼 수 있는 순간이었다.

잠시 눈을 붙이고 있는데 여간 열기가 뜨거운 게 아니라 도통 견딜 수가 없다. 살짝 눈을 떠보니 어느새 수직 상공에서 내 몸 전체를 환하게 비추고 있는 저 웬수, 해가 신나게 웃고 있다. 정말 한 대 때리고 싶다. 언제 이렇게 시간이 지난 거지. 해가 날 쳐다보고 있는 위치로 봐서는 대략 오후 두 시 정도 된 것 같다. 첨벙첨벙, 물고기가 물길을 헤집는 소리가 들리는 걸 봐서도 대략 그 정도 어림잡을 수 있다. 줄곧 아주 먼 옛날부터 내 옆에 붙어 있는 광주천이 오늘 따라 맑고 투명하다. 보기만 해도 시원하다는 느낌이 이런 느낌일까.

한편 오늘도 내 이마 근처, 그러니까 거의 꼭대기 근처에 사는 어린 며느리가 빨래 더미가 담긴 뻘건 통을 머리에 진 채 천기로 향하고 있나. 경사가 심한 내 몸 위를 타고 내려가는 모습이 위태롭다. 허겁지겁 달려가다가 넘어져서 무릎부터 턱까지 까져 눈물을 머금고 바닥에 주저앉지 않나, 혼자 자기 긴 치마 끝자락을 밟고 데굴데굴 구르지 않나. 볼 때마다 아슬아슬

하고 안타깝다. 그래도 요즘은 넘어지는 모습을 보지 못한 것 같다. 지금도 보면 왼발을 잘못 짚어서 철퍼덕, 하고 넘어질 것 같은 상황에 오른발로 탁 버티는 모습이 그렇게 대견할 줄이야. 어느 정도 속도를 내며 담담한 얼굴로 터벅터벅 내리막길과 이어지는 큰길을 넘어 천변으로 내려간다. 나도 같이 눈으로 따라 내려가 보니 이미 동네 아주머니들이 각자 옆에 옷더미를 끼고 모여 물가에서 큰 소리로 떠들고 있다. 머리에 흰 수건을 맨 아주머니가 미간에 힘을 꽉 준 채 물에 손을 넣고 바지를 문지르고 있다. 그 옆에서 홀라당 벗고 있는 귀여운 남자아이가 시무룩한 표정으로 그런 아주머니의 손길을 쳐다보고 있다.

"아이고, 방동아. 오늘도 이불에 지도 그렸어? 아주 맨날 소금 받으러 다니네."

"그러게. 오늘은 또 무슨 모양인데?"

남자아이의 뒷모습을 보며 동네 아주머니들이 깔깔 웃고 드러눕고 난리다. 어휴, 시끄러워.

"흐응…… 아닌데, 아닌데. 어제는 진짜 물 안 마시고 잤는데, 어, 어……."

"조용히 해, 김방동. 쓰읍, 얼른 들어가서 안 씻어?"

이를 꽉 물며 빨고 있던 바지를 꺼내 들어 물기를 털어내는 아이 엄마가 방동이의 그렁그렁 눈물 맺힌 눈을 노려본다. 억울해하지만 아무 말도 못한 채 입술만 뽕 나온 상태로 물에 들어가 나뒹군다. 그런 아들의 모습을 보고 아이 엄마는 작게 웃음을 터트리고는 옆에 끼고 있던 이불을 펼쳐 물을 적신다. 물기를 쫙 뺀 바지는 빨래통 위에 넓게 펼쳐놓고 나서 바지를 무릎 위까지 걷고 물에 들어간다. 첨벙첨벙. 작은 발로 이불을 조심스럽게 밟기 시작한다. 꾹꾹 눌러가며 아들이 그려놓은 한반도 모양 지도를 지우고 새로운 도화지를 만들어내려는 모습이 아름답다. 멀리서 동네 또래들과 물장난을 치고 있던 방동이가 그런 엄마의 모습을 보고 물살을 헤치며 이불 쪽으로 다가간다.

"엄마, 저도 할래요!"

"그래, 이리 와 봐. 엄마 옆에 서. 자, 이제 천천히 밟아 봐. 그렇지, 그렇지."

아무것도 입지 않은 채 배시시 웃는 철없는 아이의 모습은 그 자체로 눈부시다. 방금 뽑아낸 새하얀 도화지처럼 말이다. 뒤편에서 그 모습을 보는 나를 비롯한 동네 아주머니들은 흐뭇하게 웃어 보일 뿐이다.

천변에서 이야기꽃을 피우며 빨래를 하는 아주머니들과 철없이 물속에서 서로 물 뿌리기를 주고받는 어린 아이들, 한쪽에서 더운 햇빛에 잔뜩 찌푸린 채 물에 발만 담그고 있는 어르신들까지. 그나저나 아까부터 근처에서 계속 꿍차꿍차 하는 소리가 들린다. 누군가 하고 봤더니 파란 지붕 집주인이다. 아까 아침에는 옥수수로 나를 울리더니, 이번엔 또 무슨 일을 하는 걸까. 집주인은 그의 왜소한 몸과 대비되는 큰 수레를 끌고 자기 밭으로 향한다. 밭 앞에 멈춰 선다. 수레에 가득 실려 있는 배추 모종을 하나하나 다 널어놓는다. 이미 고추가 심겨 있는 부분을 한 번 쓱 훑어보고 나서 빈 이랑에 호미로 흙을 긁어내며 모종을 심기 시작한다. 지나가는 동네 아저씨가 슬쩍 보고는 입을 연다.

"어이, 뭐 심는가? 대충 봐서는 배추 같은데."

"어, 배추 심으려고. 이번엔 김치 한 번 담가 먹어야지."

"야무지네, 하여튼. 근데 지금 심어도 되는 건가?"

"이제 8월이니까 슬슬 시작하면 되지 않으려나?"

"그런가. 그래, 관리 잘하고. 간다."

아저씨는 뭔가 할 말이 더 남아 입을 옴짝달싹하며 집주인의 눈치를 살피다가 고개를 한 번 휘젓고는 가던 길을 간다. 그런 아저씨의 뒷모습을 보고는 집주인이 또 무슨 참견이냐 하며 혼잣말로 주절주절하다가 다시 밭에 배추 모종을 심는 것에 집중한다. 생각해 보면 제일 먼저 내 몸 위에 정착해서 살기 시작한 사람은 저 파란 지붕 집 주인이다. 혼자 살면서도 저리 씩씩하게 해내는 게 참 의젓하다. 작년에도 끊임없이 밭에서 온갖 채소들을 심고 재배해서 아침마다 시장에 가져다 파는 모습을 봐왔다. 낙담하지 않고 씩씩하게 살아가려는 모습, 한편으로는 악착같이 어떻게든 버티려고 하는 모습 말이다. 주변 이웃 사람들과 하숙생들에게도 매일같이 안부를 물으며 음식을 나눠주는 모습까지. 참 대단하다.

3

하나의 작은 변화가 습관이 되고, 습관이 일상을 만든다. 내가 태어나서 줄곧 봐왔던 풍경은 내 앞에서 흐르는 광주천과 멀리서 나를 내려다보는 무등산이 전부였다. 점차 사람들이 하나둘 무리 지어 나를 중심으로 하는 하나의 마을이 되었다. 처음 그 꼼지락거리는 움직임을 감지했을 때는 새로운 것에 대한 두려움이 앞섰다. 자신들의 이익을 위해 나를 이용만 하지 않을까, 내 현재 모습을 지켜나갈 수 있을까 하는 의문과 함께 말이다. 아무도 답을 주지 않는 가운데 점점 사람들은 오히려 나의 잠재력을 발견하게 해주었다. 내 몸에서 자라나는 풀 한 포기는 그들을 살리는 하나의 식량원이 된다. 오랜 세월을 같이 한 통통한 나무는 그들에게 시원한 그늘로 안식처가 된다. 인위적인 조작 없이 오직 내 몸에서 자라난 것들로만 하더라도 누군가에게 도움이 된다는 사실에 감격했다. 나만의 '역할' 없이 똑같이 반복되는 일상이 아닌 매일매일 여러 개체의 다양한 호흡을 느낄 수 있게 된 것에 감사하다. 그런 인식이 뿌리내려 큰 꽃을 피워내려는 그 찰나, 어디선가 한 번도 들어보지 못한 소리가 들려왔다. 공중에는 하얗게 구름 같은 것이 퍼지기 시작했고, 내 발 근처는 붉게 물들뿐이다. 나를 감격시킨 인간은 순식간에 사라졌다. 한순간에 다가온 상실의 순간이 너무나 허무했다. 내가 가치 있는 존재라는 것을 깨닫게 한 존재가 사라진 것은 삶의 본질이 사라지는 것과 같았다. 내가 이 마을 사람들을 정말 사랑했구나. 한동안 이런저런 깨달음과 만감의 교차를 하루에 수십 번씩 겪었다. 얼마나 시간이 지났는지 모른다. 그 사이 연분홍, 초록, 빨강, 하얀빛이 수없이 나를 지나쳐 갔던 것 같다.

어느 날은 유독 몸에 작은 새싹이 많이 돋아났다. 잠시 후 오래전 감지했던 그 작은 움직임을 다시 느껴졌다. 큰 보따리를 든 채 힘겨운 표정으로 나에게 다가오는 몇몇 무리. 하지만 그 얼굴에서도 작은 미소를 볼 수 있었다. 동시에 내 속으로 밀려들어 오는 '역할'에 대한 기쁨을 감지하였다. 내가 사랑했던 사람들이 남겨 두었던 우유 팩 같은 집에 그들이 각자 몸을 맡기는 모습을 보았다. 순간 나도 모르게 두려움이 서렸다. 또 내 곁을 떠나가지 않을까, 얼마나 더 큰 고통을 겪어야 하는 걸까.

하지만 무서운 속도로 내 몸 위와 하천 주변에 정착하여 사람들이 살아가기 시작한 것을 보았다. 무엇보다도 아직 남아 있을 법한 전쟁의 흔적을 애써 지우고 새로운 삶을 위해 노력하는 그들의 땀방울이 빛나기에 더는 불안감을 느끼고 살아갈 필요가 없다고 생각하였다.

4

갑자기 무슨 옛날이야기지. 아무튼, 혼자 생각하는 것을 멈추고 또 새로운 관찰을 해볼까. 해가 미처 밤 동안 꽁꽁 묶어 놓았던 머리카락을 풀어헤치기도 전인 새벽이다. 요즘 들어 새벽마다 집을 나서는 대문 소리가 자주 들린다. 천변으로 내려가서 무작정 각자 주위에 펼쳐져 있는 돌을 캐다가 수레에 쌓아놓는다. 흐뭇한 표정으로 돌로 가득 찬 수레를 천변 한쪽에 갖다댄다. 또 큰 돌과 작은 돌을 번갈아 줍는 아저씨에게 젊은 청년 한 명이 다가간다.

"정 씨 아저씨, 뭐 하세요?"

"어, 어. 그래. 허잇짜. 자, 이것 좀 들어봐."

"아, 네."

당황스러운 표정으로 무작정 돌을 받아든 청년이 가쁜히 돌을 품에 안고 있다. 나도 아저씨가 뭘 하는지 궁금하던 터라 답을 듣기 위해 그쪽에 신경을 모으고 있다.

"따라와. 문석아."

"네, 아저씨."

"자, 여기다가 두면 된다."

"근데, 아저씨. 갑자기 돌은 왜 모으시는 거예요?"

"모르냐? 아, 맞다. 너는 오랜만에 와서 모르겠구나. 요즘 그 건물이랑 다리 짓는다고 여기저기서 돌을 사더라. 너도 보면 주변에 돌이 정도껏 많냐. 간간이 부업으로 돌 좀 줍고 있지."

그게 과연 얼마나 돈벌이가 된다고.

"그렇구나. 근데 이게 과연 얼마나 될까요? 끽해 봐야 저 큰 거는 이백 원이나 할 것 같은데요, 뭘."

"어허, 물상을 모르네. 그 정도 되면 차라리 이 시간에 다른 일 하고 있지. 이 자잘한 거는 하나에 백 원인가 하고 좀 큰 거는 오백 원으로 쳐줘. 저기 구석에 있는 큰 거는 천원까지도 될 것 같은데."

"네? 아니, 무슨 돌이 그렇게 비싸요?"

"정말이라니까. 네가 서울에서 내려와서 잘 모르나 보네. 농고인가 거기 실습지 만들기도 한다 하고, 여기 근처에 돌다리랑 제방도 만든다고 하더라. 정작 그 근처에는 돌이 많이 없는가 봐. 뭐, 많이 필요하기도 하고."

"음, 그럼 저도 오늘 하루는 돌 좀 주워볼까요? 히히."

"이게 콱, 오랜만에 고향 내려왔으면 한시라도 더 어머니 옆에 붙어 있을 생각을 해야지."

"아, 알겠어요. 그럼 안녕히 계세요."

"오냐."

건장한 체격과는 어울리지 않는 장난꾸러기의 표정으로 내 쪽으로 뛰어온다. 그렇구나, 어쩐지 요즘 저 멀리서 인부들이 꿈틀거리는 모습과 함께 쿵쿵 소음이 들려오곤 했던 것 같다. 하긴 광주천에도 사람들이 수시로 왔다 갔다 했다. 다들 옆구리에 큰 통을 끼고 잔뜩 앉아 돌을 줍는 모습을 본적이 있다. 그나저나 하도 요즘 내 발밑 근처에서 잔뜩 시장판을 벌여놓는 사람들 때문에 여간 산만한 게 아니다. 처음에는 그저 몇몇 장사꾼이 잡다한 물건을 가져와 직접 골목골목을 쑤시고 다녔다. 하지만 날이 가면 갈수록 활기찬 바람이 불기 시작했다. 특정 시간대가 되면 사람들이 많이 모여든다. 주로 평일 오후에는 이 마을 주부들이, 주말에는 옆 동네나 마을버스를 타고 온 사람들이 성을 이루었다. 이 시끌벅적함이 나에겐 귀찮은 존재가 될 줄 알았는데. 광주천 옆 도로를 따라 쭈욱 늘어선 열에 정다운 모습이 묻어나는 것을 느낄 때마다 마음이 훈훈하다. 서로 부족한 형편이지만 누구랄 것도 없이 많이 주고 환하게 웃는 모습이 보기 좋다.

항상 비슷한 일상 속에서 점점 성장해 나가는 마을 사람들. 집과 집 사이 벽에 붙어 있는 계량기는 쉴 새 없이 달리고 있다. 아침에 출근했다가 밤늦어서야 겨우 벽에 몸을 뉘는 자전거. 아마 주인을 졸졸 따라 평생 규칙적인 생활을 해나가지 않을까. 길바닥에는 온통 하수구에서 올라오는 지독한 냄새를 막기 위해 소주나 막걸리 병뚜껑으로 틀어막아 놓았다. 꼿꼿하게 서 있는 뚜껑을 지그시 밟아주는 사람이 있는가 하면, 어디서 성질이 났는지 몰라도 화를 내며 구멍에 박힌 뚜껑을 마구 짓밟는 사람도 있다. 이런 저런 사람이 한 곳에 모여 각자 삐걱거리는 현관문을 열고 밭, 시장, 학교, 직장으로 향하는 사람들.

한창 비슷한 일상이 반복되어 평온한 상태를 유지하고 있는 와중에 드디어 우리 동네도 하나의 변화를 맞이해야 하는 때가 온 것이다. 아직 해가 머리를 내밀기도 전, 요란한 소리를 내며 굴착기 몇 대가 저 건너편 지대로 굴러 들어온다. 임부들이 뽕뽕 다리 쪽을 가리키며 이야기를 나누더니 얼마 안 있어 뽕뽕 다리 일부를 떼어 낸다. 아침에 전남방직으로 출근하려는 두 여공이 이 광경을 보자마자 화들짝 놀란다.

"으응? 그게 벌써 그날인가?"

"그러게. 한참 멀었다고 생각했는데. 무슨 벌써 철거를 하고 그런데."

"우리 매일매일 저기 지나갔었는데. 평생 잊지도 못하겠다. 요즘은 남자애들이 그 밑에서 들여다보는 소문도 안 들리던데. 넌 본 적 있어?"

"다들 철들었나 보지. 야, 벌써 8년 정도 됐어, 여기 와서 공장 다닌 지."

"어? 우, 우리가 1965년 즈음에 왔으니까, 음. 올해가 1973년인가?"

"바보."

"그러네, 진짜 8년이 다 되어가네. 하긴 그때 어렸을 땐 내가 요기 허벅지 중간까지 오는 치마도 입었었는데."

새침한 얼굴이 자신의 허벅지 위에 손을 살짝 대보는 모습에 상당한 아쉬움이 묻어나온다.

"그땐 젊었잖아. 지금은 너도나도 시집가고, 참. 이제 일도 그만해야 할 때 되지 않았나?"

"하아. 힘들긴 했지만 그래도 재밌었어. 처음에는 어떻게든 먹고 살려고 아등바등 일하긴 했었는데, 지금은 뭐랄까. 이 일이라도 하니까 살 만한 것 같다."

둘 다 임시 다리에 기대어 슬픈 표정으로 뽕뽕 다리 주변에 펼쳐진 광경을 보고 있다.

"이 뽕뽕 다리가 없어지는 거 보면 나중엔 이 마을도 없어지는 거 아닐까?"

"에이, 그래도 저렇게 발산교라고 따로 새로 만들고 저 옆에 무슨 시장도 생길 정도면 그렇게 걱정 안 해도 될 것 같은데. 음, 양동시장인가. 암튼. 그리고 광주 안에서는 그래도 여기만큼 사람 많은 곳 없을 걸."

"그래도, 어떻게 사람 일은 어떻게 될 줄 모르는 거잖아. 진짜 몇십 년 전처럼 전쟁이라도 터져봐. 아휴, 무섭다, 무서워."

"그러면 뭐해. 매일매일 나름대로 잘 살아가다 보면 절로 알아서 변하겠지. 그래온 것처럼. 야, 가자. 이러다 또 늦겠다."

손목시계로 시각을 확인하고는 동료를 다독여 공장으로 달려가는 여공의 모습이 유독 씁쓸하게 느껴졌다. 그 뒷모습에서 약간의 서운함이 보였다. 결코, 일체의 변화 없이는 성장하고 발전할 수 없다는 사실을 알기에 애써 나도 꿋꿋이 이 변화를 받아들이고 싶다. 나도 그렇고, 이 마을 사람들도 그럴 것이다. 뽕뽕 다리의 철거에 이어 발산교 가설을 하는 데 몇 달이 걸렸다. 그 시끄러운 공사장 분위기 속에서도 사람들은 나름대로 잘 살아가고 있다고 생각했다. 적어도 나에게는 그렇게 보였고, 그렇게 느껴졌다.

항상 그랬듯이, 하지만 하루하루 성장해 나가는. 돌이켜보면 지난 이십 년 동안 가장 자연스러운 정서가 묻어나오던 시점은 내 주변으로 모여드는 사람들과 그들이 이루는 마을의 시작점이었던 것 같다. 모여드는 사람 중 눈에 띄었던 사람들이 새록새록 생각난다. 관찰할 거라고는 멀리 있는 무등산과 앞에서 조용히 흐르고 있는 광주천이 전부였던 나에게 있어서 큰 변화였던 사람들 관찰하기. 짐을 바리바리 든 채 와서 방을 구하러 다니느라 바쁜 학생들과 여공들, 그리고 그들을 친자식처럼 여기는 집주인들. 매일 아침 등교 시간에 늦지 않기 위해 헐떡이며 현관문을 박차고 나가던 남학생. 낯선 타지 생활 가운데 비슷한 처지끼리 서로 의존하는 여공들. 그 여공들이 지나가는 뽕뽕 다리 밑에서 짓궂은 표정으로 올려다보고 있던 사내들. 매일 이불에 지도를 그려 줄곧 마을 아주머니들의 놀림거리가 되었던 방동이까지. 점차 성장하며 스스로 발돋움하는 사람이 이 발산마을을 만들었다고 생각한다. 하지만 동시에 욕심이 생긴다. 영원히 이 안정과 평화가 유지되기를. 정말 큰 욕심이라는 것을 알지만, 과거 피투성이로 이 마을을 떠나던 군중의 모습을 또 보고 싶지는 않다.

하지만 불길한 예감은 틀리지 않는다. 안정 이후에는 변화가 있기 마련이다. 더 질 높은 생활을 지향해왔던 사람들은 점차 내 옆을 떠나가기 시작했다. 그럴 만도 하다. 심지어 주변에는 수많은 건물이 들어오고 있다. 거의 24시간 내내 벌려진 공사판 후에는 본격적으로 아파트, 상점 등 진짜 '발전'이 이루어지고 있었다. 과거에 답습해 있던 내가 순간 부끄러워졌다. 처음 내 몸 위를 꽉꽉 채웠던 사람들은 어느새 하나둘 가져왔던 짐을 버려놓고 떠나갔다. 낡은 현관문이 열린 채 이미 온기 따위 느껴지지 않는 우유팩들을 보고 있자니 참으로 서럽다. 마침내 몇 안 되는 집주인과 주민만 자리를 지키고 있다. 그래도 희망을 잃지 않았다. 다시 또 사람들이 돌아오겠지, 그때처럼 말이야. 지친 얼굴이지만 눈빛만큼은 반짝였던 내 벗들처럼. 헛된 희망을 품고 있던 내가 현실을 직시하게 된 것은 얼마 되지 않아서였다. 주변은 온통 새 건물로 가득 차기 시작했고 사람들은 오로지 내 주변을 빙 둘러싼 새 건물에만 눈길을 보냈다. 더는 발산마을에는 아무도 오지 않았다. 그저 지키고 있던 사람들만 생활을 유지해 나갈 뿐. 그들의 지인들만 가끔 찾아오는 수준이었다. 항상 비슷한 일상 속에서 점점 성장해 나가는 마을 사람들. 영영 멈추지 않을 거라 생각했던 계량기는 어느새 마지막 기록만을 남긴 채 죽었고 매일 아침 주인 따라 출근했던 자전거는 벽에 딱 붙어 움직이지 못한다. 평생 규칙적인 생활을 해나갈 거라 예상했던 내가 부끄러워질 정도로. 맨홀 뚜껑의 구멍 사이에 박힌 병뚜껑들도 더는 밟아주는 사람이 없다.

만약 이 근교를 사진으로 찍으면 어떤 모습일까? 아주 새까만 덩어리인 나와 발산마을을 알록달록한 새 건물들이 우리를 둘러싸고 있지 않을까.

  또 그렇게, 난.

5

  나의 절망과는 상관없이 주변 환경은 수없이 변화하였고 나는 현실을 인정하기 시작하였다. 그렇게 매일 시끄러운 공사장 분위기에서도 사계절에 맞춰 내 몸은 절로 변했다. 하얀 털을 온몸에 뒤집어쓴 채로 있을 때 오히려 따뜻하다. 그러다가 낮이 길어지고 밤이 짧아지는 시기가 되면 눈이 녹아 좀 더 춥기도 하다. 나만 그런 건가. 그리고 조금 더 해와 달이 왔다 갔다 하면 연분홍색으로 잔뜩 물든다. 아, 주변이 새롭게 변하면서 안 좋았던 것만은 아니다. 주변에 거주하는 사람들은 나를 '동네 산'으로 여기며 아침이나 환한 낮에 운동하러 왔다. 특히 봄과 가을에는 온몸이 아름답게 물드는 시기라 남녀노소 누구랄 것도 없이 찾아온다. 물론 그러기 시작한 것도 몇 년 되지 않았다는 게 조금 마음에 걸리지만. 나와 함께 인생을 살아가고 있던 파란 지붕 집 주인은 어느새 허리가 굽고 머리가 하얗게 셌다. 더운 여름이라 그런지 문을 활짝 열어놓고는 밭에서 쭈그려 앉아서 꼼지락거리고 있다. 파란 지붕 집의 바깥쪽 벽에 걸려 있는 달력이 2013년 6월이라고 알려준다. 수십 년간 똑같은 은행 마크가 크게 박힌 달력을 새해가 될 때마다 교체하면서 그는 어떤 생각을 하곤 했을까. 오랜만이다, 이렇게 관찰을 시작한 것은. 그서 잠깐잠깐 보이는 공사판 현장에만 줄곧 눈이 가 있었던 것 같다. 작고 소중한 존재를 잠시나마 잊었던 것 같아 괜스레 미안해진다.

오늘도 여전히 해가 머리카락을 풀어헤친 채 날 약올리고 있다. 정수리가 너무 뜨거워서 못 견딜 것 같다. 그 와중에 마을 입구 쪽에 사람들이 웅성 거리는 소리가 들렸다. 더운 날씨에 다들 미간에 힘을 잔뜩 준 채 내 쪽으로 다가온다.

"여기입니다. 이곳이 앞으로 4년간 그 프로젝트를 실시할 마을입니다. 들어오시죠."

민소매 와이셔츠를 입고 이마를 손수건으로 꾹꾹 누르고 있다. 대략 40대 초반으로 보이는 남성이 앞장서자 대여섯 명이 그를 따라간다. 한참 마을을 이리저리 쑤시고 다니다가 이내 들어왔던 길로 그대로 사라졌다. 뭐지?

몇 주가 지나고 나서 또 그때의 낯선 사람들처럼 한 무리가 우르르 몰려들었다. 전의 무리와 비슷하게 땀을 뻘뻘 흘리며 부채질을 하는 그들이지만, 조금은 달랐다. 젊은 청춘들이 마을 이곳저곳을 뚫어지게 주시한다. 손가락으로 계단을 가리키며 웃음을 지어보기도 한다. 급하게 손에 들고 있던 노트에 그림을 그리면서 속닥속닥 이야기를 나눈다. 전체적으로 마을을 돌아보다가 갑자기 방향을 틀어 마을회관 쪽으로 향한다. 마을회관에는 역시나 파란 지붕 집주인이 있었다.

"회장 할머니, 안녕하세요! 그 며칠 전에 연락 드렸었던 학생들이에요."

"아, 안녕하세요. 그 무슨 우리 마을 예쁘게 꾸며준다고 몇 주 전에도 와서 한 번 둘러보고 가던데. 암튼 일단 안으로 들어오세요."

"감사합니다."

청춘들과 회장 할머니의 자연스러운 미소에 기분이 절로 좋아진다. 무슨 이야기를 나누는지는 모르겠지만 열린 창문 사이로 새어 나오는 깔깔거리는 소리가 마을 전체로 퍼져나간다. 과일인지 마실 것인지는 모르지만, 쟁반에 잔뜩 무언가를 담아 바닥에 내려놓는 소리와 뒤이어 '잘 먹겠습니다!'라는 외침이 들려오기도 했다. 검붉은 색으로 물든 하늘을 바라보며 오늘 온 사람들에 대해서 생각해 보고 있는 와중에 다시 훈훈한 웃음소리가 들린다. 청춘들은 짐을 챙겨 들고 마당에 모여 서서 마중을 나오는 회장 할머니를 주시한다.

"오늘 하루 동안 이 노인네랑 같이 놀아줘서 고마웠어요. 덕분에 정말 즐거웠어."

"아니에요, 할머니. 오히려 저희 받아주셔서 정말 감사드려요. 저희 앞으로 이 마을이 예쁘게 변신할 때까지 자주 찾아올 거니까, 그때마다 환하게 맞아주세요."

"아이고, 그러네. 그러면 나야 좋지. 어쩌다 한 번씩 저기 아파트에 사는 사람들만 찾아오지, 매일 똑같아. 내가 이 산이랑 몇 십 년을 같이 살았지만 이렇게 오랫동안 고요했던 건 처음인 것 같아. 아휴, 왜 이렇게 눈물이 나냐."

옆에 있던 남학생은 조심스럽게 눈물을 닦아 내는 할머니의 손을 살며시 큰 손으로 잡는다. 그러곤 하늘을 보며 입을 연다.

"할머니, 앞으로 사람들이 자주 많이 찾아오는 마을이 될 수 있게 저희가 한 번 최선을 다해볼게요. 알록달록, 예쁘게, 오늘 들려주신 이야기도 사람들한테 알려주면서. 이 발산마을 널리 알릴게요."

"그럼요, 할머니. 오늘 먹은 식혜에 대해서도 기록을 남기려고요, 헤헤. 그러니까 기록으로 남기고 싶으시거나 마을에 대해 알려주고 싶으신 거 있으시면 저희한테 알려주세요."

청춘들은 수줍어하는 할머니의 모습에 맑게 웃는다.

"그래요, 그래. 저기, 내일도 온다고 했나?"

"네, 할머니. 어, 내일은 좀 일찍 오려고요. 생각보다 이 마을이 정말 아름답다는 걸 알게 된 것 같아요. 저희가 더 예쁘게 만들어나갈 수 있을 것 같기도 하고요. 조금이라도 더 자주 마을을 살펴보려고요."

"그렇다면 다행이네. 암튼 내일도 조심히 와요. 오늘 자기 전에 내일 무슨 이야길 해줄지 생각해 봐야겠네. 조심히 가요."

"안녕히 계세요."

그는 청춘들의 등을 토닥거리며 천천히 그들을 보낼 마음의 준비를 하는 것 같았다. 낮이 긴 여름인데도 어두워진 늦은 밤에 마을을 빠져나가는 그들의 뒷모습에 안쓰러운 표정으로 바라보는 할머니의 뒷모습이 왠지 쓸쓸하다.

청춘들과 낯선 무리는 그 이후로도 자주 마을을 찾아왔다. 줄자를 가져와서 길이를 재보기도 하고, 사소하지만 결코 무시할 수 없는 그림자를 보고 스케치를 그려보기도 한다. 회장 할머니를 비롯해 마을 주민들을 한 명 한 명 만나보면서 이야기를 나누는 그들의 모습에 순간 울렁거렸다. 마치 어쩌다 과거 사진을 스윽 훔쳐본 것처럼.

본격적으로 마을을 손을 대기 시작한 것은 그로부터 한참 뒤였다. 이른 아침부터 깔끔하게 페인트칠을 하고, 연필로 살살 스케치를 하면서 머릿속에 담아두었던 것을 벽에 풀어낸다. 마을 사람들까지 밖으로 나와 하하호호 웃으면서 그들의 손에 힘을 더해준다. 동시에 낡고 무너진 집들을 수리하고 정리해나간다. 그중 마을 입구 쪽 한 귀퉁이에 있던 폐가의 문을 열고 들어가 청소하는 무리도 보였다. 일어나는 먼지에 잔뜩 인상을 쓴 한 남성이 안에 있던 쓰레기와 짐을 밖으로 나르며 같이 작업을 하는 사람과 의논을 한다. 저 집이 비어 있는 지는 꽤 된 것 같았는데, 새로 옷을 입힌다는 생각에 설렌다. 낡은 명패 옆에 예쁜 새 명패를 단다. 작은 화분 하나하나까지 예쁜 무늬를 그려 세심한 아름다움을 만들어낸다. 해가 쨍쨍 찌는 한낮에 얼굴에 땀이 주르륵 흐르지만, 덕분에 페인트가 잘 마르겠다며 환하게 웃는 청춘들이 얼마나 아름다운지. 며칠 동안 계속 비슷한 작업이 진행되었다. 땅바닥에서 훌훌 올라오는 열기에 연신 손부채질을 하면서 페인트칠을 하는 그들에게 간간이 식혜와 과일을 내오는 주민들의 마음도 예쁘다. 전체적인 페인트칠을 마친 후 분위기가 완전히 바뀐 마을에 연신 감탄할 수밖에 없었다. 환하게 밝아진 모습에 내 마음마저 덩달아 밝아지는 것 같다. 뿌듯한 표정으로 위에서 마을을 둘러보는 청춘들과 주민들의 뒷모습이 빛났다. 변화를 일구어낸 그들의 마음과 손, 소중하다. 새롭게 옷을 입은 건물 벽에 그들은 또 뭔가를 그리기 시작했다. 흰색 페인트로 글씨를 쓰고 있었는데, 그게 참 신기해 보였다. 분명히 직접 사람이 그린 게 맞는데 아닌 것 같았다. 신기하고 미묘한 작업 가운데 기괴한 고무신을 여기저기 붙이는 사람도 있었다. 우스꽝스러운 고무신 속 얼굴에 절로 웃음이 난다. 한쪽 구석에는 청춘들이 만든 것인지 별 모양과 공을 잡고 있는 손 모양의 조각물을 설치하고 갔다. 이 자리에 '예술'을 창조해낸다는 말이 맞는 것 같다. 주민들이 사는 집은 수리를 하고 사람의 온기가 남아 있지 않은 건물은 깔끔하게 정리한다.

나도 이제 과거의 모습은 추억으로 남겨둔 채,
'지금'의 발산마을을 새로 알록달록 칠해 나가야겠다.
그래야 하며, 그러고 싶다.

몇 년이 지났다, 아니 그런 것 같다. 또 나는 파란 지붕 집의 바깥쪽 벽에 걸려 있는 달력에 쓰여 있는 2016년 4월을 보고 알았다. 모든 것이 새롭게 나아지고 변한 지금이지만, 달력만큼은 그대로 그 자리에 걸려 있다. 오랫동안 바뀌지 않던 달력의 그 은행 마크도 그대로다. 어느덧 이 마을이 색동옷을 입은 지 2년이나 되었다. 사실 체감할 수 없을 정도로 시간이 빨리 지나간 것 같다. 뽕뽕 다리가 철거되는 그 시절에 나는 이 마을은 더는 흑백 사진으로밖에 남아 있을 수 없다고 단정 지었다. 지금 생각해 보면 그때 가졌던 마음가짐이 가장 어리석었던 것 같다. '하나의 작은 변화가 습관이 되고, 습관이 일상을 만든다.', 한 마을에 내민 하나의 작은 손이 많은 청춘의 기회가 되어 하나의 새로운 터를 형성하고, 새 옷을 입은 마을 안의 삶을 새로이 한다. 하지만 분명히 해둬야 할 것은 새로운 마을이 된 것은 아니라는 것이다. 발산마을은 과거 내가 첫 발걸음을 보았을 때부터 그 시절의 청춘이 만들어 나간 공간이다. 몇몇 주민들과 내가, 그리고 청춘의 땀 냄새가 밴 집들이 남아 있기에 여전히 마을이다. 그저 누군가에게 선물 받은 꼬까옷을 곱게 입었을 뿐이다. 그 꼬까옷은 이 시대의 청춘과 전 세대의 청춘이 함께 한 땀 한 땀 짜낸 것이다.

이 마을에 내민 하나의 작은 손은 생각보다 오랫동안 따뜻했다. 색동옷을 입혀 준 것에 모자라, 자주 마을에 잔치를 열었다. 마을 내에서 주민들끼리 하는 행사부터 이 시대의 청춘들이 주민들과 함께 살아보는 체험장을 열기도 했다. 덕분에 마을에서 웃음이 끊기는 날이 없었고, 점차 방문객도 느는 추세다. 특히 관광객으로 추정되는 사람들이 큰 카메라를 들고 이곳저곳을 찍는다. 마을 입구 쪽 폐가가 깔끔한 흰 집으로 바뀔 때까지 줄곧 왕래했던 한 남성은 지금까지도 거의 매일 아침 말끔한 복장으로 출근하는 것 같았다. 마을에 대해 호기심을 가진 사람들은 대부분 그 집으로 들어갔다. 창문 틈으로 보니 그 남성은 관광객에게 차를 건네며 여러 책자를 보여준다. 관광객들은 그 남성이 들려주는 이야기에 귀 기울이며 책자를 넘겨본다. 안내자의 역할을 해주는 것 같았다.

　매일 꾸준히, 많은 수는 아니지만 낯선 사람들이 발걸음을 해주고 있다. 그러다 그들은 우리 마을의 미묘한 매력을 알고 과거의 모습을 머릿속에 그려보기도 한다. 며칠 전엔 우리 마을로 새로 이사 온 젊은 부부도 있었다. 마을 주민들은 모두 그들을 환하게 반겼고 소통하였다. 그렇게 나는 끊임없이 꿈틀거리는 생명체의 움직임을, 계속 즐길 수 있게 되었다. 앞으로도 많은 사람이 우리 마을에 찾아와 환하게 웃을 수 있길 바란다. 옛날 내가 사랑했던 그 시대의 청춘과 현 시대의 새로운 청춘들이 함께 만들어가는 이 마을의 앞날을 기대해 본다.

• 순영(蕣榮) : 고전, 한시 중 '무궁화'

　　　　　　부모보다 먼저 세상을 떠난 자식은

　　　　　　무궁화처럼 오래오래 피어 있는,

　　　　　　궁(窮)하지 않은 존재이지 않을까.

• 방동(膀童) : 오줌통 방, 아이 동. 날마다 실수하는 귀여운 남자아이에게

　　　　　　마음대로 붙여본 이름.

• 문석(問石) : 돌에 관해 묻는 사내.

靑春[청춘]

: 만물의 푸른 봄철, 인생의 젊은 나이와 그 시절

靑春鉢山

靑春發散

꿈을 다시 발산하는 마을 주민,

새로운 마을 주민인 청년의 열정

#나에게 광주란……

생일 케이크와 같은 공간이다. 특별한 날만 먹어야 할 것 같은 케이크 말이다. 케이크 자체는 마음만 먹으면 먹을 수 있는, 정말 그 자체 평범한 간식이다. 하지만 나 자신이나 누군가를 생각하며 구입하고 초를 꽂아 불을 붙일 수 있기에 특별하다. 서울에서 탯줄을 떼긴 했지만, 더 많은 세월을 이곳에서 보냈기에 광주도 나에게 그런 특별한 곳이다. 내가 광주에 몸담은 세월만큼 꽂힌 초는 어릴 적 추억을 기억하게 하고, 환하게 켜진 불은 내 현재와 미래를 밝혀준다. 설령 이곳을 떠나더라도 흐르는 촛농과 그 아련한 불빛만은 잊히지 않으리.

오정연

최근 생긴 별명 : 두더지
이해할 수 없지만 야행성이고 땅굴을 잘 파고 들어간다
는 점에서 비슷한 것도 같다. 낮과 밤의 구분이 생겼으면
좋겠다. 잠을 자고 싶다.

유사 별명 : 비버
앞니가 크기 때문인 것 같다.

프롤로그

진부한 말이지만 어느새 가을이 왔습니다. 풍요로운 수확의 계절이라고 말들 하는데 마땅한 결실을 만든 것이 없어서 당황스럽습니다. 올해는 무척 길게만 느껴졌지만 막상 끝나가는 것은 붙잡고만 싶은 마음입니다.

올해도 동아리 휴먼플러스에서 부끄러운 글을 써서 냈습니다. 누구보다 손이 느리게 썼다고 자부할 수 있습니다. 작년의 글이 안에서부터 절로 내뱉은 글이었다면, 올해의 글은 억지로 밖으로 잡아끌어낸 글입니다. 머릿속에 둥둥 떠다닐 때는 분명 그럴듯했는데 말을 하거나 글로 쓰려 하면 얼마나 얼토당토않은지! 나날이 쓰기가 어렵고 힘겹습니다.

〈그날들〉은 개인적인 , 아주 개인적인 역사를 담은 소설입니다. 광주를 큰 주제로 글을 쓰게 되었을 때, 다른 친구들처럼 우리 고장과 우리 민족의 역사를 담아내려는 시도를 하지 못했습니다. 변명하자면 내가 가장 잘 쓸 수 있는 글은 내 안에서 나온 것으로만 채운 글이라고 생각했던 것 같습니다. 그러다보니 또 불친절하고 고집스러운 글이고, 그래서 반성하는 마음입니다. 언젠가는 읽는 이를 위한 글을 쓸 수 있겠지요.

누구나 자신의 고향에는 사랑하는 공간과 그곳에 깃든 잊지 못할 기억들이 있을 거라고 생각합니다. 하지만 사실 기억은 책장의 손이 잘 닿지 않는 칸에 놓인 앨범처럼 먼지 쌓이고 방치되기 십상이죠. 공간과 기억과 사람들을 잇는 사건을 만들고자 했습니다. 택시란 소재는 초기에는 사실 광주의 소개하고 싶은 장소로 이동하기 위한 교통수단이었는데, 이렇게 목표를 잡으면서 기억 속 상황으로 데려다 주는 환상 속 조력자가 되었습니다. 주인공 혜완이 옛 기억 속으로 돌아가는 것은 어디까지나 시간여행이 아니고, 공간에 담긴 기억을 재생하는 것뿐입니다. 그래서 그때로 돌아간 듯이 생생한 감정을 느끼지만 돌아온 현재가 바뀌지는 않습니다.

　양림동 펭귄마을, 양산동 양산제, 글의 배경이 되는 장소들은 제가 좋아하고, 더 많은 사람들이 좋아하게 될 만한 공간입니다. 기억이 나는 순간부터 이곳에 살았기 때문에 광주에는 소중한 장소들이 참 많습니다. 늘 편안함과 영감을 동시에 주는 운암동 시립미술관과 일대, 비엔날레 전시관과 용봉초록습지, 친구랑 벚꽃이 피면 다시 가기로 약속한 동천마을 광주천변, 어린 시절의 그리움을 부르는 낡고 또 무던한 우치공원과 동물원. 그밖에도 이전에 살던 동네의 사소하고 조용한 골목 같은 곳들은 고등학교를 졸업하고 광주를 떠나도 마음속에 계속 머무를 것 같습니다.

　마지막으로, 혜완의 마지막 대사가 〈그날들〉의 한줄 요약이라고 생각합니다. 저희 동아리의 책 출간이라는 소중한 기회를 위해 너무나 고생하신 남효진 선생님께 진심으로 감사드립니다. 삽화를 그려준 지민이와 휴먼플러스 아이들도 정말 고맙습니다. 그리고 당신께도 이 마음을 전하고 싶습니다. 감사드려요.

그날들

1. 귀소歸巢

민족대명절 북적이던 귀성열차에도 남 일인 양 마다하던 두 발이 새벽 세시, 심야우등고속버스에 실려 와 고향 터미널에 떨어졌다. 혜완은 뻐근한 목과 어깨를 웅크리며 출구로 걸음을 옮겼다. 기억하려 애쓰지 않아도 길은 익숙하고 불 꺼진 상점들도 으슥해 뵈지 않았다. 몇 없는 손님을 기다리는 택시를 타고 집으로 가는 길, 차창을 열고 물기 어린 공기를 들이마셨다. 드문 불빛과 서늘한 바람, 3년 만의 광주였다.

열아홉, 기를 쓰고 악에 받쳐서 자나 깨나 꿈에 그리던 상경. 사글세와 전공 서적, 하루 두 끼 밥값. 지나간 날들을 헤아리는 것은 늘 녹록지 않은 법이다.

눈을 떴을 때는 차가 막 멈추려던 참이었다. 희끄무레한 밤에 잠긴 5층 임대아파트와 암적색 낮은 담장. 집에 도착한 것이었다. 순식간에 묵직해진 느낌이 드는 다리를 느릿느릿 움직여서 주차장을 지나고, 센서등이 꺼진 현관을 지나고, 계단을 올랐다. 열쇠로 문을 열자마자 몇 발짝 가지 못하고 마룻바닥에 고꾸라지듯 몸을 누였다. 온 몸이 떨려서 목구멍보다 더 깊은 어딘가에서 울음이 나오는 줄 알았는데, 눈가를 만져보니 물방울은 없었다.

이틀 전 걸려온 전화는, 그 간격이 무척이나 아득하게 느껴져서, 현실인가 싶게도 만들만큼, 아주 먼 목소리로 아버지의 부고를 알렸다. 아직까지도 소화되지 않는 그 말이, 그 단어들이 가슴 언저리에서 얹힌 듯 꿈쩍도 하지 않았다. 때문에 혜완은 아주 어렵게 숨을 들이쉬었다. 집 안은 적막했기에 곧 자신의 짐승 같은 숨소리로 사방이 가득 채워지고 있다고 느꼈다. 마지막으로 이 집을 떠나온 지 3년이 넘게 지났을 텐데도, 게다가 3주 가량 동안 주인이 돌아오지 않은 빈 집이었음에도 떠도는 공기는 이상한 온기를 품고 있었다. 그래서 혜완은 까무룩 잠이 들었다.

어느새 날이 밝았다고 생각했더니 아침 해가 완전히 떠오르기도 전이었다. 그리 변하지 않은 단출한 집 안 구석에 시선이 머물렀다. 때마침 조금 싸늘한 바람이 창 틈새로 들어와 얇은 가디건을 여미며 베란다에 나갔다. 조용한 이른 아침이었다. 그리고 혜완은, 낯이 익은 무언가를 발견했다. 뒤를 돌아 떨리는 손으로 문을 열고 달리듯 계단을 내려가, 현관을 나와 주차장으로 돌아가 두 눈으로 확인할 수밖에 없었다. 그것은 아버지의 택시였다. 빛바랜 구형sm5. 보닛의 잔 흠집을 손으로 쓸며 혜완은 어제 찾아 본 교통사고 기사를 떠올렸다. 하지만 이내 납득하고 마는 것이었다. 이십 년간 지치지도 않고 매일같이 일하러 나가 손님을 태우고 날랐던 아버지의 동업자이고 동반자. 이 바퀴 달린 일꾼은 아버지의 삶대로, 습관처럼 일이 끝나자 무거운 몸을 이끌고 잠시 눈을 붙이러 집으로 돌아온 것인지도 몰랐다. 그녀의 얼굴에 고통이 일그러뜨린 미소가 번졌다. 이상한 일이었다.

2. 생시 生時

더할 나위 없이 긴 잠을 잤다. 눈을 감은 채로 잠에서 깼다가 몸을 웅크리고, 이불자락을 발 밑으로 뭉개서 넣고는 다시 잠을 청하고, 기억나지 않는 꿈속에서 몇날며칠을 보낸 기분이었다. 이렇게 오래 자본 게 얼마만인지 모르겠다. 하지만 그런 생각이 떠오르자 이내 눈이 뜨였다. 낯익은 듯 낯익지 않은 천장 벽지의 문양, 좀약 냄새가 나는 이불, 그리고……

혜완은 큰방 바닥에 애벌레처럼 누워 있는 자신을 발견했다. 버릇대로 두르고 잔 누비이불 밖으로 반쯤 상체가 빠져나와 있었다. 어슴푸레한 빛이 힘없이 놓인 손목 지척까지 다가와 있었다. 그림자 속에 묻힌 몸을 뻗어 기지개를 켰다. 온 몸 근육이 소리를 질렀다. 작은 신음소리를 내며 발목과 종아리를 주무르고 목도 휘휘 돌렸다.

몇 시인지 가늠도 못하겠다. 너무 오래 자서. 하지만 자신에게 주어진 일과는 아무것도 없었다. 늘 숨 가쁘게 어딘가로 이동하고, 무언가를 읽고, 누군가와 떠들며 지냈기에 혜완은 이런 공백이 낯설었다. 깊게 숨을 들이쉬었다. 그래서 무엇을 하면 좋을까. 무엇을 위해 돌아왔나.

라면을 끓였다. 문득 배가 고프다는 것을 깨닫고 가스렌지 아래 장을 열었더니 딱 하나가 남아 있었다. 찬장들은 누추하다는 말도 나오지 않을 만큼 깨끗했다. 깨끗하게 거의 비어 있었다. 냉장고를 열어보니 역시 다를 바 없었다. 작은 플라스틱 반찬통에 담긴 말라비틀어진 장아찌와 김치, 꽝꽝 언 단팥 도넛. 그 사람은 부엌에 몇 번 드나들지도 않았을 것이다. 그러나 나이 쉰 넘은 남자가 구부정하게 이 앞을 서성이는 모습이 떠올라서 어쩔 수 없이 목이 멨다. 라면이 다 끓었다. 면발이 덜 익었는지 퍽퍽하게 입 안에서 바스라졌고 여유 없이 삼킨 국물은 너무 뜨거워서 눈물이 나왔다. 하지만 맹렬하게 숟가락과 젓가락을 움직여 씹고 삼켰다.

혜완은 이번에는 작은방 문을 노려보고 있었다. 용기를 내서 문고리를 잡앉건만 허탈하게 철컥, 하고 무언가에 걸린 듯 열리지 않았던 것이다. 갑자기 머리를 스친 기억이 이 방문을 바로 자신이 잠갔단 것을 알게 해줬다. 열쇠를 넣고 돌리는 이 동작을 손이 어렴풋이 기억하고 있다고 생각했다. 뽀얀 먼지가 좀 쌓인 것이 방은 혜완이 마지막으로 나온 이후로 누구의 손도 닿지 않은 것 같았다. 열쇠는, 항상 신발장 위에 두었다. (누군가는 방문을 잠근 의미를 물을지도 모르겠지만 그녀 자신도 잘 몰랐다.) 등 뒤로 문이 닫히자 풀썩하는 먼지와 함께 이전으로 돌아온 듯한 기분이 들었다. 전부 다 두고 갔기에 오른쪽 벽에는 책장이, 문 맞은편 창문 밑에는 책상이, 그 옆에 여닫이 옷장이, 옷장 위에 개켜서 올려둔 덮는 이불이 전부 그대로 있었다.

남은 오후 나절은 책상에 앉아서 보냈다. 반들반들한 표면을 쓸어보기도 하고, 손에 잡히는 고등학교 책들을 일없이 넘겨보기도 했다. 이 책상에서 보냈던 시간은 아주 길지는 않았었다. 고등학교 시절 기숙사에서 돌아와야 하는 주말에만 여기 앉아서 공부를 했다. 사실은 공부보단 주로 공상을 했던 것 같다. 손에 닿지 않는, 꿈이란 이야기와 풍경을.

마지막으로 꺼내 든 것은 앨범이었다. 까맣게 잊고 있었는데 자신은 사진 찍히는 걸 좋아하지 않았던 것 같다. 혜완은 조금 어린 자신의 어색한 미소를 보고 나직하게 웃었다. 그리고 친구들, 빛나게 웃고 있는 그 얼굴들을 조심히 어루만지면서 그녀는 추억에 잠겼다. 안녕, 나의 열여섯 살.

그곳에 다시 가봐야겠다는 생각이 든 것은, 너무 오랜만에 아무 일없이 집 안에 처박혀 있었기 때문인 걸까. 어느새 타향의 팍팍하고 피곤한 삶에 적응한 몸이 어딘가로 움직이기를, 무언가 하기를 종용하고 있는지도 몰랐다. 광주에 내려온 이유는 무언가 찾고 싶어서였잖아. 혜완의 머릿속에서 누군가 그녀에게 말하고 있었다. 정말로 그것이 사실인지 금방 꾸며낸 생각일 뿐인지는 모르겠다. 그저 혼자 힘으로 내 삶을 책임져 보겠다고 애쓰던 서울살이, 그중에 아무리 노력해도 결코 채워지지 않는 것이 있었다. 그 결핍은 맹세컨대 학점이나 남자친구나 새로운 어떤 물건이 아니었다. 어쩌면 이대로는 이룰 수도 얻을 수도 없을 것만 같았다. 그것은 본능적인 자기암시였다. 마치 뿌리 없는 나무가 가지를 뻗으려 하는 것처럼. 그렇다면 나는 뿌리가 없는 걸까? 혜완은 의문했다.

꿈인지, 생시인지 분간도 되지 않았다. 복잡한 머리를 이고 집을 나와 사거리에서 버스를 타려는데 갑자기 미친듯이 비가 내리기 시작했다. 그리고한 치 앞도 보이지 않을 만큼 거센 빗줄기 속에서 혜완 앞에 멈춰선 것은택시 한 대였다. 게다가 누군가 뒷자석에 타라고 정중하게 문을 열어준 것처럼 문이 열렸고, 혜완은 그 택시에 올라탔다. 필연적으로 그랬다. 그리고택시는 출발했다. 그곳으로.

3. 양림동 펭귄마을

푹푹 찌는 여름날이었다. 우리는 시덥지 않은 얘기를 하고 이따금 웃음을 터뜨리며 나란히 길을 걸어가고 있었다. 오래된 상가들이 즐비한 도로는 걷기좋은 길은 아니었지만, 더없이 편안한 걸음이었다.

"그래서 대체 언제 도착하는 거야."

여자아이 하나가 투덜거렸다. 혜완은 이마를 타고 흘러내리는 땀방울을느끼지 못할 만큼 생경한 기분이었기에, 그저 앞서서 터덜거리며 보도를걷는 하얀 다리를 바라볼 뿐이었다. 고개를 들 용기 하나가 나지 않아서.

"완아 완아, 완전 배고파."

"좀만 참어."

그 옆의 아이가 대신 타박을 했다. 그리고 긴 대화의 주제는 저녁밥으로 무엇을 먹을지로 넘어갔다. 오만 가지 메뉴가 허공을 떠돌았다.

"전에 조대 즉석떡볶이 진짜 맛있었는데."

"아 진짜. 다시 가고 싶네……. 혜완아, 힘들어?"

"응?"

당황한 혜완이 되물었다. 눈을 마주친 아이는 얼굴이 희고 연한 쌍꺼풀이 진 순한 눈매에 동그란 눈동자가 따뜻했다. 아냐 괜찮아. 요즘 피곤해 보이던데 괜히 왔나. 걱정하는 물음에 미소가 번졌다. 아냐 아냐. 혜완은 고개까지 저었다. 그리고 이름이 기억났다. 은강이.

어느새 양림교를 건너야 했다. 광주천이 조금 마른 듯했다. 사실 이제 좀 지쳤어……. 이서가 힘없이 웃었다. 가만히 있어도 얼굴에 홍조가 도는 이서는 오는 길에 쉴 새 없이 참새같이 짹짹거려서 지친 것 같았다. 은강과 이서는 혜완의 16살 무렵의 같은 반 단짝이었다. 그 시절의 이 아이들 얼굴을 그동안 꿈에서도 보지 못했었다. 하지만 지금 같이 길을 걷는 것이 몹시도 당연한 것처럼 느껴졌다.

여기가 양림동이구나. 몹시도 한적한 동네였다. 표지판과 지도앱을 번갈아 보며 어디로 가야할지 고민하던 찰나, 은강이가 떡집 앞 할머니께 말씀을 여쭈었다.

"저 길 좀 여쭈어봐도 될까요? 펭귄마을 가려면 어디로 가야해요?"

공손한 말씨에 할머니께서 활짝 웃으시며 엉성한 발음으로 길을 일러 주셨다. 감사하다고 떠들썩하게 인사드리고 가르쳐 주신대로 걷다보니 셋은 갤러리와 쉼터를 발견할 수 있었다. 여기인가 봐. 이서가 기쁘게 외쳤다.

그곳은 온통 알록달록하고, 뱅글뱅글 돌아가고, 시와 그림과 다정한 이야기가 있는 공간이었다. 예쁜 꽃이 핀 정원에 통기타가 있었고, 시계가 있었고 자전거와 실로폰과 가구와 화분과 그릇과 액자와 인형들이 있었다. 여자아이들답게 탄성을 지르며 여기저기 사진을 찍어댔다. 너무 예쁘다. 그러게. 은강과 이서가 활짝 웃었다.

어디에나 있는 물건들, 옛날 물건들. 혜완은 이 공간의 시간이 멈춰 있는 것만 같다고 느꼈다. 열여섯 살이면 거의 6년 전 일이었다. 이곳에 셋이서 놀러왔던 일. 그때도 이렇게 심장이 두근거렸었나. 잃어버렸던 다채로운 기억이 이곳에 있었다. 마음속에 따뜻한 기운이 피어올랐다.

하늘에 회색빛 구름이 걸려 있었다. 평일이었고, 어중간한 날씨 탓에 마을은 그리 붐비지 않았다. 그래서 셋은 이곳저곳을 둘러보며 감상을 나누고 웃으며 천천히 걸을 수 있었다. 골목길로 더 들어가자 카페와 공예품을 파는 가게도 있었다.

"여기도 펭귄그림이야!"

"그런데 왜 펭귄마을이지?"

이서와 은강이 고개를 갸우뚱거렸다. 혜완은 답을 알고 있었지만 그들을 위해 담벼락에 써진 글씨를 읽어주었다.

"－화재로 집 한 채에 불이 나 타버린 곳에 마을의 쓰레기들이 쌓여 흉물스럽게 방치되자 마을 촌장님이 그 집터에 버려진 옛 물건들을 재활용하고 텃밭을 가꾸기 시작했다. 텃밭을 가꾸신 어른들은 대부분 관절염을 앓던 분들이셨고 나이 지긋하게 드신 어른들이 아장아장 느린 걸음으로 걷는 모습이 펭귄 같다 하여 펭귄마을이 되었다.－"

우리도 방금 펭귄 분께 길을 여쭤본 거구나라고 말하며 이서가 웃었다. 그러게, 멋지다. 은강과 혜완도 미소지었다. 조금 더 길을 들어가니 어르신들이 앉아서 민속놀이를 하고 계셨다. 수없이 많은 시계들이 잔뜩 걸린 거리도 있었고 오래된 장난감들이 가득 차 있고 풀이 무성한 공터와 시 현수막이 빼곡히 걸린 골목도 있었다.

　옛날 물건들은 골동품이 되기도 하고 잡동사니가 되기도 하며 쓰레기가 되기도 한다. 원래의 용도를 잃고 일정한 규칙 없이 놓인 이 많은 물건들은 무엇이기에 그 자리를 지키고 있는 걸까. 누군가 자리를 마련해 주었기 때문일까? 이곳에 있어도 좋다고. 여기서 다같이 어우러져서 따뜻한 이야기가 담긴 공간을 만들어보자고. 자신이 오래되서 갈 곳 없는 물건이라면 이곳에 오면 참 좋겠다고 혜완은 생각했다.

　"이상한 나라에 온 기분이야."

　모두가 동의했다. 골목이 끝났고 해가 지고 있었다. 석양에 비친 눈동자가 오묘한 빛을 띠었다. 잠시 그들은 고요하게 일렁이는 감동을 느끼고 가만히 섰다. 이후에 셋은 양림동의 근대역사와 문화를 담은 건축물들을 돌아볼 것이었다. 그리고 혜완은 이제야 기억했다. 오늘이 이 친구들과 함께한 마지막 날이었음을.

　중학교의 마지막 여름방학이 끝나기 며칠 전 어머니는 결국 아버지를 떠났다. 그래서 혜완은 2학기엔 거의 학교를 제대로 다니지 못했다. 유대감이란 끈으로 묶인 사이를 지킬 수 없었음은 물론이다. 사실 그것은 오늘의 혜완도 어느 정도 짐작하고 있는 일이다. 고등학교에 진학하면 어차피 뿔뿔이 흩어질 것, 다들 십대 후반이 될수록 막연한 걱정과 부담에 시달리고, 고등학교 진학 준비를 하느라 바쁜 것, 그리고 타인에게 가정사와 속내를 보여주는 것에 대한 불안. 혜완은 끝내 마음을 전하지 못했었다. 이대로 헤어지고 바뀐 주소지와 함께 내색 없이 개학일에 다시 얼굴을 마주했다. 후회했던 일.

"있잖아."

혜완은 성숙함이란 그늘이 스치지 않은, 눈코입이 선명하지만 아직은 어린 티가 나는 친구들의 맑은 얼굴을 마주했다. 그저 함께 있단 것만으로, 그 웃음과 대화가 가까이 있단 것만으로 수많은 안도와 위로를 줬던 친구들. 내 어린 날의 있을 곳.

"오늘 여기 너희들이랑 와서 다행이야. 좋았어. 고마웠어. 그리고 나……."

4. 열병 熱病

혜완은 그제의 기묘한 하루를 떠올리고 있었다. 양림동에서 돌아온 날 뜬눈으로 밤을 지새웠음은 말할 것도 없다. 물론 그것이 광주 집에 돌아온 후 낮밤이 없이 엉망이 된 생체리듬 때문이든 아니든 간에.

이상한 일이었다. 사실 세상에 이상한 일은 한두 가지가 아니긴 하다. 어쩌면 혜완은 이 고장의 옛 기억 속 사람들을 그리워하고 있었던 걸까. 거울 앞에 선 그녀는 그녀 자신도 뜻을 알 수 없는 표정을 하고 있었다.

많은 사람들은 그녀를 두고 표정이 없는 것이 특징이라고 말했다. 혜완은 찬찬히 자신의 얼굴을 들여다보았다. 피부는 어두운 편이고 머리카락과 눈동자 역시 아주 짙은 검은색이다. 숱이 적지 않고 고른 눈썹. 사람들은 눈치채지 못하지만 약한 굴곡이 있는 코. 신경 쓰지 않으면 저절로 조금 벌어지는 도톰한 입술. 그리고 가는 쌍꺼풀이 진 눈. 어머니가 언젠가 말했던 것처럼 열 살이 넘고, 스무 살이 넘자 한쪽씩 속쌍꺼풀이 생겼다. 전체적으로 어머니를 닮았음을 숨길 수 없는 얼굴인 것이다.

작은방 화장대 거울을 이렇게 뚫어져라 바라본 것은 참 오랜만이다. 화장대도 역시 먼지가 자욱했지만 가만 내버려 두었다. 먼지 쌓일 것도 몇 개 없었다. 아침저녁으로 기초 화장품을 열심히 찍어 바르는 성격은 아니었고 반쯤 남은 로션이 유통기한이 한참 지났음은 말할 것도 없다. 화장대 한 구석에는 먼지가 두껍게 쌓인 콤팩트 파우더가 있었다. 물끄러미 바라보다 손에 들고 먼지를 쓸었다. 어머니의 것이었던 나비 콤팩트.

　거울 속의 여자는 잠시 희고 수척했다. 그녀는 자신에게서 어머니의 모습을 얼핏 발견했고 스쳐갈 듯 희미하게 어린 남자의 모습도 떠올렸다.
　코 옆에 난 작은 뾰루지를 가만히 내버려둘 수 없었던 날들, 매일같이 거울 앞에 서서 시름했던 날들, 정말로, 정말로 예쁘고 싶었던 날들. 거울 앞에서 떠나지 못한 혜완은 막을 새도 없이 앞다퉈 터져나온 기억들 앞에서 입술을 깨물었다. 열일곱 살의 그날들. 열병의 날들.
　그것은 뜨거운 무언가의 용솟음침이었다. 발가락을 간질이기도 하고 머리를 아프게 하기도 했다. 유쾌한 느낌은 아니었지만 피하고 싶은 두려움 또한 아니었다. 하지만 지금은 덜컥 도망치고 싶었다. 어쩌면 만나고 싶었다. 그래서 혜완은 또다시 거리로 나갔다. 택시를 잡기 위해. 그곳으로 데려다주세요.

5. 양산동 양산제

무더위가 가신 늦여름, 호수공원에는 연잎이 무성했다. 찬찬히 숨을 들이마셔 보면 물기를 머금은 공기와 코 끝에 맴도는 싱그러움이 있었다. 그리고 네가 있었다. 다섯 발자국 정도 떨어진 거리에서 느릿한 걸음을 옮기고 있는 너.

그는 평온해 보였다. 이전부터 생각이 많아서 그것들을 떨쳐버리고 싶을 때나, 무언가를 좀 차분히 생각하고 싶을 때나 어김없이 걷곤 했다는 이 공원은 그와 잘 어우러졌다. 그 뒷모습을 보며 따라 걷는 혜완은 썩 평온하지 않다. 녹음에 물든 그의 빛깔이 눈에 어른거린다. 그래서 머리가 어지럽고 때론 속이 울렁거렸다.

그리고 앞으로도 줄곧 그럴 것임을 알았다. 혼자 있을 때나, 다른 누구와 있을 때나 이 잔상과 이 느낌은 시도때도 없이 자신을 찾아와서 머리를 텅 비게 만들 것이다. 그 생각말고는 아무것도 할 수 없게 비워지도록. 혜완은 자기 혼자서 몹시도 치열했던 그 여름을 똑똑히 기억했다.

봄, 처음 만났을 때, 서강의 첫인상은 별로 좋지 않았다. 솔직히 말해서 비호감에 가까웠을지도 모른다. 혜완을 볼 때 무언가 아니꼬워보이는 날선 얼굴이었다. 학원의 친구들과 서로 투닥거리며 낮은 목소리로 조소하는 것이 경계를 살 만하였다. 조금 무서웠다고 해도 좋을 것 같다. 혜완은 그래서 가까워지리라는 예상을 전혀 못했는데. 그들을 둘러싼 배경이 그렇게 내버려두지 않았다.

어머니의 고향 친구이자 대학 동기인 학원 원장님, 학원 원장님의 아들인 서강, 한 살 많은 남고생. 이사 온 동네에서의 고등학교 첫 여름방학에 혜완은 서강과 학원에서 줄곧 자습을 하고 집에 가서 함께 밥을 먹었으며 같은 연립주택의 벽 하나를 맞댄 각자의 집에서 잠을 잤다. 어찌할 수 없을 만큼 가까워지게 된 것은 필연일지도 몰랐다.

점점 알게 된 서강은 겨우 한 살 많았음에도 때로 무척 어른스러웠고, 생각보다 배려심이 깊었다. 또 솔직하고 자기주장이 분명했다. 평소에는 말투가 다분히 사나운데 필요할 땐 차분하고 단정한 말씨도 쓸 줄 알았다. 머리가 좋은 것 같지는 않은데 엄청난 노력파여서 공부를 잘했다. 듣던 바로는 학교 석차가 대단한 모양이었다. 그만큼 부담을 많이 받았고 스스로 이

겨내기 위해 애를 쓰는 모습이 보였다. 때론 그래서 존경스럽기도 하고 안쓰럽기도 했다.

눈에 띄게 잘생긴 얼굴도 아니었는데, 어느 순간부터 다갈색 눈동자, 곧은 코, 일자로 다물 때의 입매 같은 것들을 눈으로 쫓게 되었다. 무턱대고 수II를 들고 가서 가르쳐 달라고 하면, 당황해서 자신은 이과라고 항변하며 눈을 짝짝이로 만들며 웃곤 했다. 원장님이 시킨 대로 책상에 나란히 앉아서 가만히 국어 비문학을 풀다가 혜완이 졸면, 손바닥으로 어깨를 탁탁 두드려서 깨웠다. 서강이 졸아도 마찬가지였다. 물론 그런 적은 거의 없었지만. 막상 함께 있으면 아무렇지 않았던 때도 있었다. 하지만 혼자 있을 때, 그런 아무것도 아닌 순간들이 마음을 뒤엎었다. 급기야는 하루종일 펜을 들고도 아무것도 풀어내지 못하는 날도 있었다.

혜완은 한 달쯤 이상징후를 무시하려고 애썼다. 하지만 결국 모른 척하는 것을 포기하고 난 뒤에도 조금도 마음이 가벼워질 수는 없었다. 첫째, 너는 이제 곧 수험생이고, 나도 그렇고, 둘째, 너는 나를 좋아할 리가 없고, 셋째, 우리는…… 어쩌면 언젠가 남매가 될지도 모른다. 뱃속을 할퀴며 긁어내리는 듯한 세 문장이 완성됐다. 자신에게 이런 삼류소설 같은 일이 일어날 줄을 몰랐었는데, 혜완은 헛웃음을 짓곤 했다.

그럼에도 자꾸 마주칠 수밖에 없는 상황은 잔인하기도 했다. 얼굴이 보이면 괴로웠지만 얼굴이 보이지 않으면 그것대로 괴로웠다. 온종일 그가 어디에 있는지를 인지하고 있으려고 애쓰느라 머리 한구석이 무거웠고 어디서 누구와 있는지를 찾으려고 눈이 헤매느라 피곤했다. 다른 생각할 여유가 나기라도 하면 안 그래도 못난 얼굴이 그에게 더 못나 보이지는 않을까 걱정을 했다.

혜완이 가장 힘들었던 것은 언제 끝날지도 모르겠는 이 지독한 감정소모를 누구와도 나눌 수 없다는 것이었다. 서강이 원망스럽기까지 했다. 자신이 그의 소중한 사람이라고는 했지만 그는 절대 자신 때문에 힘들지 않을 것이기에.

혜완이 조용히 옛 생각에 잠긴 사이 그들은 어느새 연꽃 호수 위 나무 다리 중앙까지 와 있었다. 얼마 전에는 이곳에 연꽃이 만발했다. 온갖 더러움 속에서도 성스럽고 황홀한 꽃을 피워낸다는 연은 정말로 아름다웠고, 동시에 혜완의 기분을 시들게도 했다. 떨어지는 물방울 하나조차 품어주지 않고 또르르 그대로 흘려보내는 그 고고함에 마음이 쓰렸던 것인지도 몰랐다.

공원 부지는 참 넓다. 밖으로 몇 걸음만 나가면 담배공장과 고급스럽지 않은 아파트 단지들을 볼 수 있지만 호수 공원은 늘 포근하고 아름다웠다. 잠시 어느 낙원을 거니는 신선이 될 수 있었다.

"요즘 힘들어?"

안색이 안 좋네. 그가 뒤를 돌아보며 물었다. 이게 그의 나쁜 점이었다. 남의 표정을 읽는 거. 요즘 통 공부 집중도 못하는 것 같고. 그가 그저 입을 다물고 있는 혜완의 얼굴을 보더니 말을 이었다.

"걱정돼서 그래."

다정한 말투에 눈물이 나올 것 같았다. 지금의 혜완은 눈물이 많다. 툭하면 터져나올 수도 있었다. 특히 그가 건드리면.

"아니면 뭐 고민이라도 있어?"

5년 전의 혜완은 오늘 사고를 쳤다. 처음 하는 짝사랑은 열일곱 살의 예민한 감수성에 맞물려서 통제할 수 없을 정도로 덩치를 불렸다. 자기혐오와 애달픔이 번갈아서 찾아와서 그 전날 밤에는 잠까지 설쳤다. 그쯤 되자

전부를 포기하고 싶었다. 그래서 덜컥 울면서 고백을 했다.

"나 너 좋아하는 것 같아."

"너 때문에 공부가 안 돼."

"딱히 너랑 뭘 하자는 건 아닌데 그냥 너도 제발 알았으면 좋겠어."

"여태 너무 혼자 힘들었어. 너도 힘들었으면 좋겠어."

그 말들을 입 밖으로 내보내는 상상을 했다. 조용히 눈물이 흘렀다. 당황한 그가 가만히 날 바라보는 게 느껴졌다. 그냥 말해버리면 끝이다. 이미한 번 해봤던 일이 아닌가. 이 치욕을 혼자 감당하고 싶지 않았다.

하지만 혜완은 고인 침을 삼키고 말도 삼켰다. 흐느껴 울면서 제 눈물도 닦아냈다. 기척으로 서강이 다가왔음을 알 수 있었다. 그는 무슨 일인지는 묻지 않았다. 그저 무릎을 굽혀 눈높이를 낮춰서 눈물이 그치기를 기다려 줬다. 그렇게 혜완은 첫사랑을 놓았다.

후회하지 않을 리 없었다. 지나가는 십대의 길목, 지나가는 마음, 지나가는 순간. 하지만 전부 소중함으로 남기고 싶었던 하루들이었다. 오후의 뜨거운 햇살과 푸르른 공원, 함께 보냈던 시간, 좋아했던 사람. 그 추억과 다시 마주할 수 없는 것은 자못 잔인했었기 때문에.

6. 비원鄙願

혜완은 어쩐지 광주에 온 지 아주 오래된 것만 같다는 느낌이 들었다. 창밖에 쏟아지는 빗소리도 정겨웠다. 손가락을 접으며 날짜를 세어보니 사실 정말로 시간이 꽤 지났다는 것을 깨달았다. 양산동에 다녀온 후로 벌써 일주일이 지났다. 그사이 방바닥 물걸레질을 하루에 두어 번 했고 한 층씩 책장에 수북이 쌓인 먼지를 닦아냈고 베란다 구석에 있던 죽은 화분을 치웠다. 매일 아침이면 혼자서 계란프라이를 부쳐 먹었고 밤이면 작은 대야에 뜨거운 물을 받아 반신욕을 했다. 천장이 낮은 부엌이, 욕조도 없는 작은 화장실이 조금도 불편하지 않았다.

때로 혜완은 자신처럼 또 다른 어딘가에 머무르고 있을 사람들에 대해 생각했다. 어느 밤은 외로움에 사무쳤다가, 그 다음 날 아침은 방안에 가득한 아늑함을 느끼고 안도했다. 휴대폰을 확인하지 않은 지 한참이 지났다. 아직은 누군가와 연결되고 싶지 않았다. 사실 그녀는 겁을 내고 있는지도 몰랐다.

혜완은 평화로움을 만끽했다. 광주가 난생 처음으로 그녀에게 은신처를 제공해 주려는 것 같았다. 그동안 그녀는 자신을 사지로 내몰았었음에 틀림없다. 학교공부도 과활동도 전부 잠시 포기해도 좋았다. 가을비 냄새가 어린 선선한 바람이 불어왔다. '바람願이, 바람風이 되어 사라지네.' 어디선가 들었던 말을 중얼거렸다. 처음의 바람이 뭐였는지 떠올려보려고 했지만, 잘 되지 않았다.

7. 무등산

아버지는 바람 같은 사람이었다. 혜완은 그렇게 기억하고 있다. 젊은 시절에는 데모를 했고 순수시를 썼고, 미술을 하고 싶었던 어머니와 결혼했고, 어머니가 자신을 낳은 뒤에는 생계를 위해 개인택시를 몰았다. 고지식하고 성실했지만 사실 돈을 모으는 데 목적을 둔 사람은 아니었다. '그래봤자 광주 바닥'이었지만, 이곳저곳을 유랑하듯 돌아다니는 것이 좋아서 운전대를 잡았을 것이라고 가끔 생각했었다. 주말과 공휴일에도 쉬는 법이 없었다. 혜완이 중학교에 들어갔던 해, 어머니는 건강 문제로 몇 개의 직장들을 전전하던 것조차 그만뒀다. 그 집에서 어머니는 홀로 외로웠는지도 모르겠다.

혜완은 택시에 실려 어딘가로 가고 있었다. 이번에는 자기 의지가 아니었는데, 때문에 경직된 얼굴을 감추지 못하고 불안한 시선으로 창 밖을 내다보고 있었다. 묵묵히 운전하고 있는 기사의 뒷모습을 힐긋 봤다. 여태는 단 한 번도 말을 걸지 못했다. 자신에게 벌어진 상황의 초현실성에 기가 막혀서 스스로 대화를 시도할 용기를 내지 못했기 때문이었다.

"사실은 가고 싶지 않아요."

말을 불쑥 내뱉고 만 혜완 자신도 놀랐다. 기사는 아무 말이 없었다.

"그곳에 가는 게 맞는 걸까요?"

잠시의 정적이 흐른 뒤 기사는 입을 열었다.

"아가씨, 나는 이 택시에 수많은 이들을 태웠어요. 수많은 곳에다가 데려다 줬죠. 글쎄— 방향을 잘못 택한 적은 있었지만, 원했던 목적지에다가 못 내려준 적은 없었습니다."

그것은 동문서답같기도 했다. 하지만 택시는 목적지에 도착했다. 어느 가을, 아침의 무등산.

혜완은 어머니와 아버지를 마주했다. 낯선 동행이었다. 그들에게도 낯설었던 것 같다. 가족끼리 어디를 간 것은 손에 꼽을 수 있었다. 그 시간은 기억이 잘 나지 않았다. 앞서거니 뒤처지거니 하면서 걸었고, 가끔 몇 마디 말들을 주고 받았고, 입을 다물지 못하고 가을 산의 정취를 감상했다. 내려오는 길에는 다리가 후들거려서 아버지의 손을 잡았다. 따뜻하고 크고 두툼한 손이었다. 어머니에게도 손을 내밀었다. 마르고 조금 차가운 손이었다. 그리워한 적이 없다고 생각했는데, 셋이서 나란히 걸으며 혜완은 눈물이 날 것 같았다.

8. 안녕 安寧

그 기간은 마치 치유의 시간 같았다. 세 차례 기억 속으로 되돌아가고 난 뒤, 부숴진 뼈를 맞추는 듯한 통증도 느꼈지만 이내 그 고통은 잦아들었다. 사실 혜완은 알고 있었다. 시간을 되돌리는 일은 불가능하다는 것을. 후회하는 일을 없었던 것으로 바꾸기에는 이미 시간이 흐르고 만 것을.

그럼에도 사랑했던 공간에 담긴 시간을 재생해서 옛 기억과 조우할 수 있었던 것은 큰 행운이었다. 아무도 믿지 못할 경험을 했다. 흐려진 시간을 건너서.

유스퀘어는 아주 붐볐다. 혜완은 터미널이란 공간을 좋아했다. 수많은 사람들이 새로운 곳으로, 익숙한 곳으로, 낯선 곳으로, 낯익은 곳으로, 홀로 서기 위해, 누군가와 함께하기 위해 출발하고 도착하고 바쁘게 오가는 곳.

승차시간은 조금 여유가 있었다. 혜완은 새로 입점한 프렌차이즈들을 구경하다가 편의점에서 생수 한 병을 샀다. 조금 서두르는 것이 좋을 것 같아 2번 승강장으로 이동하려는 찰나 앞서 걷는 소녀 하나를 발견했다. 이상한 일이었다.

까만 단발머리, 잿빛 코트. 고향을 영영 떠나는 처지에 조금 작은 가방. 별로 넣을 것이 없었던 탓이었다. 혜완은 잠시 멈춰섰는데 아이는 머뭇거리지 않고 곧게 앞으로 걸어가는 바람에 거리가 조금 더 벌어졌다.

그녀는 지금 이상하게 심장이 뻐근할 것이다. 그토록 바랐던 새출발이다. 배웅해 주는 이 하나 없이, 기다려주는 이 하나 없이 광주를 떠날 것이다. 다시는 돌아오지 않을 것이다.

하지만 혜완은 알고 있었다. 그녀가 그토록 골몰했던 새 삶은 어쩌면 무척이나 외로울 것이고 틀림없이 찾을 수 없는 것을 찾아 헤맬 것임을, 그래서 결국은 돌아오게 될 것임을. 돌아온다면 돌아갈 수 있다는 것임을.

"그래서 우리는 뿌리를 내려야 해, 가지를 뻗기 전에."

혜완은 자신도 모르게 조용히 말을 건넸다. 지금은 닿지 않을 것이었지만, 그래도 괜찮았다.

#나에게 광주란……

: 내 기억 속 첫 번째 고향.

ㄱ 관찰기

고우리   이서현

지음   그림

고우리

사람들이 흔히 말하는 가장 꽃다운 나이, 18살.
하지만 드라마에서 나오는 것처럼 두근거리는 첫사랑도,
일상을 뒤흔들 만한 사건도 존재하지 않는다.
모두가 그리워할 것 같고 영원히 청춘일 것 같은 18살.
아직 시기가 안 된 건지 그만큼 성장하지 못한 건지 모
르겠지만
나에게 있어서 지금의 18살은
그리 특별하지 않다.
난 그저 힘들었던 하루를 덕질로 마무리하는
평범한 18살 여고생일 뿐이다.
하지만 나중에 과거를 그리워할 때는
특별하지 않고 가장 평범했던 이 시간을
그리워하는 사람이 되어 있지 않을까.

프롤로그

영화 '그랜드 부다페스트 호텔'에서, 작가는 주변인들이 제공하는 캐릭터와 사건을 주변인들의 삶 속에서 잘 지켜보며 타인의 이야기를 들려주고, 동시에 듣는다고 하는 대사가 나온다. 나 역시, 나와 내 주변의 경험을 토대로 글을 썼다. 제일 처음 글을 썼을 때보다 더 수월하게 쓸 수 있었고, 글을 쓰는 과정에서 누군가를 떠올리며 틈날 때마다 생각나는 감정을 적고, 나 혼자 설레발을 치기도 했다.

물론 그런 과정 속에서도 원하던 스토리를 다 넣을 수는 없었지만, 원하던 대로 깔끔하게 써지지는 않았지만, 그래도 또 다시 하나의 글을 완성시켰다는 것에 의의를 두고 싶다.

글을 쓰면서 역사적 사실을 넣는다는 것에 부담을 느끼기도 했지만, 과거에 왜곡되었었다는 사실을 기억하며 올바른 진실을 알리려는 목적이 조금이라도 반영된 것 같다.

마지막으로, 미흡한 나의 글을 읽어줄 독자들이 이 글에서 어떤 느낌을 받았든지, 이 글을 읽고 어떤 생각이 들었든지 그저 조금이라도 '의미 있게' 읽어주길 바라며, 읽어줘서 감사하다는 마음을 전하고 싶다.

그 관찰기

#1. 그녀의 시선

현재 날짜 : 86년 8월 22일, 개학 후 첫 월요일

현재 시각 : 오전 10시 10분, 2교시 끝나기 20분 전

현재 위치 : 서울 ○○ 고 3층 2학년 3반

현재 관찰 : 대상 위치 옆 분단 앞 대각선

본다. 보인다. 그가 보인다. 곧 나의 시야에 잡혀서 눈을 고정시키게 만든다. 그는 수업에 집중하고 있는 듯했다. 집중하는 그의 모습이 낯설게 느껴진다. 그는 자율학습 시간에는 집중하지 못하는 모습이었으니까. 그가 수업을 열심히 들으니 관찰이 재미없다. 관찰 대상이 저리 가만히 있는 것을 지켜보는 것은 따분하다고 생각한 뒤 나도 다시 수업에 집중한다. 집중하려 했다. 그래, 난 분명 집중하려고 했다. 하지만 그를 보는 것을 멈출 수가 없었다. 흩어져가던 내 시선을 붙잡는 익숙한 행동을 했기 때문이다.

그는 수업을 듣다가 문득 교과서의 빈 곳을 쳐다봤다. 그러다 그림을 그렸다. 항상 똑같은 그림. 굵은 눈썹에 쌍꺼풀이 없는 눈을 가진 사람. 그는 항상 낙서를 할 때면 그런 그림을 그리곤 했다. 그의 똑같은 그림은 책 여기저기에 널려 그려져 있었다. 나는 그림의 의미가 궁금했지만 차마 물어

보지 못했다. 그를 관찰하고 있다는 사실이 들통나버릴까 봐. 그냥, 그에게 자신을 주도면밀하게 쳐다보고 있고 자신의 모든 행동을 분석하는 이상한 아이로 보이고 싶지 않았다.

관찰을 시작한 지 벌써 한 달이다. 그를 관찰하기 시작한 날은 방학 보충 때다. 처음의 그날은 여느 날과 다를 바 없었던 날이었다.

당시 날짜 7월 26일. 여름 방학 보충이 시작되었고, 정규수업을 끝낸 뒤 약 5시간의 긴 자율학습의 시간을 보내고 있었던 평범한 날이었다. 여름의 기나긴 무더위처럼 기나긴 오후 자율학습이 지속되던, 평소와 다를 바 없는 날. 그때로 돌아가 보면, 학기 중에 하던 자율학습 때보다 더 길어진 자율학습에 지친 나는 문득 멍하니 친구들을 둘러보고 있었다. 눈에 초점이 없는 상태로 시계만 보는 아이들이 눈에 띄었다.

현재 시각 7시. 아마 아이들도 나와 같이 집에 가는 저녁 8시만을 기다리고 있을 것이라는 생각이 들어 웃음이 나왔다. 그렇게 몰래몰래 고개를 돌리다 옆을 봤을 때, 그가 보였다. 같은 반이지만 말을 거의 섞어본 적 없는 아이였다. 제대로 된 대화를 나눠본 적도, 짝이 되어본 적도, 같은 조가 되어본 적도 없었다. 그에 대해 아는 것은 조용하고 묵묵하게 할 말만 하며 주위에 별로 관심이 없다는 것과 그가 공부를 꽤 잘하는 편이라는 것이 유일했다. 그런 과묵한 성격의 그와는 다르게 나는 호기심이 많아 이리저리 쏘다니며 활발하게 지내는 사람이었다. 그와 내가 친해지기 힘들었던 이유가 이런 성격이라고 생각될 만큼, 우리는 달랐다. 그럼에도 불구하고, 어찌된 영문인지는 모르겠으나 그는 3월부터 지금까지 나의 자리에서 항상 가까운 곳에 있었다. 우리 반만 해도 52명이 있었지만, 그는 나에게서 몇 칸 떨어지지 않는 자리를 유지했다. 그의 현재 위치는 옆 분단의 앞 대각선이다. 하지만 친해지지 못한 것은 여전했다. 그는 내 관심 밖의 대상이었다. 7월이 다 되어서 이제야 눈에 띈 그는 자습에 집중하지 못하는 모습이었다.

물론 나도 집중하지 못하고 그를 관찰하고 있긴 했다. 하지만 그는 정말로 지금이 자율학습 시간인지도, 이 자율학습 시간에 무엇을 해야 하는지마저도 잊어버린 듯 행동했다.

—불안하고 방황하는 시선으로 주위를 둘러보는 행동, 갈피를 잡지 못하고 이리저리 옮겨 다니기 바쁜 눈, 쉴 새 없이 양 옆을 흘끔 쳐다보는 그런 눈, 무언가 꼼지락대지만 정작 하는 것은 없는 손.

그런 모습을 보고 있자니 약간은 답답한 마음이 들었다. 물 없이 퍽퍽한 고구마를 먹는 듯한 마음이. 당장이라도 그에게 다가가 고개를 잡고 책에다 고정시켜주며 말해 주고 싶었다.

"여기를 보고 시선을 고정해!"

하지만 지금은 자습시간 이었다. 더군다나 친하지도 않은 그에게 말을 걸 자신조차 없었다. 그렇게 하나마나한 헛된 상상을 끝냈다. 이제 보지 말아야지, 그래. 하지만 애써 보지 않으려고 해도 주위를 둘러보며 산만하게 만들어버리는 그를 어찌 보지 않을 수 있을까. 허공에 맴도는 잔상이 저렇게 요란한 그를……

그렇게 얼마나 그를 쳐다봤을까, 내 손에서 스르르 연필이 떨어졌다. 휴, 정신 차려야지. 그를 그만 봐야겠다는 생각이 들어 책을 챙기고 뒤로 나갔다. 자리를 뜨자 그는 더 이상 시야에서 보이지 않는다. 그 후 겨우 집중력을 책으로 돌리고 공부를 했다. 그것이 첫 번째 관찰의 끝이었다. 그리고 1시간 후 8시가 되자 나는 두 번째 관찰을 시작할 수밖에 없었다.

＊＊＊

현재 시각 8시 2분. 오자가 끝나고 썰물이 나가듯 아이들이 교문으로 쏟아져 나갔다. 나도 그들 중 한 명이 되어 신나게 교문을 나선 뒤 집으로 향했다. 나는 방금 전 오자시간의 그의 행동을 곱씹으며 걷고 있었다. 눈으로는 내 앞의 다 똑같이 생긴 교복들을 쳐다보며. 그러다 그들 중 낯선 듯 익숙한 사람이 보였다. '그'였다. 오자시간의 모습은 어디가고 완벽한 모범생의 자태로 걸어가는 그였다. 단정한 교복에 책가방을 메고 곧은 시선을 유지하며 걷는 모습은 마치 딴 사람처럼 보였다. 그러다 그가 가는 곳을 유심히 살펴보았다. 그는 우리 집이 있는 골목의 가장 끝 집으로 들어갔다. 그는 나와 같은 골목길에 살았다. 여기서 정말 내가 그에게 관심이 없었다는 사실을 깨달았다. 매일 같은 등하굣길을 걸으면서도 마주치지 못했던 걸까. 아니, 마주쳤어도 내가 몰랐을 것이다. 난 이미 집으로 들어 가버린 그의 잔상만을 바라보다 정신을 차렸다. 그에게 홀린 걸까. 나도 모르게 두 번째 관찰이 시작되었다가 끝나버렸다. 이놈의 관찰병. 나는 궁금한 게 생기면 습관적으로 관찰을 했다. 오늘처럼.

그렇게 우연히 시작된 그를 향한 관찰은 한 달째 이어져오고 있었다. 관찰 결과, 그는 수업시간에는 집중력이 상당히 좋은 편이었다. 책 귀퉁이에다 그림을 그리는 것은 여전했지만. 그는 유달리 자습시간에만 집중하지 못하는 것 같다. 또, 다른 아이들처럼 쉬는 시간에 먼저 도시락을 까먹는다든가 하는 모습을 본 적이 없다. 그리고 또……. 그는 나름 옆태가 괜찮은 것 같다. 계속 봐서 그런가.

며칠 뒤, 자리를 바꾸는 날이 왔다. 떨리는 마음으로 자리를 바꾸고 재빨리 내 주위에 친한 친구가 있는지 확인하기 위해 이미 다른 친구들이 다닥다닥 붙어 있는 칠판으로 갔다. 아직 내 짝은 정해지지 않았고, 근처 아이들의 이름만 보였다. 위, 아래, 양 옆을 둘러보던 와중, 한 이름이 눈에 띄었다. 그의 이름이었다. 이번에는 내 자리 바로 옆 분단이었다. 그는 이미 자신의 자리에 앉아 있었다. 정말 자리 하나는 절대 떨어지지 않는다고 생각

하며 나도 얼른 내 자리에 가서 앉았다. 자리를 바꾼 뒤 수업은 곧바로 시작됐다. 바로 옆이라서 그를 전처럼 관찰할 수는 없었다. 언뜻 아쉬운 마음도 들었지만 이건 내 의지가 아니라고 애써 부정하며 수업을 듣기 시작했다.

현재 시각 2시 20분. 어느새 5교시 끝나기 10분 전, 그렇지만 중식 후 몰려오는 식곤증에 지쳐가는 때.

"자, 이 부분은 이렇게 풀어낼 수 있는데……. 얘들아, 힘 좀 내자! 눈 떠!"

선생님의 열강과 핀잔 같은 격려가 귀에 맴도는 동시에 눈은 이미 갈 곳을 잃은 지 오래다. 동공은 초점을 잃었고 온몸이 나른하다. 주위를 둘러보니 이 상황을 겪고 있는 것은 나뿐만이 아닌 것 같아 괜히 동질감을 느낄 수 있었다. 역시 5교시답다는 생각을 하며 고개를 절레절레 흔들고 있을 때, 옆 분단 옆 자리의 그가 보였다. 그도 우리와 많이 다르진 않았나 보다. 그는 칠판을 보며 멍을 때리고 있었다. 앗, 몰래 그의 모습을 바라보다가 눈이 마주칠 뻔 했다. 간발의 차이로 시선을 뗀 나는 책을 바라보는 척 했다. 옆을 보지 못해서 잘은 모르겠지만, 아마 날 보고 있지는 않을까 하는 생각이 들었다. 그래서 더욱 얼굴을 파묻을 기세로 책을 쳐다봤던 것 같다. 그 상태로 책만 바라본 지 얼마나 지났을까, 쉬는 시간 종이 울렸다. 나는 번쩍 고개를 들고 무슨 일 있었냐는 듯이 책을 덮었다. 그리고 슬쩍 옆을 보자, 그는 이미 나간 뒤였다.

휴, 한숨을 쉬고 자리에서 일어섰다. 그리고 앞문으로 나가려는 데 툭. 무언가 떨어졌다. 바닥을 쳐다보니 작은 종이 하나가 떨어져 있었다. 아마 그의 책상에서 떨어진 듯했다. 종이에는 뚜렷하고도 희미한 글자가 몇 적혀 있었다.

－ 꿈에서도, 현실에서도 형이 자꾸 보인다. －

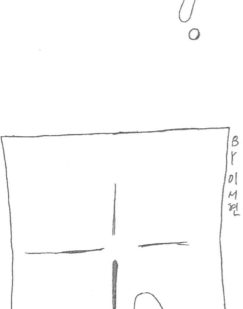

BY
이
서
현

무슨 의미인 걸까? 또 다시 호기심이 들었다. 그러나 그때, 괜히 남의 것을 빤히 보고 있으면 안 된다는 생각이 들어 재빨리 그의 책상에 종이를 올려두었다. 그러고는 다시 아무렇지 않은 척 제자리에 앉았다. 그때, 수업 시간 종이 울릴 때가 되자 그가 자리로 돌아왔다. 그는 책상 위의 물건들을 정리했다. 곁눈질로 보고 있던 나는 그가 종이를 정리할 때 그가 누군가가 그것을 만졌다는 것을 눈치챌까봐 조마조마했다. 다행히 그는 눈치채지 못한 듯했다. 정말 다행이다. 벌써 몇 번이나 그를 관찰하고 있던 것을 들킬 뻔 했는지, 벌써 얼마나 그의 눈치를 보고 찔려 했던 건지, 심장이 콩닥콩닥 거렸다. 하지만 곧바로, 다른 의미의 심장 폭행이랄까, 내 심장이 콩닥거리다 못해 터질 만한 일이 일어났다.

"혹시, 봤어?"

그가 나에게 말을 걸어왔다. 처음으로, 나에게, 직접, 말을 건넸다. 너무 당황한 나머지, 나는 제 발 저린 도둑이 됐다.

"아니? 나 너 안 봤어!"

"종이 봤냐고 물은 건데……."

"……."

순간 아무 말도, 아무 생각도 하지 않았다. 그저 그를 멍하니 바라만 보고 있었다. 그리고 약 5초간의 기나긴 눈 맞춤 뒤에 종이 울렸다. 딩동 댕동-하는 소리가 귓가를 때렸고, 머리도 때렸다. 종소리가 '이건 네 학교인생이 종 쳤다는 소리고, 넌 이제 그에게 이상한 애로 찍힐 거야.'라고 말하는 소리로 들렸다. 난 종소리가 끝나자 기다렸다는 듯 냉큼 자리에 앉았다. 자리에 앉자 뻣뻣한 고개를 정면으로 겨우 돌렸다. 그러고는 방금 무슨 일 있었냐는 듯 아무렇지 않게 수학 공책을 꺼내서 영어 단어를 쓰기 시작했다. 그와 처음 나눈 대화가 저런 류가 될 것이라고는 상상도 하지 못했다. 내 앞에 쥐구멍이 있다면, 지구의 맨틀까지 파고 들어갈 수 있지 않을까 하는 생각이 들었다. 그가 아직까지도 나를 바라보고 있는 시선이 느껴졌다.

자신의 종이를 봤냐고 물어봤는데 자기를 절대 보지 않았다며 온몸으로 거짓말을 하는 나를 어떻게 생각할까. 분명 날 이상하고 이상한 애로 여기고 있을 거다. 그렇게 머리를 싸매고 몇 분이나 끙끙 댔을까, 선생님이 들어오셔서 수업을 시작하셨다. 그때서야 겨우 자책을 멈출 수 있었다.

약 45분 후 6교시 수업 종이 쳤고, 나는 혹여 그가 다시 말을 걸까 봐 순식간에 교실 밖으로 뛰쳐나갔다. 그래도 그는 나를 쫓아올 만큼 나에게 많은 관심을 가지지 않았나보다. 다행이다. 정말 다행이다.

그와의 역사적이라면 역사적이라 볼 수 있는 어색한 첫 대화를 한 뒤에도, 나는 여전히 쪽팔림을 참지 못하고 그가 말을 걸세라 쉬는 시간마다 열심히 반을 나가서 거의 종이 칠 때쯤 반으로 들어갔다. 그가 뭐라고 내가 이렇게 눈치를 보게 된 건지 모르겠다. 아마 오늘은 계속 그를 피하고, 또 피하게 될 것 같다.

* * *

다음날, 등교를 하자마자 가장 먼저 한 일은 그의 존재 파악이었다. 다행히 그는 아직 등교를 하지 않았다. 어쩌면 당연한 일 일지도 모른다. 어제 저녁 밤새 이불을 차댔고, 그 결과 잠을 설쳐서 학교를 빨리 왔기 때문이다. 밤잠을 설치면서, 난 나대로 합리화를 한 상태였다. 이제 그가 어제 일을 물어 와도 떳떳하게, 뻔뻔하게 대답할 준비가 되었다고 생각했다. 그래, 얼굴에 철판 정도는 누구나 다 까는 거지. 하지만 그 생각은 그가 반으로 들어와서 자리에 앉자마자 사라졌다. 도저히 떨려서 그가 있는 왼쪽을 쳐다볼 수 없었다. 그래서 난 내 습성을 무시하기로 했다. 그래, 비록 나는 왼손잡이지만 이 순간만큼은 오른손잡이가 되리라. 난 왼손으로 턱을 괴고 어색하게 오른손으로 연필을 잡아서 글씨 쓰는 척을 했다. 서투른 글씨쓰기에 내 손은 흑연으로 물들었다. 그때 귓가를 스쳐가는 목소리가 들렸다.

"안녕."

그가 나에게 안녕이라고 했다. 그래 안녕. 잠깐, '그'가 '나'에게 '안녕'이라고 했다. 주위를 둘러보았다. 이 근처에는 나와 그 밖에 없다. 심지어 저 멀리 창가 쪽에 언제 왔는지 조용히 앉아 있는, 있었는지도 모를 병수 말고는 이 반에 아무도 없다. 처음 들어보는 말이었다. 그가 나에게 두 번째로 말을 걸었다는 것과, 그 두 번째 말이 안녕이라는 것은 나에게 가히 충격이었다. 난 연필을 떨어뜨릴 수밖에 없었다. 반에는 숨 쉬는 것이 무색할 정도로 연필이 데구르르 굴러가는 소리밖에 나지 않았다.

"어, 너 연필 떨어졌어."

그는 친절하게 내 연필이 떨어졌다는 소식을 전해 주었으며, 나는 그와 동시에 홱-하고 고개를 돌려 그를 쳐다보았다.

"나한테 안녕이라고 한 거, 맞지?"

"맞아."

"……."

그가 갑자기 안 하던 짓을 하는 걸까. 불안해진다. 어제 일로 나의 약점을 잡으려는 건가? 에이, 설마……. 하지만 설마가 사람을 잡는다 했다. 그가 날 잡으려는 걸까? 갖가지 생각이 꼬리에 꼬리를 물고 있는 찰나, 이대로 있다가는 그가 민망해 할 것 같아서 얼른 인사를 했다.

"저기, 어제……."

"어, 그래! 안녕!"

무슨 소리가 들린 것 같았지만 개의치 않았다. 지금 중요한 건 인사에 너무 잘 대응한 나머지 내 목소리가 너무 커졌다는 사실이다. 그는 다소 놀란 표정을 지었고, 나는 그의 놀란 표정에 놀랐다. 항상 무표정이던 그가 감정을 드러내는 것은 흔치 않았기 때문이다. 하지만 이내 철판을 깔고 아무렇지 않은 척 다시 그와 마주했다.

"혹시, 뭐라고 했니?"

"어? 어. 혹시 어제 내 책상 위에 있던 종이 봤어?"

이런, 정말 그가 어제의 얘기를 도로 꺼냈다. 이렇게 된 이상　사실대로 밝혀야 하지 않을까? 주저하던 나는 그냥 솔직하게 말하기로 했다.

"어……. 사실 내 발 밑에 떨어져 있어서 어쩔 수 없이 조금 봤어."

"아, 봤구나."

그가 약간은 씁쓸한 표정을 지었고, 그런 모습에 난 괜스레 그를 피해 다녔던 일이 미안해졌다. 그에게는 중요한 종이겠다는 생각이 들어 더욱 미안해졌다. 이번에는 솔직하게 말해야겠네.

"미안, 중요한 내용이었다면 정말 미안해."

"아니야, 그럴 수 있어. 나, 이상하지? 그깟 종이 하나에 목숨 거는 거 같고."

"아니? 전혀! 너 안 이상해! 종이 내용도 내가 잊을게. 나 까먹는 거 잘해."

그는 능청스러운 내 말을 듣고 피식 웃었고, 난 그의 웃는 모습에 그제야 마음을 놓을 수 있었다. 우리는 약간은 어색한 첫 대화를 끝냈고, 다시 고요한 침묵만이 그 자리를 맴돌았다. 그리고 얼마 뒤 반 아이들이 우르르 등교를 했고, 우리는 평소와 같은 날들을 보냈다.

난 그가 나에게 인사를 한 날 이후로, 조금씩 어색함을 덜어내고, 조금씩 다가가려고 노력했다. 그래도 나름 관찰대상인데 이 정도는 알려줘도 괜찮겠지.

내가 그에게 인사를 할 때마다, 그는 조용한 목소리로 인사를 받아주었다. 내가 그에게 괜히 숙제는 했느냐, 오늘 도시락 반찬은 뭐냐, 교련시간 있던데 교련복은 가져왔냐는 둥 말을 걸 때마다, 그는 역시 조용한 목소리로 조곤조곤 대답을 해주었다. 내가 그에게 같은 골목에 살고 있으며, 사실 왼손잡이인데 오른손잡이인척 했다는 것 같은 소소한 사실을 알려줄 때마다, 그는 가끔 놀란 표정을 짓고 웃었다. 그렇게 우리는 서로에게 관심조차 없던 1학기를 지나 조금 더 가까워진 2학기를 보냈다. 그리고 3학년들의 학력고사가 끝이 났다. 그때 그와 나는 처음으로 짝이 되었다. 근처에서만 맴돌다가 처음 이루어진 짝이었다. 하지만 우리는 진정한 고3이 되기 전부터 주구장창 자율학습을 해야만 했다. 그리고 며칠 지나지 않아, 나는 그의 불안한 모습을 바로 옆에서 지켜보게 되었다.

현재 시각 9시 43분. 옆에서 느껴지는 진동에 고개를 돌려보니 그는 다리를 떨며 그림을 그리고 있었다. 예전에 봤던 그림보다 한층 더 거칠어진 느낌으로 그려진 그 그림은 눈이 너무나 선명해서 무섭게 느껴지기까지 했다. 그때 그림을 그리던 그의 연필심이 똑 하는 소리를 내며 부러졌다. 나는 자율학습 감독 선생님의 눈치를 보고 쪽지에다 '왜 그래?'라고 써서 그의 책상에 올려놓았다. 그는 쪽지를 보고 답장을 하려던 눈치였다. 나는 냉큼 그에게 내 연필을 주었고, 그는 떨리는 손으로 쪽지를 붙잡았다. 하지만 그는 주저하며 쉽게 글을 쓰지 못했고 그런 그를 지켜보던 나는 감독 선생님이 교실로 들어오자 내 책으로 고개를 돌릴 수밖에 없었다. 그렇게 얼마 지나지 않아 10시를 알리는 종이 쳤다. 나는 곧바로 그를 보았고 그는 여전히 떨리는 손으로 엉거주춤 가방을 싸고 있었다. 나는 그에게 조용히 물었다.

"왜 그래? 괜찮아?"

"……. 괜찮아. 신경 쓰지 마."

입으로는 괜찮다고 말하고 있지만 그는 전혀 괜찮지 않아 보였다. 이런 상황에서도 그의 얘기가 궁금한 건 너무 이기적인 걸까. 당장이라도 무슨 일이냐고 물어보고 싶었다.

"정말 괜찮은 거 맞아? 너 너무 떨고 있어."

"괜찮아. 괜찮을 거야."

7는 나뿐만 아니라 그 자신에게도 괜찮다고 말하고 있었다. 나는 더 이상 그런 그에게 말을 걸 수 없었다. 하굣길에 불안한 시선으로 그를 지켜보았다. 골목에 다다르자 그의 어깨는 춥기라도 한 듯이 떨고 있었다. 난 그 모습을 보고 그에게로 다가갔다.

"정말 괜찮은 거 맞아? 아픈 거면 내가 도와줄게."

"됐어. 내가 알아서 갈 수 있어."

"무슨 일인데 그래?"

"신경 쓰지 마! 그만, 그만 물어봐."

"……."

"미안, 나 먼저 들어갈게."

그렇게 그는 자신의 집 쪽으로 발걸음을 옮겼다. 여전히 떨고 있는 그가 안쓰러웠지만 한편으로는 약간의 섭섭함을 느꼈다. 그 동안 꽤 친해졌다고 느꼈는데, 도움이 되어주고 싶었는데.

다음 날, 그는 멀쩡한 모습으로 등교했다. 그에게 어제는 잘 들어갔냐고 말하고 싶었다. 하지만 그가 다시 불안해질까 봐 묻지 못했다. 그에게 인사도 하지 못하고 시무룩해져 있던 내 모습을 눈치챈 걸까. 그가 먼저 인사를 건네 왔다.

"안녕."

"아, 안녕."

"어제는……."

"아니야. 말 안 하고 싶으면 안 해도 돼."

듣고 싶었다. 하지만 애써 듣고 싶지 않다고 말했다. 그게 더욱 상처가 될까 봐 쉽게 다가갈 수 없었다.

"미안……."

그에게 미안하다는 얘기를 듣고 싶었던 게 아니었다. 그저 그가 스스로 말해 주길 기다렸을 뿐이다. 그 전에도 몇 번씩 자습 시간에 흔들리는 그를 보아왔지만, 어제의 그는 조금 달랐다. 알고 싶었던 것뿐이다. 그를 불안하게 하는 것이 무엇인지, 그가 그리는 그림이 무엇인지.

그와 나, 우리에게 떨림은 이중적이었다. 내가 그를 보면 이따금씩 느꼈던 떨림과, 그가 누군가를 보며 불안한 듯 느꼈던 떨림은 확연히 달랐다.

그렇게 애매한 감정은 모호한 마음을 안고 우리를 학기 초로 되돌려놓았다. 아무런 말이 없었다. 우리 사이에는 어떠한 소리도 울리지 않았고 서로 다른 쪽을 바라보고 있었다. 생각해 보면 아무 일도 아닌 것처럼 넘어갈 수 있었는데. 어쩌다 이렇게 된 걸까. 우리가 무슨 사이였더라. 어떤 것을 공유하던 사이였더라. 아무것도 기억이 나지 않는다.

그 후, 나는 이따금씩 그의 시선이 느껴졌다. 나에게 얘기를 하려는 듯했다. 하지만 마음처럼 되지 않았나 보다. 나도 몇 번이나 나를 보던 시선에 눈을 맞추고 말하고 싶었다. 진짜 원하던 이야기를, 욕심이고 호기심인 걸 알았지만 너의 궁금했던 이야기를.

결국, 우리는 서로 망설이다 3학년이 되었다. 고3이 되자 합반이었던 반은 분반으로 바뀌었다. 이제 반 안에는 약 50여 명의 여자들만 바글바글했다. 그는 더 이상 내 근처에서 존재하지 않았다. 고3이 된 후에는 특별한 일 따위는 존재하지 않았다. 고3이 뭐 별건가. 공부도 하고 짬짬이 놀기도 하는 걸. 그 1년의 시간 동안에 작년과 달라진 점이라 하면 나는 더 열심히 공부를 했고, 더 이상의 관찰 대상은 없었다는 것이다.

＊＊＊

무겁게만 느껴졌던 학력고사가 끝나고, 우리는 학교에 돌아왔다. 학력고사가 끝나고 나니 매일이 무료함의 연속이었다. 시간이 더 흐르자 다들 더 이상 학교에 나오는 것을 의미 없게 생각하던 나날들이 반복되고 있었다. 그때, 학교 전체를 시끄럽게 한 사건이 일어났다.

하필 그날은 아이들이 할 일이 너무나도 없었던 날이었나 보다. 그들은 심심해서 몸 둘 바를 몰랐다. 그래서 그들은 잔잔하던 분위기를 흐트러뜨릴 만한 작은 돌 하나를 기다리고 있었는지도 모른다. 그리고 드디어 그 돌이 날아왔을 때, 작게만 생각했던 돌은 그렇게 큰 파장이 되어 돌고 돌았다.

 몇 교시였는지도 모를 2교시가 끝난 후, 복도에서는 시끄러운 소리가 들려왔다.

 "야, 옆 반에 누구 싸운대!"

 우리 반, 다른 반 할 것 없이 애들이 다 뛰쳐나갔다. 나도 친구 손에 이끌려 복도로 나가게 됐다. 그리고 복도 끝에는, 그가 서 있었다.

 "네 형, 그때 죽은 거 맞지? 이거, 무서워서 같이 학교 다니겠냐?"

 "말 똑바로 해. 우리 형은……!"

 "아, 맞다. 그 '폭동' 때문에 우리 아빠 아는 사람도 돌아가셨다던데. 혹시 네 형이나 네 형 친구들이 한 거 아니냐?"

 "닥쳐. 네가 뭔데 우리 형을 모욕해. 그건 폭동이 아니었어."

 그의 앞에는 비아냥대는 한 남학생이 있었다. 그리고 그 순간 내가 본 건, 그의 떨리는 손이었다. 그의 손에서 느껴지는 강한 떨림은 온몸으로 퍼져 나가고 있었다.

 옆을 지나가는 아이들은 저희들끼리 수근대며 이야기를 하고 있었다. 그들은 총, 시체 같은 단어들을 읊조리고 있었다. 그들의 입에서 오르내리고 있는 이야기의 주인공은 바로 그였다. 무슨 영문인지 알아보려 그들에게 가까이 다가갔을 때, 웅성대던 아이들의 입에서는 충격적인 대화가 오가고 있었다.

 "야, 쟤 형 5·18 때 죽었대."

 "5·18이 뭐냐? 근데, 쟤 형이 거기서 죽었다고?"

 "어, 쟤 광주에서 전학 왔잖아. 우리 엄마가 저번에 학교 왔다가 들었는데 쟤 고모 집에 얹혀사는 거래."

 "근데 정수랑 쟤는 왜 싸우는 거야?"

 "몰라? 너 아냐?

 "어, 나 알아. 박정수랑 쟤랑 번호가 붙어 있어서 성적표가 바뀌었었는데 박정수가 자기 성적 잘 나온 줄 알아서 아빠한테 자랑했대. 근데 나중에 바뀐 거 알고 아빠가 자기 점수도 제대로 모르냐고 팼다든대?"

"야, 그렇다고 애를 패?"

"정수 아빠 군인이잖아. 완전 높은! 정수가 육군 사관학교도 가능할 것 같다고 주위에 난리쳐놨는데 자기 점수 아니라니까 쥐어 팬 거지."

"아, 그래서 저 난리 치는 거야? 박정수가 문제네. 쟤한테 화낼 건 뭐야?"

"쟤 탓으로 돌리는 거지 뭐. 박정수가 쟤한테만 항상 지니까 평소에도 맨날 시비 걸어댔대."

"그래서 쟤네 형 들먹이는 거야? 어어, 정수가 쟤 친다, 쳐."

그 말을 듣고 그에게 좀 더 가까이 간 순간, 박정수라는 아이는 그가 참고 있는 것을 보고 그에게 다가가 어깨를 밀쳤다.

"야, 왜 아무 말도 안하냐? 무슨 말이라도 해. 하라고. 이 새끼야."

"너야말로 할 말 다 했으면 꺼져. 네 말대로 우리 형 그때……. 그래, 그때 죽었어. 그러니까 죽은 우리 형 얘기 더 이상 들먹이지 마."

그렇게 말하며 그는 정수의 손을 뿌리쳤고, 반으로 들어가려 했다. 하지만 정수는 그를 그대로 보내주지 않았다.

"하, 너 이대로 가면 네 형이 폭도였단 거 인정하는 거 맞지? 애들아, 다들었지? 저 새끼 형이 폭도란다. 폭도."

"근데 이 새끼가 자꾸!"

둘의 언성은 점점 높아졌고, 서로의 멱살을 잡았다. 정수는 그에게 조소를 띄었고, 그는 정수의 얼굴을 주먹으로 내려쳤다. 정수는 비틀거렸지만 지지 않고 그의 얼굴을 가격했다.

"하, 네가 먼저 친 거다?"

정수는 끝까지 비아냥댔고, 그 순간 종이 쳤다. 하지만 종이 쳐도 아이들의 입은 다물어질 기미가 보이지 않았다. 그들은 입에서 입으로 그에 대한 소문을 키워갔다. 그때 교실 쪽으로 온 학생주임 선생님이 소리를 질렀다.

"이 새끼들이 지금 뭐하는 거야! 너네 빨리 안 놔? 나머지는 다 들어가! 얼른!"

학생주임 선생님은 몽둥이로 벽을 쳐 댔고, 모든 학생들이 웅성거리며 각자의 반으로 들어갔다. 그리고 나도 반으로 들어갈 수밖에 없었다. 다들 반으로 들어간 뒤 밖에서 들리는 소리에 모두 집중하고 있을 때, 선생님의 고함이 연이어 들려왔다.

"이 새끼들이 학력고사가 끝났으면 가만히 있어야지 싸움질이나 하고! 둘 다 교무실로 따라와!"

그렇게 그와 정수는 교무실로 불려갔다. 나중에 들리는 말에 의하면 둘은 교무실에 억지로 끌려 갈 때까지 서로의 멱살을 놓지 않았고, 그 결과 화난 선생님이 부모님들께 싸운 소식을 알렸다고 한다. 그것을 듣고 정수의 아버지가 학교로 오셨다고 했다. 그리고 그가 학교를 무단으로 나가버렸다는 소식 또한 들을 수 있었다. 그를 관찰했을 때 볼 수 없었던 새로운 모습들이 스쳐지나갔다. 주먹을 쓰는 모습과 학교를 뛰쳐나가는 모습은 평소 모범생의 모습이었던 그와 많이 달랐다.

그와 정수라는 아이가 싸우는 동안 나는 그가 나에게 미처 말 하지 못한 그의 이야기를 알 수 있었다. 나는 왜 이제까지 그 이야기를 알려고, 보려고 했을까. 그는 얼마나 상처를 받았을까. 그에게 사과하고 싶었다. 미안하다고, 충분히 말 못해 줄 상황인데 물어봐서 미안하다고.

다음 날 아침, 등교를 했을 때 이미 학교는 떠들썩하기 그지없었다. 우리 학년에도 모자라 다른 학년까지 모두 그에 대한 소문으로 가득했고, 이미 커져버린 소문 앞에 나는 그를 위해 아무것도 해줄 수가 없었다. 그는 결석계로 졸업 전까지 학교에 나오지 않았다. 나는 졸업식이 오기 전까지 그를 기다렸다. 그를 만나면 해주고 싶은 말이 너무나 많았다. 떨림과 미안함이 섞인 그 말을.

∗ ∗ ∗

현재 날짜 88년 2월 5일. 현재 시각 10시, 졸업식 시작. 현재 위치 서울 ○○고 강당. 지난 11년 동안 익숙했던 행사가 진행되고, 변함없이 지루한 교장 선생님의 말씀을 끝으로 나의, 우리의 고등학교 생활과 학창시절은 끝을 맺었다. 망토를 두르고 학사모를 던진 후, 각자의 반으로 돌아가 졸업장을 받는 순간까지 그는 보이지 않았다. 볼 수가 없었다. 옆반으로 가서 그를 잠깐이라도 보고 싶었다. 늦은 것 같았지만 그래도 할 말이 있었다. 할 말이 너무나 많았다.

하지만 밀려오는 사람들 사이에서 나는 주저하고 말았고, 그렇게 허망한 꽃다발을 안고 졸업식이 끝이 났다. 그 관찰도 끝이 났다.

그렇게 졸업을 한 후, 그의 집 앞을 지나갈 때면 나는 여전히 그가 나오진 않을까, 혹여 마주치지 않을까 하는 마음에 그의 집 앞을 쳐다보곤 했다. 애석하게도, 우리는 지금까지 단 한 번도 마주치지 못했다. 단 한 번도. 그렇게 나의 그 관찰기는 끝이 났다.

우리가 졸업한 지 채 1년이 되기 전. 광주 특별 위원회가 성립되었다는 기사가 떴다. 그 기사를 보자마자 그가 번뜩 떠오른 건 왜일까. 그 후 5·18 민주항쟁은 5·18 민주화 운동으로 제정되었다. 그가 정수와 싸울 때 한 말은 사실이었다. 5·18은 폭동이 아니라 민주화운동이었다. 하지만 내가 그 사실을 알았을 때도, 그가 그 사실을 알았을 때도, 모두가 그 사실을 알았을 때도, 여전히 그를 만날 수는 없었다. 그는 여전히 상처받은 상태인 걸까. 보고 싶다. 그가 보고 싶다. 바라보기만 해도 차라리 나을 것 같다. 다시 한 번 그를 바라보고 예전의 일을 얘기할 수는 없는 걸까. 그저 다시 한 번 그를 관찰해 볼 수는 없는 걸까.

#2. 그의 시선

언제 또 2학년을 버티나 했었는데, 벌써 여름방학이다. 빨리 끝나는 것은 좋지만 힘든, 특히 난 더욱 버티기 힘든, 기나긴 자율학습이 있다. 3시간 동안 그 사람이 보이지 않으리라는 확신은 없다. 집중이 안 되는 날이면, 가끔 가다 멍을 때릴 때면, 그 사람이 어김없이 나타났다. 몇 년 째 언제든 불쑥 나타나 잊지 말라고 말하는 듯한 나의 형이.

고등학교에 들어오기 전까지 형은 꿈에서만 보이던 존재였다. 잠에서 깨고 눈을 뜨면 형체가 있었냐는 듯이 조용히 사라져버리는 존재였다. 하지만 형이 죽었던 나이가 나에게도 다가올수록 형은 꿈에서도, 현실에서도 나타나기 시작했다. 비록 그 형체가 얼굴밖에 보이지 않을지라도, 나는 형이라는 것을 알 수 있었다. 그 사람은 나의 하나뿐인 형이었으니까.

큰 형은 내가 초등학생 때 죽었다. 지금의 내 나이인 18살이 되던 해에. 당시 초등학교 5학년이었던 나에게는 6살 차이가 나는 큰 형이 있었다. 큰 형은 우리 집의 자랑이었다. 그토록 자랑이었지만, 형은 5·18 때 억울하게 죽은 사람들 중 한 명이었다.

***

그날도 난 어김없이 동네친구들과 놀려던 참으로 대문을 열었다. 대문이 열린 순간, 형은 문 앞에 서 있었다. 항상 미소를 띠고 있던 형의 얼굴은 보기 드물게 검었다.

"형아, 무슨 일 있어?"

"아니여, 아무 일도 아니여. 어여 들어가. 오늘은 놀면 안 돼."

"창섭이랑 만나기로 했는데······."

"어허, 얼른 들어가. 오늘은 형아가 놀아줄게."

그렇게 그날은 형과 놀았다. 그러고 보니 형은 학교에서 꽤 빨리 돌아왔었다. 5월 17일, 계엄령이 선포된 날이었다. 그날 저녁 나는 형과 어머니의 목소리를 들었다. 잠결이라 그런지 웅얼거리는 듯 들렸다.

"아야, 내일 꼭 학교를 나가야것냐? 집에서 동생이랑 있으면 안 돼냐?"

"학생이 학교를 가야지 어딜 가요. 일단은 집에서 나오지 마세요. 제가 동태라도 살피고 올게요."

다음날 형은 평소와 같이 아침 일찍 교복을 입고 모자를 쓰고 나갔다. 그리고 그날 저녁 만신창이가 된 형의 친구들이 집을 찾아왔다. 형 친구들의 몸에서는 최루탄 냄새가 났다. 코가 매웠고 난 기침을 하기 시작했다. 이윽고 한 친구의 등에 업힌 형을 보았다. 형의 몸에서도 똑같은 최루탄 냄새가 났다. 형을 업은 형 친구는 눈물을 쏟아내고 있었다. 형의 머리에서는 난생처음 보는 검붉은 피가 쏟아지고 있었다. 피의 폭포 같았다. 형은 집으로 돌아오려고 애를 쓰다 군인들에게 잡혀 곤봉에 맞았다고 한다. 쓰러진 형은 계속해서 곤봉을 맞았고 많은 피를 흘리며 죽었다.

형의 시체를 덮은 천은 빨갛게 물들어 갔다. 떨궈진 형의 손은 퍼랬으며, 몸에서는 여전히 최루탄 냄새가 났다.

하지만 그 누구도 우리 형의 죽음을 규명해 주려 하지 않았다. 그저 광주에서 일어난 폭력사태라고 일컬으며 그대로 넘어가려 했다.

그 이후 큰 형의 존재는 내 곁을 떠돌던 것 같다. 자기를 잊지말아달라는 걸까.

그러다 처음으로 형에 대해 털어놓을까 하고 고민하게 만든 사람이 생겼다. 바보 그녀다. 그녀를 처음 의식하게 된 것은 아무래도 첫 대화를 한 날이 아닐까 싶다.

＊＊＊

－몇 달 전

멍하니 칠판을 쳐다봤다. 아무래도 집중력이 조금 떨어진 듯하다. 그때 옆 통수가 근질거렸다. 누군가 쳐다보는 듯한 느낌이 들어 옆을 쳐다봤다. 하지만 아무도 나를 보고 있지 않았다. 다만 내 옆 분단의 그녀가 책에 얼굴을 파묻을 기세로 공부를 하고 있는 것이 눈에 띄었다. 그녀는 공부를 참 열심히 하나보다.

다시 집중하려는데, 눈앞이 희미해지며 그 사람이 보였다. 흔들리는 정신을 붙잡으려 했지만, 그럴 수 없었다. 점점 불안해지는 마음을 다잡으려고 종이에 간절하고도 불안한 마음으로 글씨를 꾹꾹 눌러썼다. 다 쓰고 종이에서 손을 떼자 쉬는 시간 종이 쳤고, 황급히 밖으로 나가 심호흡을 했다. 요새 들어 부쩍 형이 잘 보이는 느낌이다. 언제 어디서 증세가 나타날지 불안하기만 하다. 이런 불안한 느낌이 싫다. 다시 심호흡을 하며 마음을 가다듬었다. 이런, 벌써 수업 종이 칠 때가 다 되었다. 얼른 반으로 들어가 물건들을 정리했다. 그런데 아까 썼던 종이의 글씨가 번져 있었다. 누군가 만진 듯한 흔적이다. 그러고 보니 반에 들어올 때 그녀가 내 책상 쪽에서 서 있었던 듯하다. 하긴, 옆자리니까 그럴 수 있지만 그래도 만약을 위해 물어봐야겠다. 이건 나에겐 중요한 문제가 될 수도 있다.

"혹시, 봤어?"

그러자 그녀는 놀란 토끼 눈이 되며 나를 보지 않았다고 했다. 나?

"종이 봤냐고 물은 건데……."

정정하지 말걸 그랬나? 그녀가 아무 말도 하지 않는다. 내가 뭘 잘못하긴 했나보다. 그녀가 굳어버린 듯하다. 굳어버린 채 가만히 나를 보고 있었다. 그때 종이 쳤고, 그녀가 그 상태로 자리에 앉았다. 아무렇지 않게 공책을 펼쳐 열심히 무언가를 쓰는 그녀였다. 또 다시 공부를 하나보다. 내 질문에 대답도 못 할 만큼 바쁘게 공부를 열심히 한다. 공책에 코가 닿을 기세다.

생각해 보니 그녀와의 대화는 이번이 처음이었다. 물론, 원하는 대답은 듣지 못했지만 말이다. 수업이 끝나자 다시 한 번 그녀에게 종이에 관해 물어보려 했지만 그녀는 급한 일이 있는 듯 가장 먼저 반을 나가버렸다. 그녀를 부르려던 손짓을 거두었다. 많이 바빠 보이니 할 수 없지.

다음날 아침, 등교를 하자마자 눈에 보인 것은 그녀였다. 일찌감치 등교한 그녀는 또 아침부터 공부를 하고 있었다. 서울대를 가려는 걸까. 그러다 어제의 일이 생각나 지금밖에 물어보지 못할 것 같아서 그녀에게 인사를 건네기로 했다.

"안녕."

그녀는 어제처럼 아무 말도 하지 않았다. 내 말이 들리지 않는 것처럼 보인다. 공부에 무척 집중했나보다. 그때 그녀의 펜이 떨어졌지만 그녀는 가만히 있었다.

"어, 너 연필 떨어졌다."

그 말과 동시에 그녀는 나를 쳐다보았고 자신에게 한 인사가 맞느냐고 질문을 했다.

"맞아."

지금 이 근처에서 내가 말을 건넬 사람과 건넨 사람은 그녀밖에 없다. 긍정의 대답을 해주고 다시 어제의 종이에 대해 물어보려고 말을 꺼냈다.

"저기, 어제……."

"안녕!"

그녀가 내 말을 막고 크게 인사를 해주었다. 생각보다 큰 목소리에 깜짝 놀랐다.

그렇게 그녀와의 첫 대화가 시작되었고, 그녀는 그 이후 나와의 인사를 계속했다. 그녀가 말을 걸려는 모습은 나에게 관심이 있다는 것처럼 느껴지기도 했다. 나 같은 놈에게 무슨 관심이 있다고. 어쨌든 그녀의 노력으로 그녀와 내가 좀 더 가까워진 것은 확실하다.

하지만 가까워진 것도 잠시, 형이라는 존재는 나의 불안한 모습을 그녀에게 보여주었다. 그녀는 나에게 계속 괜찮냐고 물어봤지만, 난 최대한 형의 얘기를 숨기고 싶었다. 왜였을까. 불안한 모습이 그렇게 보여주기 싫었던 걸까. 그녀에게 화를 낼 만큼.

그녀에게 매정하게 대답할 수밖에 없었다. 다음 날 그녀에게 나의 얘기를 들려주고 싶었지만, 아직은 차마 내 입으로 말할 수 없었다. 그 후로도 몇 번을 주저하다가 시도도 못 해보고 2학년이 끝나버렸다. 우리는 고3이 되었다. 그리고 분반이 되었다.

고3은 지루했다. 매일이 똑같이 지겨운 하루였고, 이제는 기계처럼 공부를 했다. 다 잊고 공부에 열중할 때면 형은 보이지 않았다. 형이 싫은 건 아니지만 이제는 나도 더 이상 불안하고 싶지 않았다.

약 1년여의 긴 시간 끝에 학력고사는 끝났다. 하지만 내 고등학교 생활의 마지막을 도피하게 만든 사건이 시작됐다.

난 평소에 시비를 걸던 박정수 형을 걸고넘어질 줄은 몰랐다. 그래서 너무 화가 난 나머지 그 녀석이 원하던 각본대로 해주고 말았다. 난 그 녀석에게 먼저 주먹을 날렸다. 결국 나와 박정수는 교무실로 끌려갔고, 반성문을 쓰게 되었다. 나는 아무것도 쓸 수 없었다. 그때 정수의 아버지가 연락을 받고 학교로 오셨다.

"네가 우리 정수를 때렸다고? 왜 때렸니?"

"정수가 제 형을 욕했습니다. 폭도라고."

"아, 네가 정수가 말한 그 광주에서 온 아이이군. 근데, 겨우 그거 가지고 남의 집 귀한 아들을 때려? 5·18 때 죽었으면 폭도 맞네. 진실을 말한 건데 왜 그러니. 허허."

"……. 그게 왜 진실입니까. 5?18은 폭동이 아니고 저희 형도 폭도가 아닙니다. 그때는 그저……."

"허허, 이 놈 봐라. 국가가 뭐? 언론이 막았다고 말하려는 거냐? 어차피 지난 일 아니냐?"

"언젠가 꼭 밝혀질 일입니다. 군인이시라면서요. 그럼 더 잘 아시지 않습니까. 5·18은 계엄령 때문에 폭력탄압으로 무고한 희생자들이 많이 있었다는 걸요."

"당돌하네. 근데 어쩌나. 그 일은 역사 속에서 폭동으로 남을 텐데. 누가 너 같은 아이를 믿어주겠니."

정수의 아버지는, 군인이라던 아버지는 정수에게 계속 그랬을 것이다. 5·18 사건은 폭동이라고. 자신들이 진압했던 과정은 모두 정당방위이며, 거기서 죽은 사람은 무고한 군인과 경찰이며 나머지는 폭도들일 뿐이라고. 나는 그 사건의 피해자에 대한 수식이 명백히 잘못되었음을 안다. 피해자는 무고한 학생들과 시민들이다. 우리 형과 같이 아무 잘못이 없는.

난 더 이상 정수 아버지의 말을 듣고 있을 수가 없어 학교를 뛰쳐나갔다. 그리고 그 후엔 결석계를 내고 학교에 나가지 않았다. 가고 싶지 않았다. 어차피 소문이 다 돌았을 테고 가봤자 박정수의 면상을 봐야 할 테니. 그럼에도 불구하고 마음이 약간 불편했다. 그녀 때문이었다. 그녀가 걸렸다. 그녀만은 날 걱정해 주지 않을까라는 생각이 들었다. 하지만 이내 고개를 저었다. 그녀도 분명 소문을 다 들었을 텐데. 이미 정이 떨어졌을 거야. 기대하지 말자. 난 그녀를 더 이상 볼 수 없었다. 볼 자신조차 없었다. 그렇게 끝내 말해 주지 못한 이야기만 입술 언저리에서 맴돌고 있었다. 끝내 말해 주지 못한 마음만 머릿속에서 맴돌고 있었다.

졸업식 날, 난 형식적인 절차를 끝내고 얼른 졸업장만 받아왔다. 그녀를 찾아볼까 생각도 했지만 그만두었다. 결국 마지막까지 그녀를 볼 수 없었다. 자꾸만 피하는 내가 싫었다. 졸업 직후, 나는 대학교를 들어가 기숙생활을 했고, 방학이면 광주에 내려가 부모님을 모셨다.

형이 죽은 후, 부모님은 줄곧 충격에서 헤어 나오지 못하던 나를 안쓰러워하셨다. 그래서 내가 중학생이 되자 서울에 계시던 고모네로 보내셨다. 내가 어느새 형 나이를 훌쩍 넘어 자립하자 부모님은 누구보다 크게 기뻐하셨다. 또한 광주를 자주 들르는 나에게서 가끔씩 성인이 된 큰 형의 모습을 보신 듯했다. 이렇게라도 부모님이 기뻐하는 모습을 보며 나도 좋았다. 하지만 그만큼 책임감도 있었다. 형 노릇을 대신 해야겠다는 무거운 책임감이.

도망치듯 떠나온 고등학교의 마지막에서 딱 하나 걸리는 것은 그녀였다. 그녀를 만나지 못한 아쉬움이 컸다. 난 그녀에게 연락도 하지 않았다, 아니 못했다. 하지만 그때 아이들이 날 보던 약간의 동정과, 약간의 호기심과 약간의 두려움의 시선으로 그녀가 날 바라볼까 봐 연락을 할 수 없었다. 역시 난 겁쟁이인 걸까. 그래도 언젠가는 그녀를 다시 만나지 않을까라는 생각으로 아쉬움을 애써 달랬다. 보고 싶다. 그녀를 보고 싶다.

#3. 그들의 시선

몇 년 후, ○○갤러리의 3호실. 3호실의 전시주제는 5·18 민주화 운동이었다. 그녀는 그곳에서 큐레이터로 일하고 있었다. 이번 전시회 주제를 듣자마자 그녀는 자처해서 이번 전시의 총괄을 담당했다. 그녀는 이번 주제로 그를 떠올렸던 걸까. 하긴 그녀는 정작 자신은 눈치를 못 챘겠지만, 5·18 민주화 운동과 관련된 작품을 맡을 때면 더 정성껏 작품을 소개하고 전달하려 했다. 무의식적으로 그를 생각하고 있던 그녀이니까.

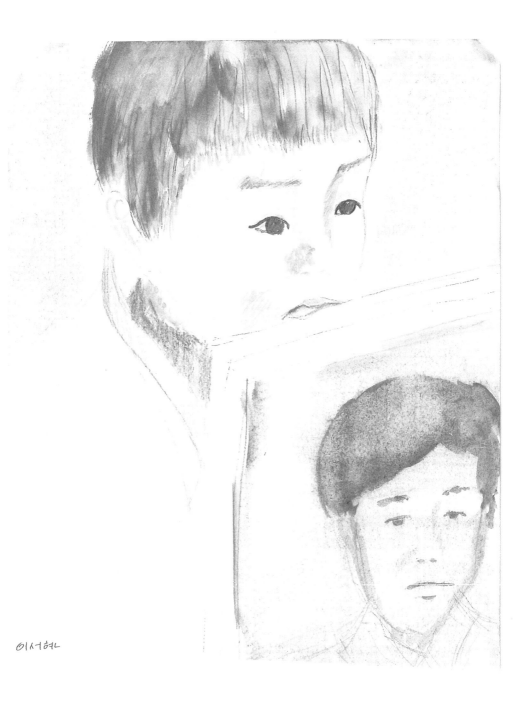

이서현

＊＊＊

3호실의 한 작품 앞에는 누군가가 서 있었다. 그녀가 생각하던 그였다. 그는 우연히 초청받게 된 이번 갤러리의 주제를 듣고, 갈지 말지 한참을 고민했다. 망설이다가 그는 가는 쪽을 선택했다. 비록 두렵고 잊고 싶은 기억이지만, 똑바로 쳐다보고 제대로 알고 싶은 기억이기도 하니까. 갤러리에서 그의 시선을 이끈 것은 한 아이가 그려져 있는 작품이었다.

그 작품은 독일의 '슈피겔지'에 실린 아버지의 영정사진을 들고 있는 아이의 사진을 모티브로 한 작품이었다. 그는 벌써 몇 분 동안 그 작품만 바라보고 있다. 그도 이 작품으로 누군가를 떠올렸던 걸까. 어쩌면 작품에서 형을 잃은 자신의 모습을 봤던 걸까.

한참을 비키지 않는 그 사람 때문에 몇몇 사람들은 조금 불편한 기색을 내비친다. 하지만 그 사람은 아랑곳하지 않고 그 곳에 서 있었다.

그녀는 묘하게 익숙한 그 사람에게 이끌려 다가갔다. 다가가는 동안에도 그의 뒷모습은 여전했다. 마침내 그의 얼굴이 보일 만큼의 거리에서 그녀는 그를 뚫어져라 쳐다보았다. 그의 옆모습도 여전했다.

그녀는 그 사람을, 한 때 매일을 관찰하던 그를 불렀다. 조금은 떨리는 목소리로, 몇 년 전 그가 그녀에게 처음 안녕이라고 해주었듯이. 그리고 마침내, 그들의 시선은 서로를 마주했다.

"안녕."

#나에게 광주란……

　제대로 벗어나본 적도, 미친 듯이 벗어나고 싶다는 생각을 해본 적도 없는 단 하나뿐인 나의 고향, 광주. 나에게 광주는 나의 삶이 담겨져 있는 카메라이다. 지금까지의 내 모습이 간직되어 있고, 앞으로 살아가며 예전의 사진들을 꺼내볼 수 있게 하는 단 한 대뿐인 카메라.

　광주라는 카메라에서 찍힌 수많은 사진과 그 사진 속의 추억은 계속해서 존재할 것이고, 계속해서 더 생겨날 것이다. 물론 그 과정 속에서 시간이 흐르며 나는 변하게 될지도 모른다. 하지만 이곳의 기록 속에서는 변함없는 사람으로 남아 있지 않을까.

그곳, 경양방죽

아은교

이은교

머리 속으로 망상에 가까운 상상을 즐겨한다.
이런 망상을 책으로 쓸 수 있다는 설렘에 들어온 동아리
에서 머리로 상상하는 것과 직접행동에 옮기는 것은 전
혀 다른 차원의 것임을 몸소 느끼는 중이다.

남효진 선생님!
서툰 글을 책으로 만들기까지 애써주시고
저희 챙겨 주셔서 감사합니다.~♡

프롤로그

　다른 지역의 전래동화나 설화를 들으면서 왜 나는 내가 살고 있는 곳의 설화를 한 개도 모르는지 의아했다. 마침 광주를 주제로 글을 쓰게 되어서 글의 주제는 광주의 설화이다. 독자들이 그 설화를 이 소설 속에서 꼭 찾을 수 있으면 좋겠다.

　두 번을 엎은 글이다. 어려웠고 솔직히 포기하고 싶었다. 그래도 한번 시작한 글이고 처음으로 제대로 써본 글이기에 열심히 썼다. 포기하고 싶은 마음을 참아가면서 .

　많이 부족하고 아쉬움이 많은 글이다.

　그래서 이 글을 읽을 독자들에게 서문을 빌려 감사를 표한다.

그곳, 경양방죽

"민혁아, 너 경양방죽이라고 들어본 적 있냐? 저기 시청 있는 곳에 인공 호수 하나 있는 거."

"아······. 그거 광주고 근처 맞나? 엄청 옛날에 지어진 거 맞지? 그 세종 대왕 땐가?"

"어어, 맞아 맞아. 그거 이번에 매립된데. 아직 주민 미발표이긴 한데, 한 두 달 뒤에 바로 공사 시작된데. 11월 초쯤? 이번에 사업 담당자가 엄청 독 한 여자라고 하더라."

"진짜? 하긴 거기가 더 이상 저수지 역할도 못하고 뭐 하는 쓰레기가 흘 러들어서 거의 쓰레기통으로 변해버렸다고 며칠 전에 보고서 하나 본 거 같어."

"야, 근데 작년이랑 재작년에도 찬바람 불기 시작한 이맘 때쯤에 항상 이 야기 나왔잖아. 거기 매립한다고. 근데 이번에는 이미 사업 승인까지 다 받 아놨데. 말 그대로 공사장에 포크레인만 가면 끝나는 거지."

"와, 그 여자 누군지는 몰라도 진짜 대단하네. 주민반발로 매번 실패했던 거를 일 년 안에 성사시키고."

점심을 먹고 담배나 한 대 펴볼 생각에 휴게실로 가던 중에 동료인 석원 이와 성민이가 하는 말에서 경양방죽이라는 말이 들렸다.

'경양방죽? 거기 출근할 때 지나치는 그 호순가? 거기 매립시킨다고? 이 렇게 갑자기?'

"야, 석원아, 경양방죽 매립시킨다고?"

"그런가벼. 니도 몰랐지? 나도 오선배한테 들었다. 그러고 보니 아까 오

선배가 너 오라든디, 한번 가봐라."

"오야. 알았다."

'뭔 일이지? 저번 기사에 잘못 썼나? 그럴 리가 없는데. 검토만 세 번도 더했는데.'

떨리는 마음을 가다듬고, 선배 사무실 앞에 서서 문을 두드렸다.

"똑똑, 선배님. 이승환 왔습니다."

"어, 그래 들어와 봐."

"너 이번에 잘하면 입봉하게 생겼어. 경양방죽이라고 저어기 신안동 부근에 조선시대 때 만든 인공 호수가 하나 있어. 근데 이번에 나라에서 아파트 건설할 땅 마련하고 시가지 조성하려고 매립한다더라. 아, 그리고 매립할 때 필요한 흙은 옆에 태봉산 허물어서 쓸 계획이라더라. 나도 윗선에서 간략하게 들은 거라 자세하게는 모르겠어. 근데 이게 아직 미발표 건이니까 공식발표 전까진 조심히 조사해. 첫 특집기사니까 열심히 해봐. 이게 너 연봉을 결정한다 생각하고."

'이게 무슨 소리야. 입봉? 특집기사? 내가 제일 먼저라고?'

"왜 대답이 없어? 알았냐? 열심히 해보라고."

"네? 네. 열심히 하겠습니다."

아무 생각도 들지 않았다. 3년간 보조기자와 수습기자 노릇을 하면서 언제쯤 정식기자가 될 수 있을지. 내가 내 이름을 걸고 제대로 된 기사를 쓸 날이 올지를 걱정하며 지내왔다.

이러려고 어려운 형편에 아득바득 이 악물고 공부만한 어릴 적 기억을 떠올릴 때면 가슴 쓰린 적도 많았다. 솔직히 말하면 회의감이 든 적도 많았다. 하지만 입사 3년 만에 정식기자가 되겠다는 것은 내 욕심이라 생각히고 꾹 참고 굳은 일, 하찮은 일도 맞아서 하고 있었다. 이런 날들이 모이면 언젠가 꿈꿔왔던 기자가 될 수 있으리라 믿으면서 말이다.

그런데 막상 내가 입사 동기 중 첫 번째로 특집기사를 맞게 되었다는 말을 들었을 때는 기대한 만큼 기쁘진 않았다. 까마득하게만 생각했던 일이라서 그런 듯했다.

　부담감이 급습했지만 이 일이 내가 얼마나 꿈꿔왔던 일인지를 생각하자 곧 마음이 들떴다.

　"여기가, 저번에 민혁이가 말한 그 식당인가? 사람들이 바글바글 한 걸 보니. 여기가 맞는 거 같은데. '한석이네 식당?' 어디 한번 얼마나 맛있는지 보자."

　"안녕하세……"

　"이모~ 여기 된장찌개 하나요~"

　"네~"

　"이모~ 여기 깍두기 좀 더 주세요~"

　"이모 바쁘께 이모 말고 저도 좀 불러주세요, 깍두기 여있습니다."

　"아니, 이게 누구야, 한석이 아니여? 와따 한석이 니 언제 이렇게 컸부렀다냐, 엊그저께만 해도 쬐그만 것이 삼촌, 삼촌 거리던 것이."

　"그랑께요, 최 씨 아저씨, 저 기억하시지라?"

　'이때다! 조금 한가해졌을 때!'

　"저기요~ 여기 주문 좀요"

　"아만, 당연히 기억하제, 야, 니 저쪽도 부른다. 여간 바쁘네. 담번에 이야기 허자."

　"저 김치찌개 하나 주세요."

　"네~"

　'저 남자가 이 식당 주인 아들인가 보구만.'

　낚시철이라 그런가, 아니면 원래 이렇게 사람이 많은 건가.

　"한석아, 여기 짱아찌 좀 더줘라. 손님이 많아져서 그런가 왜캐 쬐끔씩 주냐 팍팍 좀 줘 봐봐."

"예 예. 알것슴다."

"김치찌개 나왔슴다. 쪼끔 뜨거우니까 조심해서 드쇼."

"예~"

츄릅

……맛있다.

진짜로.

정말로.

'이 맛에 사람들이 여기를 오는 거구나.'

푸짐한 밑반찬에 딱 맞는 간. 집에서 직접 담궈 숙성시킨 집 김치의 맛까지 정말 그리웠던 맛이다.

그렇게 나는 정신없이 김치찌개를 먹어 치웠고, 부른 배를 통통거리며 경양방죽 둘레길을 걷기 시작했다.

이른 시간이라 사람이 적을까 봐 걱정했는데, 의외로 낚시를 하고 있는 사람들이 많았다.

표정이 참 한가롭고 여유로워 보였다. 마치 걱정이 하나도 없는 사람처럼.

더불어 방죽 근처에는 산책을 하고 있는 사람들도 많이 있었다. 누구 하나 안 힘든 사람이 없을 때였지만, 식당에서 배를 채운 사람들은 나름의 여유가 있었고, 그들의 표정에서 묻어 나왔다. 그들을 바라보며 내 마음도 편안해지고 처음 와보는 이곳에 왠지 모를 애정이 샘솟았다.

툭.

"아이고 깜짝이야. 넘어질 뻔 했네. 이거 뭐지?"

개밋길

'개미가 많이 다니는 길인가? 처음 보는 이름인데. 누구 알 만한 사람 없나?'

"저기, 어르신 여기 이름이 왜 개밋길인지 아세요? 오늘 처음 와봤는데, 이름이 재밌어서요."

"총각, 여기 처음 와본다고?"

"예."

"총각, 어디 사람인디? 여그 광주 사람 아닌가벼?"

"저 광주사람 맞아요."

"근디, 여기를 처음 와봐? 여그가 언제부터 있었는디!"

예상치 못한 어르신의 반응에 당황스러웠다. 알 만한 사람에게 물어본다는 게 꼬장꼬장한 할아버지께 물어본 내 잘못이었다. 죄송하다고 말하고 회사에서 자료를 찾아봐야겠다고 생각했다.

"아니예요, 할아버지 저⋯⋯."

"가만 있어봐. 내가 말해 줄겅께. 하여간 요즘 젊은이들이란.

쯧쯧."

'하⋯⋯.'

"옛날 세종대왕 때였어. 그때 김방이라는 사람이 광주감사로 와 있었는지, 몇 년째 흉년에 가뭄이 겹쳐서 사람들이 굶어 죽고 있는거여. 그래 가꼬, 그 양반이 경양방죽을 파게 되었어. 규모가 엄청 큰 공사였는데, 하필또 그때 가뭄이 또 겹치능겨, 그니까 사람들이 하나둘씩 쓰러지제. 더 큰일이 일어난 거여. 사람이 딸려. 김방 그 양반 고민이 날로 깊어지는디 어떤일꾼 하나가 흙더미에 묻힐 뻔한 개미집을 발견한 거여. 총각, 잘 듣고 있는가?"

"예, 예. 어르신."

"그 일꾼이 자기도 배곯고 있는디 집이 묻힐 뻔한 개미를 봉께 짠한겨. 그래서 개미집 좀 옮겨 줬어. 근디 다음날 김방네 뒷 마당에 쌀이 쌓이는겨. 아무도 어찌 된 일인지 몰랐제. 하룻밤 지나고 나면 쌓이고 또 하룻날 지나면 쌓이고 김방은 쌀이 공으로 생기니께 잘 됐다 생각하고 그 쌀로 사람들을 먹었어. 근디 그 쌀이 개미들이 옮겨다준 쌀인 거였어. 개미들이 은혜를 갚은 거제. 그래서 이 길 이름이 개밋길이 된 거여. 총각, 알았는가?"

"귀여운 설화네요. 어르신, 감사합니다."

"고마우면, 총각 사는 곳에 눈 좀 돌리고 살어봐. 수첩 들고 돌아댕기는 거 보니, 기잔가벼? 맞제?"

"네."

"잘 보구 가."

"네 어르신."

오호, 그냥 오래된 인공호수인 줄로만 알았는데 관련된 전설을 듣고 나니 더 관심이 갔다. 기사 때 쓸 내용 없을까 봐 걱정했는데, 생각보다 다채로운 기사가 될 거 같아 다행이라는 생각이 들었다.

식당에서 일하는 사람, 겨울되면 스케이트신발 빌려주는 사람. 등 여기서 생계를 꾸려 나가는 사람들이 많았다.

이곳이 매립된다면 이 사람들은 어떻게 될까를 생각하다 갑자기 혼란스러웠다. 매일 아무 생각 없이 지나치던 곳이 누군가의 먹고사는 일이 달린 곳이었고, 아무도 모르게 매립공사가 진행된다면 이들은 정말 길바닥에 나앉게 될 것이었다.

생각이 여기까지 미치자 머리가 복잡해졌다.

하나도 모르겠다. 내가 뭘 어떡해야 하는지. 아니 무엇보다 나는 지금 무엇을 하고 싶은지. 정말 모르겠다.

적어도 지금은 나는 이 사람들에게 알리고 싶었다.

곧 이곳이 사라질 거라고.

"김 부장님만 믿고 가겠습니다. 이번 건만 잘 성사되게 해주시면 김 부장님 돈 걱정, 자식 걱정은 이젠 그만입니다. 위에서는 반가워하다 못해 김 부장님에게 고마워 할 겁니다."

"저라고 안 바라겠어요. 이번 건이 저보다 중요한 사람이 누가 있겠어요. 하루빨리 끝내서 눈치 안보고 출근하고 싶네요."

"여기 공사 선금입니다. 잘 부탁드립니다, 김 과장님. 허허."

"듣기만 해도 좋네요. 그 말."

매립사업이 비밀리에 진행되고 있다는 사실을 다시 떠올린 나는 그 독한 여자라는 사람의 뒷조사를 시작했다. 시청직원에 대한 조사라는 건 쉬운 일이 아니었다. 우선 그 여자 이름 알아내는 것부터가 난관이었다.

그때 선배로부터 받은 결제서류가 생각났고 살펴봤다.

'김형란' 첨부자료 끝에 작게 적혀 있던 담당자 이름. 이 사람이 그 독한 여자였다.

주민 반발로 매년 실패했던 사업인데 어떻게 이 여자가 짧은 시간 안에 상부 결제까지 받아낸 점은 누가 봐도 미심쩍었다.

"야, 승환아. 오선배가 와보란다."

"네."

"최종 결제서류야. 꼼꼼히 살펴보고. 준비 잘 하고 있지?"

"네, 선배. 그런데요, 김형란이라는 사람이랑 담당 건설회사인 ○○회사랑 무슨 연관이 있나요? ○○회사는 광주지역에서 큰 힘을 가진 업체는 아니던데요."

"어, 어? 그거 말야. 이번에 새롭게 선정 됐지. 아마 담당자가 정했을 거야. 그 회사."

"그럼 그 둘 사이에 뒷돈이 오갔었을 수도 있네요. 확신할 순 없지만. 선배도 동의하시죠?

"야, 양승환. 지금 내 생각이 중요하냐. 너 추리에 동의해 줄 사람이 필요해? 수상한 낌새가 보이면 직접 발로 뛰어서 인터뷰하고 조사해서 가져와. 혼자 상상의 날개 펼치지 말고. 우선 맡은 거부터 잘해. 알았냐?"

"네."

큰 의미 없이 한 말이었는데 선배의 반응이 너무 지나쳤다. 취재할 때 의심 가는 부분이 생기면 거기서 진짜 기사가 나오는 거라고 말했던 오 선배였다.

오히려 선배의 민감한 반응이 내 호기심을 자극했고 나는 김형란과 ○○회사 사이의 관계를 찾으려 온갖 자료에 지인까지 동원했지만 아무것도 찾을 수 없었다.

그 둘의 관계에 대한 꺼림칙한 느낌은 결국 나의 스치는 생각에 그쳐버렸다.

한 가지 확실한 것은 이 일이 절대 투명한 과정 속에서 처리된 일은 아니라는 점이다. 그건 분명했다.

꺼림칙한 기분에 백중으로 뛰어다니며 조사를 했지만 김형란과 건설회사 사이와의 어떤 이상한 낌새도 찾을 수 없었다.

내가 아무것도 밝혀 낼 수 없다는 걸 깨달으며 나의 무력함에 대한 자각의 정도가 날이 갈수록 심해졌다.

심지어는 주민들에게 전혀 알리지 않았다는 사실이 거짓말인 것 같았다.

혹시 새어 나갔을지도 모를 거라는 생각에 다시 경양방죽을 찾았다.

"이모, 여기 된장찌개 하나 주세요~"

"예~"

"이모, 혹시 경양방죽 공사한다는 말 없었어요? 재정비공사라든가 뭐 이런 거 있잖아요."

"무슨 말잉가 그게. 하나도 모르겠네. 아~무 소식 없더라. 얼마 전에 어떤 시청 사람도 여기 와서 밥 먹고 갔는데, 경양방죽은 말도 안 하던디."

"아, 그래요? 그냥 궁금해서요. 요즘 하도 여기저기 공사한다는 곳이 많으니까."

"밥이나 맛나게 묵어."

"……."

거짓말이라 믿고 싶었지만, 틀림없는 사실이었다. 주민들은 정말로 몰랐다. 무거운 마음에 쉽게 밥이 넘어 가지 않았다.

그러다가 잠시 쉬고 온다던 식당 아줌마의 아들이 들어왔고 나는 의도치 않게 모자의 대화를 듣게 되었다.

한석이의 이야기

"엄마~ 우리도 밥 먹자."

"숨 좀 돌리고 나니, 아들 놈이 밥 먹자고 하네. 기다려봐라. 니는 뭐 고를 것도 없다. 그냥 내가 해주는 거 먹어라잉."

"네."

"서울살이는 어떠냐? 살만허냐? 광주에서 왔다고 무시하는 건 없고? 뭐 먹고 싶은 거는? 말만해라 이 어매가 다 해주께. 돈은 안 부족혔고?"

"아, 엄마 천천히. 천천히 하나씩 말해야 내가 알아듣지. 우선 서울살이는 생각보다 재밌어. 나도 친구들이 무시하거나 괜히 싫어할까 봐 걱정 많이 했는데 그런 거 전혀 없어. 서로 타향살이 하는 처지라 '우리끼리 챙겨주자' 뭐 이런 분위기야."

"참말로 다행이다. 나는 니가 무시당하고 어깨 한번 제대로 못 펴고 다닐까 봐 을매나 걱정했는지 아냐. 돈은 안 부족하디? 이번에는 너 입학금에, 기숙사비에, 이것저것 낼 돈이 많아서 얼마 못 챙겨 줬는디……."

"엄마, 걱정하지 마. 돈 쓸 일도 별로 없더라. 밥 먹을 때 빼고는 돈 필요 없당께~"

"대학생 됐는디 돈 없어서 가고 잦은데 못 가면 안 되지. 다음 달부터는 쫌 더 보내줄 껑게 돈 걱정일랑 하지 말고 하고 싶은 거 혀."

"알았어. 엄마. 나 조금 있다가 친구 만나러 갈 거야. 아 왜, 그 성철이 있잖아 내 친구 중에 취직 젤로 빨리 한 애 말여. 금마 좀 만나고 오께."

"잘 모르겠다. 누군지. 잘 놀다 와라."

고등학교에서 본고사 준비할 동안에 대학 안 가겠다고 공무원 시험 준비한 성철이었다.

한 학기, 그러니까 6개월이 지났을 뿐인데 자신은 여전히 학생이지만 성철이는 자신과 다르게 어른이 돼 있는 느낌이었다.

먼저 사회생활을 해서인지 한때 제일 친한 친구가 어느새 사회 선배가 되어 있는 이 느낌이 조금 낯설었다.

술이 들어가자 어색함은 절로 없어지고 각기 생활의 어려움을 토로하기 시작했다.

"차라리, 대학이나 갈 걸 그랬나 봐. 내가 회사에서 제일 어린데, 심지어 고졸이라니까 더 쉽게 보는 거 같아."

"아이고 모르는 소리한다. 나는 대학교 6개월 다녀보니까 차라리 빨리 취직해서 돈이나 벌걸 그랬어. 본고사 준비하던 때의 공부는 암 것도 아니더라."

"각기 어려움이 있겠지. 학교 졸업하니까 뭐하나 쉬운 게 없냐. 아 맞다 한석아, 너 경양방죽 소식 들었냐, 하긴 당연히 못 들었겠제. 나도 어쩌다 알게 된겠께. 놀라지 말어라."

"뭔데."

"그 경양방죽이 곧 사라질 건가 보드라. 경양방죽의 쓸모에 대한 의문제기가 오래전부터 이뤄져왔고, 광주시청 돈도 부족하고, 농사지을 땅도 부족하고, 사람 살 곳도 부족하다고 매립하자는 주장이 있어왔는데 한 번도 실행된 적은 없었는디 말이다. 근데 이번에 그 담당자가 우리 쪽에서 독한 여자라고 소문난 김 과장이라고 있거든. 그 사람이 윗선 승인까지 다 받아 놨고, 이제 1, 2주 뒷면 사업 시작된다드라."

"……. 그게 뭔 말이야. 왜 거기 사는 우리한테는 말도 안 해주고 지들 멋대로 일을 진행한다냐. 나야, 엊그제 내려왔으니까 그렇다고 쳐도, 주민들한테 동의는 구하고 말은 했대?"

"당연히 모르것지. 이거 사내 기밀이여. 주민반발 방지하려고 김과장이랑 윗선, 건설업체까지 아주 단단히 비밀로 하고 있어. 사내에서도 이 사실 아는 사람 몇 안 되는데, 나는 우연히 팀장님 사무실 지나가다 듣게 된 거여."

"성철아, 이렇게 말도 안 돼는 경우가 어디 있다냐. 당장 주민들한테 알려야 되겠다."

"무슨 소리여 그게. 절대 안 돼. 이거 알려지면 내 모가지도 장담 못한다, 한석아. 너가 나선다고 멈춰질 사업이 아니여. 나도 너랑 느그 어머니 생각하면 참말로 안타깝지만, 일게 말단 직원인 내가 뭔 힘이 있겠냐. 그리고 이번 일은 김 과장이 단단히 칼을 간 모양이야.

"그럼 우리 어매랑 나는 뭘 먹고 살라는 말이냐. 시청은 우리 보상도 해줄 생각이 없다냐? 거기서 밥 벌어 먹고 사는 사람이 한둘인 줄 아냐. 근디 그 사람들 다 무시하고 반발이 성가시니까 주민들한테 알리지도 않고 비밀로 일을 진행한다는 게 말이 되는 소리야? 지금이 조선시대도 아니고 아무튼 잘 알았다. 화내서 미안허다. 너가 계획한 사업도 아닌디. 나는 지금 가볼게. 그래도 엄니한테는 말씀드려야지 안 것냐. 이제 다른 먹고 살길 찾아야 하는데."

"그래. 담에 보자."

집에 돌아온 한석이는 어머니에게 아무 말도 할 수 없었다. 새 색시 때부터 한석이가 대학생이 될 때까지 한 곳에서만 장사 하던 사람한테 그곳이 사라진다고 어떻게 말을 할까.

"엄마, 우리 이사 갈까? 여기서 너무 오래 살았제? 나는 엄마가 이제 여기서 식당 안하고 다른 데로 이사 가서 다른 일하거나 쉬었으면 좋것다."

"갑자기 그게 무슨 소리여. 여기서 밥 벌어먹고 산 지가 몇 년인데. 여기 떠나면 갈 곳도 없다."

"……. 그라제? 여기서 몇십 년을 살았는디, 뭔 이사여. 내가 헛소리 했네."

웃으면서 말했지만, 엄마가 나중에 사실을 알고 받을 충격에 더 이상 어떤 말도 하지 못했다. 할 수 없었다.

나는 그날 밤을 하얗게 지새웠고 눈이 벌겋게 된 채로 나는 곧 체념했다. 내가 바꿀 수 있는 것은 아무것도 없었다는 것을 깨달았다. 그리고 나는 다시 눈을 감았다. 지금 이 현실을 피하고 싶었다.

이른 아침부터 경양방죽은 포크레인 소리로 시끄러웠다

필요한 흙은 이미 2주 전에 마련해두었고 이제 정말 흙을 퍼서 경양방죽을 매립하는 일만 남은 것이다.

한석이 모자는 흙이 경양방죽의 물 위로 떨어질 때마다 그곳에서 깃들어 있던 추억들이 하나씩 흐려져 가는 것을 느꼈다.

한석이와 한석이 엄마, 부근 상인들, 낚시꾼들이 모두 맞은편에서 경양방죽이 흙으로 덮여지는 것을 보고 있었다.

그리고 나는 그들의 맞은편인 공사 현장 옆에서 그들을 보고 있었다.

그리고 나는 흙이 한 무더기씩 떨어질 때마다 그들의 기억이 묻혀 가는 것을 보았다.

승진 하고 나서 받아 빳빳했던 사원증이 손때가 조금 묻어졌다. 특집기사로 승진하고 경양방죽이 내 머릿속에서 점점 잊혀 가고 있었다. 언제 주민들을 걱정하고 밤새 고민했냐는 듯이 말이다.

"민혁아, 우리 한석이네 식당가서 국밥 먹자."

'한석이네 식당? 이름이 똑같네. 그 식당이랑.'

"거기 맛있냐? 나 바쁘니까, 승환이랑 가라."

"맛있지. 엄청 맛있지. 지금 가면 줄 안 서고 바로 먹을 수 있는데 쬠만 늦어도 삼십 분씩 줄 서서 먹어야 된다니까. 국밥 싫으면 비지찌개? 얼른 일어나 같이 가장께로"

"나 바쁘다고. 승환이랑 좀 가야, 아따 사람 귀찮게 하네".

"승환아~ 가자. 여기 식당이 원래 경양방죽 근처에서 하던 아짐매가 자리만 옮겨서 하는 식당이라드라."

"어? 뭐라고? 그 식당 아줌마가 그대로라고?"

"아~ 너 거기 특집기사 맡았었지. 그럼 잘 알겠네? 어때 거기 맛있냐?"

"맛은 당연히 보장하지. 야, 빨리 가자 늦으면 줄 서야 된다며."

"이모~ 여기 김치찌개랑 된장찌개 하나요~"

"어? 이 총각 오랜만이네. 잘 살고 있능가? 아 그리고 총각, 왜 **일보 기자였더만, 어째 말을 안 했대~ 고생하는 직업인지 알았으면 반찬도 쪼까더 주고 그랬을 것인디."

"아니에요, 괜찮아요. 여기 장사 잘 돼요? 한석이는 잘 지낸데요?"

"나도 여기로 옮기고 많이 울었제. 거기서 내가 몇 년을 살았는디, 근디 말여 사람이 사니까 또 살아지대. 묘하자? 참 신기해. 거기 생각만 하면 가슴 한켠이 시큰하게 아려오긴 하지만, 또 살아 가고 있네."

"그렇죠 뭐. 다 살아가죠. 그래도 다행이네요. 장사가 잘 돼서."

"저기요~ 여기 국밥 하나요~"

"나 바쁘다, 담에 한가할 때 이야기 하세. 아참, 한석이는 서울로 잘 갔어. 올라갈 때 눈물바람을 하긴 하던디, 지금은 잘 지낸다고 편지 왔드라."

"네~"

에필로그

#나에게 광주란……

친숙함이 지겨워 떠나고 싶을 때도 있지만, 막상 떠나서는 자꾸만 빨리 돌아오고 싶은 곳.

그리고 내가 지구상에서 가장 잘 아는 곳.

나에게 광주란 이런 곳이다.

떨
어
진
씨
앗

엄
예
지

염예지

지향하는 삶은 '바람'

광주에서 태어나 유치원, 초등학교, 중학교, 고등학교까지 광주를 벗어나 본적이 없는 완전한 광주 토박이이다. 역사의 현장 광주를 자랑스럽게 여기고 자부심을 가지고 있다.

가고 싶은 곳도 많고 보고 싶은 것도 많아 바람과 같이 돌아다니고 싶지만 시간에 얽매여 답답함을 느끼는 중이다. 성인이 되었을 때는 지향하는 '바람'과 같은 삶을 살고 있길 소망한다.

프롤로그

　글 주제를 '광주'로 해야 한다는 말을 들었을 때는 내가 살아온 이 지역이기 때문에 풍부한 이야기를 담아 낼 수 있을 것만 같았다. 광주를 의향의 도시라고 자랑스럽게 생각하고 있었고 광주의 역사적인 사건들에 대해서도 꽤나 공감하고 있다고 생각했기 때문이다. 하지만 글로 표현하려고 하자 그저 이론으로만 광주를 알고 있었고 현장에서 맞서 싸운 사람들에 대해서는 공감하지 못했다는 것을 생각이 들었다. 자료를 찾으며 5·18 당대의 사람들의 이야기를 더 자세히 알 수 있었고 글을 구성하면서 조금이나마 현장을 느끼는 시간이 되었다. 민주화를 위해 싸워준 분들에게 늘 감사한 마음을 가지고 잊지 않아야겠다.

떨어진 씨앗

오늘은 약속도 일도 없는 매우 한가로운 주말이었다. 오랜만의 휴일에 '이제껏 못다 채운 잠을 꽉꽉 채워 보충하리라!' 는 다짐으로 잠이 들었던 기억이 난다. 남편과 딸아이에게 깨우지 말라는 신신당부를 하고 핸드폰 전원까지 빼놓고 말이다. 그런데 웬일인지 벌써 잠에서 깨어났다. 밖이 어두컴컴한 것으로 보아 지금은 3-4시쯤 되었을 것이란 생각이 들었다. 아직 어둑한 탓에 시계는 잘 보이지 않았다. 잠이 다 달아나는 이상한 기분에 서서히 침대에서 몸을 세웠다.

'몇 시지? 비가 오려나……?'

일단 일어나야겠다는 생각에 침대 아래 슬리퍼를 찾아 대충 발을 구겨 넣은 뒤 자리에서 일어난 몇 발자국 나아갔다. 그러자 널찍하고 깔끔했던 방안은 순간 사라지고 텅 빈 작은 방안으로 주위가 변했다. 온몸에 오소소소 소름이 돋는 느낌을 받았다. 후들거리는 다리로 뒷걸음질치자 등 뒤로 느껴지는 것은 딱딱하고 퀴퀴한 냄새가 나는 벽. 한 1평쯤이나 될지 방안은 한눈에 들어올 정도로 조그마했다. 작은 백열전구가 희미하게 켜져 있는 어둑어둑한 방에 가구라곤 앉은뱅이책상과 서랍장 하나와 벽지는 색이 바래 희끗희끗하고 곰팡이가 핀 거뭇거뭇 한 부분이 군데군데 보였다. 그리고 그 방 한구석에는 한 남자가 고개를 숙이고 쭈그려 앉아 있었다. 그제야 '아 이건 현실이 아니구나.' 하는 생각이 들었다. 현실에선 일어날 수 없는 상황이라는 것에 꿈이라고 확신한 후에야 정신을 가다듬고 꿈에서 깨기 위해 억지로라도 눈을 뜨려고 했다. 바닥에 발바닥이 닿지 않는 몽롱한 느낌에 그곳을 빨리 벗어나고만 싶었다. 그때 그 남자가 소리를 내며 울었다. 그 소리는 너무도 선명하게 들렸고 내 온몸이 굳었다.

"우우으, 우우우, 으으으윽으."

"뭐야……."

그의 몸집은 건장한 사내만큼 컸지만 한없이 작은 마치 겁에 질린 여린 동물 같아서 달래 주고 싶어졌다. 조금씩 몸을 들썩이는 그를 보고 있잖니 기분이 이상해졌다. 그리고 또다시 뭔지 모를 공포감이 엄습해왔다. 이 꿈은 멀리서 들려오는 음악소리에 꿈에서 벗어날 수 있었고 문 밖에는 있는 사람이 현관을 쿵쿵거리기까지 하자 정신을 번뜩 차리고 현관문을 열었다.

"네, 나가요!"

"김소연님께 온 택배인데 본인이신가요?"

"아니요, 제가 엄마에요."

"그럼 여기 이름 좀 써주세요."

'한 달현'

"네, 여기요"

이름을 쓰자마자 택배기사는 많이 바쁜지 물건을 건네주고 급하게 다른 집으로 이동했다.

[받는 분 : 김소연]

'아이고, 골이야. 애는 또 뭘 산 거야.'

매일같이 오는 딸의 택배에는 진저리가 날 정도였다. 택배의 내용물은 한결같이 요즘 딸아이가 좋아한다는 '몬드'인가 하는 보이그룹일 것이다. 뜯어보면 울고불고 짜증내며 난리칠 걸 익히 알기에 소연이의 방안에 넣어둘 생각으로 방문을 열었다. 연분홍의 벽지는 보이지도 않을 만큼 커다란 포스터들과 사진들이 걸려 있는 모습을 보니 깊은 한숨이 절로 났다. 난잡스러운 방안을 보고 있잖니 내 돈이 별것도 아닌 애들 돈벌이에 쓰인다는 생각에 화가 슬금슬금 올라오는 게 느껴졌다. 인형에 인형 옷까지 사주는 수준이니 참. 언젠가 단호하게 혼을 내야겠다고 다짐하며 거실로 나와 슬쩍 시계를 보니 바늘은 열한 시를 가리키고 있었다. 소연이와 찬이는 학원에 있을 시간이니 마음 편히 쇼파에 기대 누워 오랜만에 티비나 볼 생각으로 티비 전원을 켰다.

#소연의 이야기

"아 좀 밀지 말라고요! 저기요, 제가 먼저 왔어요."

[너 여기 기대도 돼. 너의 아픔 나로 덮어도 돼~]

"여보세요? 언니 어디야? 나 B5구역 입구 줄인데 여기 사람 너무 많아! 완전 바글바글인데? 우리가 울 애들 기 제대로 살려줘야겠다."

"응, 소연아. 언니 지금 빨강이랑 흰색 섞인 단가라 티 입고 있는데. 언니 보여? 나도 지금 B5구역 근처야!"

"아니, 안 보여. 나 남색에 흰 꽃무늬 있는 원피스 입었는데 나 보여?"

"음, 아! 보인다! 언니가 너한테 갈게! 야 자리 진짜 잘 잡았다. 언제부터 있던 거야? 잠시만요! 일행 있어요. 소연아, 일단 끊어봐! 그쪽으로 갈게."

뚝.

소연은 광주 아시아문화의 전당 창립식에 '몬드'가 나온다고 하여 이른 새벽부터 자리를 잡는 중이었다. 데뷔한 지 일 년이 갓 지난 신인그룹 오빠들의 기를 제대로 살려주겠다며 아침 6시부터 돗자리까지 준비해 줄을 서는 소연은 소속사는 제대로 된 응원봉도 내주지 않아 분홍색의 경광봉을 들고 '오빠들 기 살리기'에 각오를 다지고 있었다. 공식카페에 공지가 뜬 다음날부터 트위터 친구 중 광주에 사는 '달래'와 만날 약속을 잡고 오늘 새벽에 탈출을 한 소연은 매우 들뜸에 가득 차 있었다. 첫 단체 콘서트 후 장작 4개월 만의 공연을 보는 것이기 때문이다. 그때 소연의 어깨를 누군가가 툭툭 쳤다. 시끄러운 소음과 많은 사람들 탓에 정신이 없던 소연이는 아는 사람이 왔다는 사실에 반갑게 뒤를 돌았다.

뒤를 돌자 168 정도 되어 보이고 허리까지 내려오는 검정색 긴 생머리를 가진 달래가 서 있었다. 크고 쌍꺼풀이 있는 눈이 참 예쁘다는 생각이 들었다. 달래는 커다란 경광봉이 삐져나온 에코백을 들고 환하게 웃으며 말했다.

"안녕, 소연이지? 달래 언니야. 몇 시부터 온 거야? 소연이가 맡아놓은 자리 완전 좋다! 고생 많았어. 광주는 처음이라 버스타기 힘들었을 텐데 잘 찾아와서 다행이다. 뭐 좀 먹을래?"

달래는 경광봉이 삐져나온 회색 에코백에서 주섬주섬 핑크색비닐봉투를 꺼내 들었다.

"내가 소연이 광주에 온다는 연락 듣자마자 준비한 거야."

달래가 받아 든 핑크색봉투 속에는 여러 종류의 초콜릿과 젤리, 오렌지주스와 삼각 김밥 두 개가 들어 있었다. 소연이는 감동에 찬 눈망울로 달래를 올려다봤다. 마치 슈렉에 나오는 장화 신은 고양이 같았다.

"헐 언니……."

"아 진짜 너무 귀여워! 너 같은 동생 있으면 맨날 데리고 다니면서 맛있는 거 다 사줬을 거야."

"진짜 고마워. 애들 보는 거 얼마만이지?"

소연이는 달래와 '몬드'에서 각자 좋아하는 멤버에 대한 이런저런 이야기를 나누면서 슬쩍 손목시계를 보았다. 오전 11시. 논술학원에 갈 시각이다. 소연은 속으로 코웃음을 쳤다. 이미 선생님께는 이번 주말에 가족여행을 간다고 연락을 취해놓은 상태이다. 새벽에 엄마 핸드폰이 꺼져 있는 걸 확인했으니 연락이 될 가능성은 0.001%일 것이다. 살짝 조마조마한 기분이 들었지만 선생님께서 아빠께까지는 전화를 하지 않을 것이라는 확신으로 마음을 가라앉혔다. 금새 기세등등해진 소연이가 잠깐 다른 생각을 하는 동안 달래가 소연이의 어깨를 툭툭 건들었다.

"소연아, 소연아!"

"어? 응응"

"좀 들어보라니깐! 그때 우리 석민이 콧대가 진짜 죽여줬다고. 우리 애 콧대 최고인 건 온 우주가 인정해 줘야 해. 막 눈을 내리깔면서 씩 웃는데 진짜 왕자님인 줄 알았어. 아 맞다. 나 슬로건도 주문 제작했다. 반사래! 내가 이날만을 얼마나 기다려 왔는지!"

뭐가 그리 할 말이 많은지 달래는 허겁지겁 '몬드'의 멤버 중 이석민에 대한 자랑을 늘어놓았다. 호칭은 석민이, 우리 애, 왕자님, 오빠 등으로 바꾸어 가며 같은 인물을 노래하고 있다. 그리고 주문 제작했다던 반사 슬로건을 꺼내 들었다.

[석민이란 아이 참 괜춘하네]

몇 년 전이나 유행 했을 글귀가 들어간 슬로건이었다.

"이게 뭐야. 진짜 웃겨."

달래가 꺼내든 슬로건을 보자마자 소연이는 쓰러질듯 웃어댔다. 그 문구는 데뷔 전 이석민이 본인 관련 게시글에 단 댓글이었기 때문이다.

"와 진짜 최고다. 언니 이거 앞에서 들고 있으면 석민이가 무조건 반응해 줄 것 같아."

"으아, 진짜? 진짜 그랬으면 좋겠다. 나 진짜 벌써 떨려."

"나도, 빨리 보고 싶다."

소연이 집을 나온 시각은 2시. 소연은 전날에 싸놓은 가방을 들쳐 매고 집에서 슬그머니 빠져 나왔다. 사실 어제 밤에 깨우지 말라고 신신당부하는 달현의 소리를 들으며 소연은 '이게 웬 횡재냐!' 싶었다. 광주까지는 세 시간 삼십 분이 걸린다고 하였지만 2시 30분 버스를 타니 약 세 시간 만에 광주종합 버스터미널에 도착했다. 새벽인지라 삼십 분이나 빨리 광주에 도착할 수 있었다. 꽤나 긴 버스운행시간에 소연은 막연히 광주가 큰 건물이 드문 낙후된 지역이라고 생각하였다. 서울토박이인 소연은 처음 가보는 광주에 대해 이런 저런 생각을 해보았다. 그리고 문득 생각난 한 가지, 아주 어렸을 적에 잠깐 엄마가 광주에서 자랐다는 것을 들은 적이 있다는 것. 이제껏 외할머니, 외할아버지를 본 적이 없는 소연은 초등학생시절 친구들이 자랑하는 소리를 들으며 늘 궁금해 했었다. 소연이 "나도 외할머니, 외할아버지가 보고 싶다."며 시골 내려가고 싶다고 졸라대도 달현은 늘 대답을 회피했고 불편해 하는 기색이 역력했다. 그때마다 아빠가 와서 "소연이 할부지 할무니 있잖아! 어제도 다녀왔잖아. 할부지랑 할무니가 우리 소연이 얼마나 사랑하시는데." 하며 목마를 태워주는 것으로 마무리가 되었다. 소연은 어릴 땐 잠깐 속상해 했으나 점점 나이가 들어가고 사춘기가 오자 외가 친가에 가기 싫어하는 친구들을 보며 차라리 편하다는 생각을 하기도 하였다. 엄마의 고향이 광주라는 것을 가족 모두가 알고 있었지만 이 말을 꺼내는 것은 거의 금기시되었다. 달현이 광주로 내려간 것을 본 적도 없고 전라도 사투리를 쓰지도 않으며 고향에 대한 이야기가 나올 때마다 표정이 굳었다. 겉으로 강력히 티를 내지는 않았지만 그 정도는 눈치챌 수 있었다. 그래서 광주에서 공연을 한다는 것을 들었을 때 더 가고 싶어 했다. 엄마가 자라온 곳이라고 하였지만 한번도 가지도 듣지도 못한 곳이기에 더 궁금했던 것이다. 버스에서 막 내렸을 때 광주버스터미널인 유스퀘어는 시설도 좋고 넓고 깨끗했다. 소연은 잠시 당황했다.

'오. 되게 크네. 되게 크고 깨끗해.'

광주광역시 서구 광천동에 위치한 유스퀘어는 초승달 모양에 많은 상점들이 들어서 있었다. 2층에는 영화관이 있었고 옆 건물은 신세계백화점이 들어서 있었다. 중앙에는 외부 공연장이 있었다. 문화생활의 집합체라 불리울 만큼 멋있는 모습을 하고 있었다.

'5시 40분'

소연은 수첩을 꺼내 들었다.

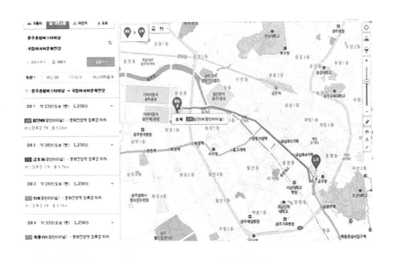

"9번, 36번, 518번, 151번."

소연은 광장을 지나 시내버스정류장으로 나와 버스도착정보를 읽었다.

'9번 6분 남았네! 저거 타야겠다.'

소연은 9번이 오는 정류장 구역에서 버스를 기다렸다. 9번이 적힌 빨간 버스가 오자 설레는 마음을 가지고 버스에 올라탔다.

7개의 버스 정류장은 빠르게 지나갔다.

[이번 역은 문화의 전당 역입니다. 다음 역은 전남대학교 병원입니다.]

문화의 전당 역이라는 소리가 들리자 잠시 졸고 있던 소연이 번뜩 눈을 뜨고 정차 버튼을 눌렀다. 소연은 안심을 하며 무릎에 올려놓은 백팩을 어깨로 옮겼다.

'문화의 전당 역'에서 본 거리의 풍경은 굉장히 큰 도로와 새로 건축한 아시아 문화의 전당이 큰 규모를 자랑하고 있었다. 그리고 그 중앙에는 퍼런

분수대와 주위와는 이질적으로 느껴지는 허름한 건물 하나가 끼어 있었다. 소연은 그렇게 공연장으로 향한 뒤 달래를 만난 것이다.

아시아 문화의 전당에서 리허설을 준비중인 공연장은 천으로 막혀 있었고 그 너머로 음악이 흘러나왔다.

"소연아, 들린다. 우리 애들 노래야! 지금이 몇 시야? 4시 시작이니까 3시에는 입장 시작할 것 같은데."

"지금 1시! 2시간 남았어. 그래도 6월이라 그런지 덥지도 않고 춥지도 않아서 다행이다."

"맞아, 여름이나 겨울이었으면 완전 고생했을 거야."

너무 빨리 도착했나 싶은 감도 있었지만 일행과 함께 수다도 떨고 간식도 먹으며 기다리니 시간은 생각보다 빨리 지나갔다.

#엄마의 이야기

텔레비전에서는 개그프로그램, 다큐멘터리, 음악방송, 재방송 드라마가 방송되고 있었다. 시간이 시간인지라 텔레비전에서 하고 있는 프로그램은 대부분이 예능이고 간간이 드라마와 다큐멘터리가 나왔다. 재미있어 보이는 개그프로에 시선을 놓았다.

[철수야, 너 자꾸 나 따라할래?]

[따라할래~?]

[하하하하하하]

뭐가 개그 포인트인지도 모르겠는데 관중석은 꺄르르 웃음을 터뜨린다.

"저 사람들은 웃음 기계인가. 뭐 때문에 웃어대는 거지. 개그맨들이 광대가 아니라 관중들이 저 사람들이 저 사람들을 위한 광대 같군."

개그프로에 시시함을 느껴 그저 리모컨만 돌릴 뿐이었다. 게다가 마음속에는 찝찝한 꿈속의 잔상이 남아 자꾸 마음을 어지럽혔다.

"후……. 뭐지, 누굴까? 짜증나게 왜 자꾸 생각나는 거야."

생각하면 할수록 그 꿈의 현장과 느낌이 더 생생하게 살아나는 듯한 기분이 들었다.

'누굴까. 너무 찝찝해서 뭘 할 수가 없네.'

"끄응……."

소리를 내며 이마를 짚었다. 그때 광고를 하고 있던 채널에서 광고를 마치고 다큐멘터리가 시작하는 음악소리가 울렸다. 그 음악은 웅장했으며 슬프게 들렸다. 오랫동안 만나지 않아 어색하지만 너무 익숙한 사람 같은 음악과 함께 다큐멘터리는 제목을 알렸다.

빠바바밤 [광주, 그 역사의 현장.]

순간 흠칫했다. 잊으려고 했고 거의 잊어간 그 기억들이 다시 생각날 것만 같았기 때문이다. 어릴 적 광주에서의 잔인했던 모습들에 너무 큰 충격을 받아 어린 나이에도 그 공간을 벗어나기 위해 악을 썼다. 벗어난 그 후에도 그 공간에서의 기억들을 진저리치게 두려워했으며 오랫동안 병원에서 약을 처방 받으며 잊어왔다. 주먹을 꽉 쥐고 과거와 단절된 삶을 살기 위해 노력한 결과를 우습게 여기는 듯 그 음악으로 인해 과거에 쌓아놓은 높고 두꺼웠던 벽이 조금씩 부서졌다. 나의 공간은 풍요롭고 평화로우며 좋은 사람들, 내가 좋아하는 일, 고요한 행복이 있는 곳이었고 저 너머의 세상이 아무리 격렬하고 비명이 가득하고 슬프고 총성이 가득한들 이곳으로까지 침범하지는 못했다. 하지만 이 음악으로 인해 그 너머의 소리가 희미하게, 조금씩, 분명히, 크게, 웅장하게 들리는 듯했다.

#엄마의 과거

달그락달그락

"달아, 엄마 설거지 하는 동안 밖에서 빨래 좀 걷어라."

"알겠어."

벌컥!

"엄마, 나 지금 나가는 중이니까 내가 가져올게."

전남대학교에 다니는 해현 오빠는 언제부터 있었는지 방문을 벌컥 열고 나왔다. 외출을 할 생각이었는지 흰 티 위에 파란 체크셔츠와 청바지를 입고 있었고 마당으로 순식간에 나갔다가 양말을 안고 들어왔다. 해현 오빠는 올해 스물두 살이고 나는 열일곱 살로 다섯 살 터울의 오빠였다.

"워메 해현아. 오늘도 도서관가능가? 있었으면 인기척을 내야제! 아들 있는지도 몰랐잖어."

"네, 요즘 과제가 너무 많아서 한동안 도서관에 쭉 있어야 할 것 같아요."

"그냐 고생이 많다. 찬찬히 하고 너무 무리하지 말그라."

"네, 요즘 대학에서 데모도 많고 우리나라 상황도 암흑기라 달이랑 집 밖으로 너무 안 다니는 게 좋을 것 같아요."

"그러게나 말이다. 요즘 대학생들 데모도 많이 하던데 너도 몸조심 하고!"

해현 오빠는 어렸을 적부터 공부를 꽤나 잘했다. 어렸을 적부터 숙제를 물어보면 뭐든지 척척 해내주는 척척박사 같았고 설명도 매우 깔끔하게 해주었다. 나에겐 최고의 선생님이었고 다정한 오빠였다. 나는 당연히 오빠가 대학은 서울로 올라갈 줄 알았다. 그만큼 실력이 있었으니까. 나는 오빠가 더 넓은 세상에서 많은 걸 경험해 보길 원했다. 그러나 합격된 대학을 다 내팽개치고 전남대학교를 온 것은 장학금 때문일 것이다. 장학금을 받으며 집안에 부담이 되지 않게 대학을 다니려는 오빠를 보며 늘 안타까운 생각이 들었다. 사범대학을 간 것은 오빠다웠지만 그래도 아쉬운 마음이 드는 건 어쩔 수 없었다.

"엄마!!!! 나 경숙이랑 만나고 와도 돼?"

"아니. 안 돼. 달이는 한동안은 꼭 집에서 엄마랑 같이 있어."

"왜? 오빠가 무슨 상관인데! 나 경숙이 못 본 지 며칠은 됐단 말이야!"

요즘 밖에서 무슨 일이 일어나고 있는지는 잘 모르겠지만 굉장히 어수선하다는 건 느낄 수 있었다. 오빠의 말에 의하면 지금은 군사정부가 우리나라를 휘어잡고 있다고 한다. 계엄령이 내려진 상황에서 모든 권력은 전두환 한 사람에게만 집중되어 있으며 데모와 언론조차 자유가 없는 시대, 지난 시기 동안 우리나라가 많이 발전되었다고는 하지만 그건 순전히 기득권들만 살판 난 거지 우리와 같은 사람의 생활이 크게 좋아진 것은 없다. 갈수록 세상이 어떻게 돌아가고 있는지 모르겠다.

"요즘 분위기 안 좋으니깐 조심해야지. 데모하는 곳 근처는 구경도 하지 말고!"

"아, 네네. 어련하시겠어요."

오빠는 가족을 끔찍이 생각했다. 그리고 그만큼 본인을 생각했어야 했다. 나는 다정한 오빠가 영원할 줄만 알았다. 여느 사람들과 같이 정상적인 인생을 살고 좋은 선생님이 되어 좋은 인연을 만들어갈 것이라고 당연하게 생각해왔다. 오빠가 달라진 건 며칠 후의 일이었다. 그날은 갑자기 학교에 휴교령이 내려졌다. 우리 학교뿐만 아니라 광주의 중고등학교, 대학교까지 모든 학교에서 휴교령이 내려졌다. 갑작스러운 휴교령에 정말로 정부가 어떻게 되어 버린 것이 아니냐는 언성이 높게 들려왔다. 조선대학교와 전남대학교의 학생들은 휴교령에 반발하여 데모는 더욱 거세졌다. 신문에서는 계엄령이 강화되었다는 기사가 떴다. 그날 오빠는 학교를 군인들이 다 점령했다며 분노하며 흰 가루가 묻어 있는 셔츠를 입은 채로 집에 들어왔다.

운수회사에 다니고 있는 아버지도 그날 따라 일찍 들어오셨다.

그리고 우리 가족은 밥상을 두고 둥글게 앉았다. 그 자리에서 오빠는 좀처럼 듣지 못했던 화를 냈다.

"아버지! 이게 지금 말이 되는 상황이라고 생각하세요? 저는 너무 이해가 안 돼요. 앞으로 나라를 이끌어갈 학생들이 공부하는 장소에서 학생들을 내쫓고 군인들을 배치하는 행위는 절대 있을 수 없는 일이에요. 나라가 퇴화해 가고 있어요. 바로 잡아야 합니다! 잘못된 행동을 바로 잡으려고 한 시위에서는 공수부대가 몇 백 명의 사람들을 잡아갔습니다. 아니 잡아가기 전에 총개머리판으로 내려찍고 무차별한 구타로 아스팔트 도로를 피로 물들게 했어요. 지금 시민들을 잡아가서! 무엇을 하려고! 죄 없는 시민들을! 학생들을!"

오빠는 마치 당장이라고 뛰쳐나갈 듯이 말했다. 오빠의 몰골을 보아하니 오늘 대학을 들어오지 못하게 한 것에 대해 시위를 하다가 군인들과 접전이 일어난 것으로 보였다. 시내에서 크게 무슨 일이 일어났다는 것이 느껴졌다. 아빠는 오빠의 말에 동조하였다.

"그러게 말이다. 지금 상황을 보면 우리나라가 민주화는커녕 다시 독재체제로 되돌아가고 있어. 학교는 아예 폐쇄된 게냐?"

"예, 더 이상 학교는 들어갈 수 없어요. 학교를 군인들의 기지로 쓸 예정인 것 같습니다. 대학교를 기지로 쓰겠다는 그들은 이미 사람이 아니에요."

"아이고, 해현아. 니는 저얼대로 그런 거 하지 말아라. 혹여나 무신 일 생기면 어째. 이제 학교는 휴교되었으니 집에서만 있어라잉. 위험한 것은 절대 하지 말고. 사람이 아닌 것들이 설쳐댈 때는 딱 숨죽이고 가만히 있는 것이여."

"어머니! 이런 상황까지 온 것은 우리나라의 모든 국민들이 크게 힘을 보여주지 않았기 때문이에요. 이건 그들이 국민을 우습게 보고 함부로 하지 못하도록 군사정권이 내려올 때까지 계속 싸워야 하는 일입니다."

오빠는 강건했으며 굳셌다. 그리고 나는 그 모습이 영원할 줄만 알았다. 오빠는 시위를 하러 다니는 것 같았다. 돌아올 때면 늘 머리가 헝클어져 있었으며 흰 가루가 여기 저기 붙어 있었다. 그리고 매캐한 냄새가 났다. 꽤나 높은 달동네에 위치한 우리 동네는 조그마한 집들이 옹기종기 모여 있었다. 나는 오빠가 집까지 오는데 잡히면 어떡하나 늘 걱정했다. 집에서 아래를 내려다보면 멀리 전남대에서 시위하는 학생들의 모습이 보였다. 밖에 나가 거리를 둘러보면 하얀 수류탄 가루들이 가득했고 군인들은 대학생 언니 오빠들, 청년들을 밟고 줄 세워 놓았다. 키가 작고 어린 나는 군인들이 잡아대지는 않았지만 엿장수 마음대로라고 내 뒤에 걷고 있는 언니는 무작정 잡아채다 희롱하였다. 나는 무서웠다. 하루하루 거리에는 핏자국이 생겼고 잡혀 들어가 며칠이 되도록 나오지 못했다는 사람들의 이야기도 들려왔다. 이 모든 일들이 이틀 만에 진행되었다. 무서웠던 나는 오빠가 더 이상 데모 현장에 가지 않기를 바랐다. 오빠는 무사히 돌아왔지만 언제 잡혀갈지 모르는 상황이었다. 우리 가족이 저러한 일을 겪는다고 생각만 해도 몸이 움츠러들고 소름이 돋아왔다.

21일 밤에 경숙이 동네에 공수부대들의 무차별 발포가 있었다. 특정인을 향한 것이 아니라 일반주택가를 향해 총을 쏘아댄 것이다. 어느 집에서는 옥상에서 구경하던 세 남매 중 하나가 총에 맞아 크게 다쳤다고 했다. 이 일은 광주 전역에 모두 알려졌고 광주시민들은 분노했다. 나는 더 이상 오빠가 시위를 하지 않기를 바랐다. 그래서 나는 다음날 오빠에게 대화를 시도했다. 그날도 오빠는 흰 가루가 잔뜩 묻은 반팔 티를 입고 집에 들어왔다.

"오빠, 오늘도 시위하다가 오는 거야? 나 할 말이 있는데."

"아, 그래 달아. 우리 동생이 무슨 할 말이 있을까? 시위……. 뭐 그렇지."

"나는 오빠가 지금 하고자 하는 세상이 정확히 뭔지는 모르겠지만 이런 상황에서는 오빠가 시위를 하지 않았으면 좋겠어. 나 거리에서 군인들이 대학생 언니 오빠들을 잡아가는 모습을 봤는데 너무 끔찍하고 무서워서 오빠도 그렇게 될까 봐 너무 겁이나. 우리 가족이 그런 일을 겪는다는 건 상상할 수도 없어. 제발 그만 해주면 안 될까? 나는 이 상황들이 너무 무서워."

"달현아, 네 마음은 이해하지만 이건 가만히 있어서는 안 되는 일이야."

"왜? 그냥 가만히 있으면 모두가 조용해지면 저 사람들도 광주를 떠날 거야! 그럼 희생자도 나오지 않을 거고! 어째서 가만히 있으면 안 된다는 거야? 어젯밤 사건 들었어? 오빠도 들었겠지. 어젯밤에 군인들이 주택가를 향해 무차별적으로 총을 발포했대. 시위도 아니고 그저 가만히 있는 시민들을 향해서! 그래서 한 어린 애가 옥상에 있다가 총에 맞아 죽었다고 했어. 그들은 사람이 아니야. 그냥 미친 사람들이라고."

"지금 이 상황에 가만히 있으면 군사정권은 더욱 단단해져 국민의 자유를 더욱 억압할 거야. 지금 당장은 변화되는 것이 보이지 않더라도 미래 이 대한민국을 살아갈 아이들이 자유를 실현할 수 있도록 기반을 다잡아 놓는 것도 중요해."

"잡혀가면 어떡할 건데? 잡혀가면 고문당하고 죽었다는 사람도 있어!"

"지금 그게 잘못되었다는 거야! 국민을 지켜주어야 할 국가에서 특별 훈련된 공수부대를 보내 죄 없는 시민을 죄인으로 만들고 죽이는 그런 일을 더 이상 보고만 있을 수 없어!"

그 다음날도 오빠는 친구들과 함께 금남로로 시위를 하러 나갔다. 집 근처에만 있어 시위의 현장을 거의 알지 못했던 나는 아침에 찾아온 동네 친구 순옥이의 제안으로 함께 시위를 보러 가기로 했다.

"달현아! 그거 들었냐? 오늘 낮 두 시에 조선대 학생들이랑 전남대 학생들이 전부 시위하러 모인다고 하드라. 우리 언니가 그러는데 막 구호 외치고 그러고 할 필요 없이 기냥 사람 많으니까 거기 사이에 서 있기만 해도 된대. 사람이 많아야 우리 힘을 보여줄 수 있다고 하든데 어차피 다른 사람들도 많이 온다고 하니까 우리도 구경 한번 가보자. 아, 니네 오빠도 오겠네!"

현장에 가서 본 그곳에서는 많은 학생들이 큰 현수막이나 팻말을 들고 몇몇은 확성기, 몇몇은 큰 각목을 들고 있었다.

그들은 [전두환 정권 물러가라!], [계엄령 철수하라!], [군사정권 타도!]라는 글들이 쓰인 큰 현수막을 들고 일제히 나아갔다. 금남로의 넓은 도로가 꽉 채워질 만한 많은 인파의 사람들을 발을 맞추어 나아갔고 나와 경숙이도 그 가운데 섞어 밀리듯 앞으로 전진해 갔다.

"군사정권 물러가라!"

"군사정권 물러가라!"

"계엄령을 철회하라!"

"계엄령을 철회하라!"

그들이 구호를 맞추는 그 소리는 마음을 울리듯 커져갔다. 그 소리를 듣고 있자니 정말 우리의 바람대로 될 것만 같았다. 그 힘은 곧 무엇이라도 이루어 낼 듯이 대단하게 느껴졌다.

금남로의 큰길을 따라 얼마나 행진했을까 얼마 지나지 않아 수십 대의 전투차량이 앞을 막아서고 군인 복장을 한 공수부대들이 우르르 뛰쳐나왔다. 계엄군들에게는 이미 발포 명령이 내려진 후였다.

"이 머저리 새끼들 다 죽여버려!"

그들은 일제히 총을 빼어 들더니 앞줄에 있던 사람들의 향해 무차별적으로 총을 쏘아댔다. 사람들이 비명을 지르며 쓰러지자 그 소리를 신호라도 삼은 것처럼 무차별 구타가 시작되었다. 여기저기서 비명 소리가 울려 퍼졌다. 여자든 남자든 가리지 않았다. 총개머리판으로 머리를 내려찍고 사람이 쓰러지면 여러 군인들이 달려들어 구둣발로 차고 몽둥이로 때렸다.

나는 죽을힘을 다해 집들 사이로 달렸다. 그리고 눈 앞에 보이는 집 대문을 거세게 두드리기 시작했다. 나는 내게 그렇게 큰 소리를 낼 수 있을 것이라고 생각도 하지 못했다.

"사람 살려요! 제발 좀 살려주세요!"

고래고래 소리를 지르며 문을 두드리자 대문 열리는 소리가 들렸다. 그리고 그 집주인 아주머니가 나타났다. 깜짝 놀란 아주머니는 급하게 나를 일으켜 집으로 들여보내주었다. 방안에 들어서자 온 세포가 잔뜩 긴장했다가 모든 힘이 축 빠져나가는 듯했다. 그리고 갑자기 울음이 터져 나왔다. 계엄군들은 광주 시민들은 더 이상 사람이 아니라는 듯이 미친 들개처럼 달려들었다. 국가가 광주를 버린 것만 같았다. 더 이상 국가는 국민을 보호해 주는 존재가 아니었다.

그 다음날이 되어 잠잠해졌을 때서야 나는 집으로 돌아올 수 있었다. 엄마와 아빠는 나를 보며 눈물을 흘리셨다. 그리고 그 날 저녁까지 오빠는 돌아오지 않았다. 이틀째 오빠가 들어오지 않자 엄마, 아빠는 오빠를 찾기 위해 기독교 병원, 전남대 병원, 조선대 병원을 다 돌아다니며 오빠를 찾아다녔다. 어느 곳에도 오빠는 보이지 않았다. 엄마는 밤마다 흐느꼈고 나도 소리 죽여 울었다. 아빠만큼 듬직했던 우리 집의 기둥이 갑자기 사라져 버리자 그 빈 공간은 마치 우리 가족을 먹어 삼키는 것 같았다. 엄마는 날마다 오빠를 찾아 뛰어다녔다. 오빠가 죽었을까 봐 벌벌 떨면서도 시신이라도 찾겠다며 여기저기 다니는 엄마는 이미 혼이 반쯤 나간 것만 같았다.

그렇게 한 달이 지나갈 즈음 통합병원에서 편지가 왔다. 오빠가 총에 맞아 치료 중이라는 내용이었다. 얼마 지나지 않아 오빠는 허벅지에 총알이 박힌 채로 돌아왔다. 오빠는 21일 계엄군이 쏜 총에 맞아 쓰러졌다가 계엄군에 의해 통합 병원으로 옮겨졌다고 한다. 언뜻 보기에도 오빠의 상태는 병원에서 치료를 받고 돌아온 모습이 아니었다. 이미 동네에는 공수부대들이 데리고 가는 병원은 치료는커녕 고문장소라고 소문이 퍼다했다. 총에 맞은 상처를 치료하는 것이 아니라 너무 심한 구타와 정신적 충격으로 오히려 송장이 되어 나온다는 것이다. 오빠는 그곳을 다녀온 뒤로는 말을 하지 않았다. 뭘 물어도 전혀 들리지 않는 것 같았다. 한동안은 아무것도 먹지 않았다. 이러다 죽을까 싶어 엄마가 떠먹여 주는 미음조차도 모두 토해 내 버렸다. 정신이 좀 돌아올 때면 오빠는 술병을 잔뜩 사들고 와 술을 마셨다. 마시지 못하는 술을 마시면 다시 그대로 토해냈다. "전두환! 물러라!"고 소리치다가도 "살려주세요."라며 울부짖다가도 구석에 박혀 소리 죽여 울었다. 오빠의 조현병세는 점점 심해졌다. 허공에 헛소리를 해대다가도 두려움에 떨며 비명을 질렀다. 오빠는 장기 손상이 온 건지 이후로도 음식을 거의 먹지 못했다. 해현 오빠가 강인하고 당당했던 해현 오빠가 아닌 것 같았다. 그리고 몇 달 뒤 밤중에 도로를 건너다가 차 사고로 허망하게 떠나 버렸다. 나는 당시 시대 상황보다는 가족의 파괴가 두려웠다. 가족을 파괴해 버린 이 사건에 상처를 입고 더 이상 마주하려고 하지 않았다. 그리고 그렇게 쌓아진 벽은 상처를 그대로 방치할 뿐이었다.

#엄마의 이야기

"수많은 희생자를 낳은 광주의 5·18 민주화 운동은 아직도 희생자 가족들에게 상처로 남아 있습니다. 대한민국 근현대사의 한 획을 그은 민주화 운동으로 용감한 시민들이 지금의 자유 민주주의 대한민국을 만들었습니다. 그들을……."

다큐멘터리가 끝남을 알리는 내레이션이 들려왔다. 얼굴에 손을 올리자 나도 모르게 눈물을 흘리고 있었다. 그리고 잊으려고만 했던 상처의 기억을 직면해 보았다. 오빠가 그렇게 되면서까지 얻으려고 했던 것이 무엇인지, 얼마나 가치가 있는 것인지. 많은 시간이 지났지만 그래도 아픔으로 남아 있는 그 시대를 생각해 보니 신기하게 억눌렸던 마음이 가벼워지는 느낌이었다. 닫혀 있던 마음을 열어 조금씩 그날의 의미를 되새겨 보고 싶다는 생각이 들었다.

그날 밤, 소연이는 집에 들어와 무서웠지만 양심의 가책에 어쩔 수 없다는 듯 조심히 말을 꺼냈다.

"엄마, 나 사실 오늘 광주 다녀왔다."

전 같았으면 화를 내거나 표정이 굳었겠지만 이번에는 한결 가벼운 마음으로 부드럽게 웃으며 말했다. 마침 딸아이가 광주를 다녀왔다니 신기하기도 했다. 그리고 나도 가보고 싶다는 생각도 들었다.

"그래? 소연이가 무슨 일로? 나중에는 엄마랑도 같이 가보자."

"진짜? 근데 광주 되게 크고 좋았어! 막 터미널도 크고 내가 간 곳은 아시아문화전당인데 거기도……."

그날 밤 소연이는 나에게 광주에 대한 이런 저런 이야기를 해주었다. 무섭고 무겁게만 느껴졌던 그날을 다시 생각해 보자 마음이 가벼워진 걸 보니 시간이 꽤 흘렀긴 했구나 하는 생각이 들었다. 그리고 이제는 내 상처를 마주보고 감싸 주어야겠다고 생각했다.

#나에게 광주란……

　내가 다니던 중학교 정원에는 여름마다 늘 민들레 홀씨가 옹기종기 가득 피어 있었다. 홀씨가 다 날리고 한 겨울이 오고 봄이 가고 한창 여름일 때까지 민들레는 보이지 않는가 하다가도 늦여름부터는 또다시 그곳에 민들레 홀씨가 한가득 피어 있었다. 나는 그것들을 매우 좋아했고 점심시간마다 친구와 홀씨를 불면 어릴 적으로 돌아간 듯했다. 나에게 광주는 민들레 같다. 내 어릴 적 추억들이 모두 담겨 있어 친숙하고 사랑하는 곳. 작아 보이지만 옹기종기 모여 있는 내 사람들과 함께 섞여 있다 보면 따뜻하고 편안해지는 곳이다. 떠난 뒤에도 다시 돌아오면 가장 편안한 안식처가 되는 곳. 그리고 민들레홀씨가 되어 우리가 살아가는 터를 만들어준 용감한 광주 시민들이 모두 함께 만들어간 자랑스러운 곳이다.

어느 화창한 봄 날

글 박윤재 삽화 임미희

박윤재

중학생 티를 완전히 벗지 못한 채, 두근거리는 마음으로 입학하게 된 이곳 상일여고, 그리고 나 자신만의 책을 쓸 수 있다는 막연한 기대감에 부풀어 들어오게 된 이곳 휴먼플러스 동아리.

생각보다 많이 주어진 시간 탓에 오히려 여유 부리며 미루던 탓에 시간에 쫓기며 마무리하게 된 아쉬움이 많이 남는 채로 탄생하게 된 나의 첫 소설. 그래도 나름 평소에 글쓰기에 흥미가 있다고 자부할 수 있었던 나.

나로써는 창작의 고통과 어려움을 직접적으로 느끼게 된 계기인 것 같다. 나의 이야기를 하자면, 나는 밀레니엄 베이비로 유명한 2000년생이며, 한창 매미울음소리가 절정에 다다를 즈음인 7월, 한여름에 태어났다. 여름과 정반대인 한겨울에 태어난 두 살 터울의 친오빠와 티격태격 다투거나 충돌할 때도 있다. 그러나 둘 다 각각 고1, 고3의 인생에 있어서의 중요한 시기인 고등학교 생활을 함께하는 만큼, 올해는 나에게도, 오빠에게도, 그리고 부모님에게 있어서도 정말 특별한 한 해인 듯하다.

마지막으로 오빠도, 나도 유종의 미를 거둠으로써 올해를 잘 마무리하기를 바라는 바이다.

프롤로그

처음 소설을 쓰기에 앞서, 광주라는 제한된 주제를 부여 받았을 때에의 막막함은 이루 말할 수 없다. 그러나 곧 이어 '5 · 18 민주화 운동'에 관한 소설을 쓰기 위한 계획을 짜기 시작하였고 나는 또 다른 난관에 봉착하고 말았다.

'5 · 18 민주화 운동'은 모르는 사람이 없을 정도의 대중적인 사건이기 때문에, 감동보다는 진부하고 뻔한 면이 두드러지지 않을까라는 걱정이 증폭되었기 때문이다. 하지만 주위로부터 용기를 얻어, 많이 부족하지만 글을 써나가기 시작한 기억이 새록새록 떠오른다. 소설을 쓰며 강조하고자 하였던 점은, 당시 계엄군에 의해 자식이나 가족의 죽음으로 인해 대거 발생한 유가족들의 아픔과 상처였다. 직접 경험해 보지는 못한 80년대의 비극적 사건이지만, 자료조사를 함에 따라 상상하기에도 힘든 계엄군의 악행을 자세하고 깊이 있게 알게 됨으로써 혼자 분노하고 유가족들의 아픔에 공감할 수 있었다.

마지막으로 창작을 하여 글을 쓴다는 것이 얼마나 힘든 일인지를 다시 한 번 깨닫게 됨과 동시에, 시간이 촉박함에 따라 급하게 마무리하게 되어 아쉬움이 정말로 많이 남는 나의 첫 작품인 것 같다. 그리고 이 소설을 마무리짓는 순간까지도 혹여나 독자 여러분이 이 이야기를 읽을 때 진부함을 느끼지는 않을지가 가장 신경 쓰이는 부분이다. 미숙하더라고 독자 여러분의 넓은 마음으로 당시의 유가족들의 아픔에 공감하며, 함께 마음 아파할 수 있는 소설이 되었으면 하는 바이다.

그리고 한 해 동안 애정을 가지고 여러 면에서 많이 부족한 우리 1학년들을 이끌어주신 남효진 선생님, 김수경 선생님, 급작스러운 부탁에도 흔쾌히 고퀄리티의 삽화를 그려준 1학년 6반 임미희 양, 마지막으로 가족과 열심히 응원해 준 주위의 친구들에게 다시 한 번 고마움의 말을 전한다.

어느 화창한 봄날

#1

"이번 정류장은 장흥군 용산면 상반리입니다. 종점이니 버스에 남아계신 분은 모두 버스에서 하차해 주세요."

한적함을 넘어서 적막감이 도는 마을버스 안, 한 남자가 자신이 내릴 곳을 알리는 안내양의 안내에 얼굴 가득한 인상을 펴고, 애써 미소를 머금으려는 듯 자리에서 천천히 일어난다. 창밖으로는 그의 복잡한 마음을 가볍게 무시라도 하듯, 마을 주민들의 평화로운 정취가 한눈에 비추어진다.

'끼익, 문이 열립니다.'

정차한 버스에서 내려 고향 집으로 무거운 발걸음을 내딛는 남자, 그의 이름은 상구이다.

#2

"아~따! 상구 아부지, 후딱후딱 인나랑께. 우리 귀한 아들 상구가 오고 있어라, 반갑지도 않소?".

"당연히 반갑지, 그걸 말이라고 하능가? 근디 갸가 대학생활에 학비 마련에 고향 찾아올 여유도 없는 아인데, 갑자기 무슨 바람이 들어 찾아온당가?"

"아들이 고향 찾아오는디 무신 이유가 필요해, 안 그려?"

오래간만의 상구의 고향 방문에도 무심한 남편 덕수를 아내 영희가 추궁한다. 그러나 영희는 평소에는 가족 일에 무심하다 못해 무뚝뚝한 남편 덕수의 입 꼬리에 서린 미소를 이내 발견하고는 남몰래 웃음을 숨긴다.

"오메, 상구 왔나 부다. 상구야!!"

누군가를 반기는 듯한 백구의 울음소리를 단박에 알아차린 영희는 버선발로 마당으로 뛰쳐나간다.

"상구야!! 이게 얼마만이여, 우리 귀한 아들 상구. 왜 이렇게 얼굴이 수척해. 어디 밥은 잘 챙겨 먹고 다니고?"

매섭지만 다소 힘이 없는 눈동자, 누렇게 뜬 뻣뻣한 그의 피부결은 가족과 떨어져 살아온 광주에서의 삶이 결코 순탄치만은 않았음을 짐작케 한다. 아들 상구의 심각하리만큼 어두운 낯빛에 영희는 이내 무엇인가 심상치 않음을 느낀다.

"상구야, 정말 별일 없는 거 맞제? 대학생활은 어떻고? 무신 말이라도 해봐. 이 엄마 속 터지는 꼴 보고 싶냐? 당신도 상구한테 무신 말이라도 해봐유."

영희의 타박에 덕수도 한마디 거든다.

"그려. 상구 너 무신 일 없는 거 맞는 거여?"

어머니, 아버지의 애정 어린 타박에 못 이겨 상구는 애써 씁쓸함을 감추며, 환한 미소를 짓는다.

"그냥 어무니, 아부지 보구 싶어서 왔는디 무신 이유가 있겠어요. 배고프니 밥 좀 주세요."

아들의 수심 없는 듯한 밝은 미소에 영희는 이내 불안감을 떨쳐내고 식사 준비를 한다. 간만의 아들의 고향 방문에 신이 난 영희와 덕수는 아들의 안부를 물으며, 그간 아들에 방해 될까 연락하지 못한 아쉬움을 밤새 풀며 기분 좋은 잠자리에 든다.

아침이 밝았다. 아들의 안부 이야기를 듣다 다소 늦게 잠자리에 든 영희와 덕수는 평소보다 늦은 아침을 맞이한다. 영희는 오랜만에 상구의 문 앞에 서서 설레는 마음을 감추지 못한 채, 상구의 두 이름을 부른다.

"아들! 상구야!"

완전히 닫히지 않은 상구의 방 문틈 사이로 보이는 정갈하게 개어진 이불과 베개는 상구가 새벽 일찍 광주로 돌아갔음을 짐작케 하였다.

'상구가 말도 안혀고, 갈 아는 아닌디……. 바쁜 일이 있어서 서두른 거겠제.'

상구와의 간만의 재회인 만큼, 아들과 함께할 시간을 앞두고 부푼 기대감을 가지고 있던 영희는 애써 서운한 마음을 감춰보려 하지만 얼굴에 짙게 드리운 그늘은 어쩔 수 없다.

#3

불과 며칠 후,
1980년 5월 28일

그리웠던 상구와의 아쉬운 짧은 만남을 뒤로 하고 영희와 덕수는 마을의 면사무로 급히 발걸음을 재촉한다. 자신들을 급히 찾는 사람이 있다는 직원의 다급한 연락을 받은 후이다. 영희는 머릿속에 아른거리는 이틀 전, 창백한 낯빛의 상구의 얼굴을 애써 외면하며 면사무소로 향하는 걸음마다 증폭되는 불안감을 떨쳐 내느라 애를 쓴다. 덕수는 영희와 마찬가지의 불안한 마음을 지긋이 누른 채 면사무소 직원을 향해 성큼성큼 걸음을 내딛는다.

"수고하십니다. 혹시 저희를 급히 찾았다는 분은?"

"아, 저기 의자에 앉아 계신 분이에요, 이장님 아들 분 친구라며 꼭 직접 만나 드릴 말씀이 있다며, 부탁을 하셔서요."

덕수는 상구의 친구라는 직원의 말에 철렁이는 가슴을 부여잡으며 앞선 발걸음보다 무거운 발을 한발 한발 내딛는다. 영희도 뒤따른다.

"그 짝이 상구 친구여?"

"안녕하세요. 처음 뵙겠습니다. 저는 상구의 대학동기 철호라고 합니다. 오늘은 긴히 드릴 말씀이 있어서 실례를 무릅쓰고, 이곳 화순까지 찾아오게 되었어요."

철호와 덕수의 대화를 가만히 듣고 있던 영희는 연신 뜸을 들이며 자신과 남편 덕수의 눈치를 보는 철호를 향한 답답함을 이내 참지 못하고 성화를 낸다.

"그라믄, 우리 상구한테 무신 일이 생긴 거여? 그런 거여? 빨리 말을 혀, 뜸들이지 말구."

상구 엄마의 성화에 얼굴빛이 한층 더 어두워진 철호의 낯빛에 영희는 이성을 반쯤 놓은 채 바닥에 주저앉는다. 이러한 반응을 예상이라도 했다는 듯 철호는 흔들리는 동공을 바로하고, 애써 말문을 떼기 시작한다.

"네, 정말 이런 말씀드리기 정말 죄송하지만 상구가……. 상구가 죽었어요."

"머시라고? 우리 상구가, 머? 지금 내가 잘못 들은 거 아녀? 그 짝이 하는 말이 나는 하나도 이해가 안 되께 내가 이해가 되게 설명해 보라니께?!"

덕구의 인정할 수 없다는 태도에 철호의 냉정하리만큼 차분하였던 낯빛도 서서히 잿빛으로 변한다.

"상구는 계엄군의 무자비한 횡포에 맞서 정의를 위해 시위에 참여하다, 계엄군의 총에 맞아 그 자리에서 세상을 떠나고 말았습니다. 정말 죄송합니다."

이성을 잃은 듯 초점 없는 눈동자의 덕수는 다리에 힘이 완전히 풀린 채 그 자리에 털썩 주저앉은 채 한참동안 애꿎은 허공만을 응시한다. 이에 밈

기지 않는 현실을 자각한 영희는 아들의 이름만을 연신 토해내다 결국 의
식을 잃는다.

#4

"어머니, 어머니. 상구 어머니! 제 목소리가 들리세요?"
흐릿하고 뿌연 시야 사이로 흰 천장만이 눈에 보일 뿐이다.
"여기가 어디여?"
"혹여나 어머니께서 잘못 되시는 것은 아닌지 정말 조마조마했다고요."
금방 정신이 돌아오셔서 정말 다행이에요. 어머니께서 상구 소식에 정신
을 잠깐 잃으셔서 인근 병원에 모셔왔어요."
"우리 집 양반은?"
영희는 떨리는 목소리를 애써 감추며 남편 덕수가 나타나 지금 이 상황이
꿈이라고 말해 주기를 바랐다. 이를 눈치챈 철호는 영희의 애처로움을 애
써 모르는 척 하며 시선을 회피하였다.
"상구 아버님은 직접 눈으로 확인하기 전까지는 못 믿으시겠다며, 어머니
의 안부를 저에게 부탁하신 이후 광주로 곧장 떠나셨어요."
'우리 아들 상구의 죽음이 꿈이 아니라니.'
애써 상구의 죽음이 꿈이라며 현실을 외면하던 영희는 순식간에 감당하
기에 버거운 현실의 무게를 이겨내지 못하고 울분을 토해 낸다.
"우리 상구…… 상구가 죽었다니. 그쪽은 우리 상구 친구람서. 그라믄 우
리 상구가 왜 죽었는지 알 것 아녀? 며칠 전까지 멀쩡히 집에 와서 밥 달라
던 상구가 갑자기 죽다니! 어서 말혀. 우리상구가 왜 고지경이 됐는지. 말해
보라니께?"

"……."

영희의 울분 섞인 추궁에 철호는 무거운 입을 천천히 뗀다. "사실 어머니, 아버지께서는 지금 광주에서 벌어지고 있는 끔찍한 일들을 잘 모르실 겁니다. 상구도 부모님 걱정시켜드리는 것을 끔찍이도 싫어하는 친구니, 말을 안 했을……. 아니 못했을 겁니다."

잠시 목을 가다듬은 철호는 계속해서 이야기를 이어나간다.

"그 친구는 정말 미련할 정도로 부모님, 또 부모님만을 생각하던 착한 놈이었습니다. 마지막 가던 순간까지도 어머니, 아버지만을 생각하고 또 걱정하던 그런 놈입니다."

영희는 눈물샘이 고장난 마냥 하염없이 울분 섞인 눈물을 쏟아낸다.

"지금 광주는 온통 계엄군에게 점령당했습니다. 그리고 상구도 그 몹쓸 계엄군에 맞서 싸우다 세상을 떠난 거구요. 상구가 계엄군의 총에 맞아 세상을 떠나는 그 순간까지 아무런 저항도 하지 못한 채 굴복할 수밖에 없었던 제 자신이 정말 끔찍이도 싫습니다."

"도대체 그 몹쓸 계엄군이 머신디 우리 상구가 고런 끔찍한 일을 당한단 말이여? 시방 알아듣게 좀 설명혀 봐!"

더 이상 영희는 소리를 지를 힘도 없는 듯, 마지막 힘을 짜내어 간신히 소리를 낸다. 이러한 영희의 가엾으리만큼 처절한 울부짖음에, 애써 냉정함을 유지하려던 철호의 눈가도 차츰 초점을 잃어 간다.

"전두환 아시죠? 쿠데타로 정권을 잡아 군부독재를 이루고 있는 자 말이에요. 그 자가 우리 광주 시민들이 군사독재를 반대하자 저희 광주 대학들의 등교를 저지하고 대학을 장악하였어요. 그리고 그에 울분을 참지 못한 저와 상구를 포함한 선남내학교 학생들은 시위를 벌이며 계엄군에 맞서다 그만 계엄군에 의해 수많은 사상자가 발생하고 말았는데, 그중 한 명이 상구입니다."

눈물샘이 마르다 못해 초점 잃은 영희의 두 눈동자에는 오롯이 하얗다 못해 숨이 턱 막힐 정도의 차갑디 차가운 병실의 천장만이 담길 뿐이다. 도대체 계엄군이라는 작자가 누구고 왜 우리 가엾은 상구를 죽였는가. 원통해 당장이라도 찾아가 멱살을 휘어잡아 따져 묻고 싶지만 영희에게는 그럴 만한 힘도 계엄군에 대해 아는 것은 더욱이 아무것도 없다. 어떻게 어미라는 사람이 되가지고 아들이 그 지경이 될 때까지 아무것도 알지 못했을까. 아니 알려고는 했을까? 한탄하고 또 한탄해 보아도 돌아서보면 벗어나지 못하는 차가운 현실뿐이다.

#5

그 모습을 지켜보는 철호의 마음도 편치만은 않다. 상구와 같은 꿈을 품고, 계엄군의 총격에 맞서 싸웠던 그 끔찍한 순간을 떠올릴 때면 철호는 계엄군의 총에 맞아 죽는 끔찍한 악몽에 시달리고는 한다. 아니, 오히려 악몽을 꾸는 편이 나을지도 모른다. 시민군으로 무장해 상구를 포함한 동기들과 함께 계엄군에 맞서 총격전을 벌이던 그 순간은 시간이 멈추어 버린 듯 벗어날 수 없는 지옥과도 같은 악몽의 시간이었다. 계엄군에 맞닥뜨렸을 때 방아쇠를 차마 당기지 못했던 친구 상구, 그리고 그 상구의 처절한 몸부림에도 무자비하게 총을 쏘아대던 계엄군. 그러한 상구의 마지막을 차마 지키지 못하고 도망쳐버린 자신의 모습은 정말로 치욕스럽다 못해 처절할 지경이다.

도청을 장악하여 광주 시민들을 개 잡듯이 무자비하게 끌고 가던 장면은 정말 죽어서도 잊지 못할 악몽과도 같다. 대한민국의 같은 국민으로써 계엄군은 우리 광주 시민들을 같은 인간으로 생각은 하는 걸까? 아니, 적어도 같은 국민으로 생각하지 않는 것은 분명하다. 그렇지 않다면 어떻게 한 치의 망설임도 없이 무자비한 총격을 일삼으며, 소 돼지 끌고 가는 마냥 광주 시민들을 대할 수 있을까? 아무리 생각해 보고 또 생각해 보아도 인간으로써는 도저히 납득을 할 수도 해서도 안 되는 만행을 전두환 정권, 계엄군이 저지르고 있다는 것은 명백한 사실임에 분명하다. 철호는 이 벗어나고 도망치고 싶지만 맞서 싸워야만 하는 불행한 암흑의 현실 속, 처절한 몸부림을 치는 한 명의 광주 시민일 뿐이다. 그리고 상구도 또한 마찬가지이다. 그는 상구의 마지막을 끝까지 지키지 못한 죄책감을 조금이나마 씻어내기 위해서라도 상구의 끔찍하리만큼 처절했던 마지막 모습을 상구의 어머니 아버지께 절대로 말씀드릴 수는 없다. 그래서는 안 될 일이다. 그리고 절대로 전두환 정권이 원하는 방향으로 흘러가기를 가만히 두고만 볼 수는 없다. 상구의 몫까지 계속해서 싸우고 또 싸울 것이다. 그것이 바로 상구를 위해, 그리고 민주주의를 위해 마땅히 해야 할 일이니깐.

#6

　버스가 운행하지 않는다. 철호에게 전해들은 광주에서 벌어진 사건의 여파인 듯하다. 덕수는 버스가 운행되지 않을 정도의 큰 사건이었음에도 여전히 무지하였던 자신을 원망하고 또 원망한다. 하지만 이렇게 원망만을 하며 광주에 가기 위한 발걸음을 미룰 수만은 없다. 상구의 안부를 확인하기 위해서는 지금 당장 서둘러야 한다.

　덕수는 하루 하고도 반나절에 거쳐, 물 한 모금 먹지 못한 채 광주로 향한다. 지치다 못해 거의 쓰러지기 일보 직전의 덕수의 모습은 처절할 지경이다. 이런 게 바로 아들을 위하는 아비 된 자의 모습일까? 누군가가 꿈에서어서 깨어나라고 말하기를 간절히 바라던 덕수는 부정할 수 없는 현실에 직면한 채, 서서히 발걸음을 멈춘다. 아들 상구만을 바라보며 살아온 아내 영희 생각이 문득문득 떠올라, 마음 한구석이 쓰라려 오지만 아들 상구의 이상하리만큼 갑작스러운 죽음을 가만히 앉아서 두고 볼 수만은 없는 일이다.

이 굳은 다짐에도 불구하고 다리에 힘이 완전히 풀려버린 덕수의 눈앞에 보인 것은 아수라장이 되어버린 광주 시내의 모습이었다. 처참하게 아수라장이 되어버린 광주시내의 모습은 계엄군이라는 작자들이 누구이던 간에 인간으로써 저질러서는 안 될 일들을 광주 시민들에게 행함에 있어서는, 광주에서 벌어진 사건에 무지한 나의 눈으로 보아도 명백한 사실임이 분명하였다. 아들 상구의 친구 철호가 알려준 장소로 향하자 수많은 유족들과 아직 정리되지 않은 채 바닥에 널브러진 채 방치된 시신이 눈에 띈다. 그제야 비로소 현실에 직면한 듯, 벙쩌 있는 덕수의 정신을 바로잡는 것은 바로 다른 수많은 유족들의 통곡소리였다. 그들의 처절한 울부짖음은 한참동안이나 멈추지 않고 계속되었다.

덕수는 수많은 사람들이 몰려 있는 곳을 향해 주저앉을 듯 사정없이 떨리는 두 다리를 간신히 지탱하며 한 발 한 발 힘겨운 발걸음을 내딛는다. 몰려 있는 사람들 틈 사이를 헤집고 들어간 덕수는 결국은 바닥에 털썩 주저앉아 버린다. 수많은 시신들이 형태를 알아보기 힘들 정도로 손상된 채 쌓여 동산을 이루고 있었다. 광주의 처참한 현실을 직접 눈으로 목격하게 된 덕수는 가슴이 한편이 찢어지는 듯한 고통을 느낀다. 사람들의 만류에도 불구하고, 그는 쌓여 있는 시체들에 다가가 무작정 헤집으며 상구를 찾기 시작한다.

"상구야! 우리 상구. 불쌍한 상구. 아무것도 모르고 할 줄 아는 것도 없는 이 못난 아비 만나서 고생만 하다 간 상구야!!!"

덕수의 한 맺힌 오열에, 그를 말리기 위해 두 팔을 붙잡았던 시민들은 서서히 조심스럽게 붙잡은 두 팔을 놓아준다. 한평생 속 한번 썩이지 않은 아들 상구가 차가운 바닥에 널브러져 있을 것을 생각하니, 아비 된 자로써 아들이 대학을 다니는 지역의 끔찍한 사건에 대해 전혀 무지했던 지난 날 자신의 모습이 여간 한탄스러운 것이 아니었다. 그러나 불행인지 다행인지,

바닥에 널브러진 시신들 사이 어디에서도 상구가 보이지는 않았다.

"저기 청년, 우리 아들……. 우리 상구가 누군지 아나? 전남대학교 다니는 아인디, 어디 있는지 알 수 있나?"

덕수의 떨리는 목소리에 청년은 전남대학교라는 말에 잠시 멈칫하며 대답한다.

"혹시 상구 아버님 되시나요?"

자신의 아들 상구를 아는 듯한 청년의 대답에 덕수는 잠시나마 얼굴에 희망의 화색이 서린다.

"우리 아들 상구를 아는가? 우리 아들 상구는? 상구 죽지 않았제? 그랴 우리 아들이 죽었을 리 없어. 암 그렇코 말고. 며칠 전까지 고향 집에 찾아와 멀쩡히 잘 지내고 간 아 인디, 시방 말이 안 되잖여."

"……."

대답을 섣불리 하지 못하는 청년의 모습에 덕수는 불안감을 느낀다.

"빨리 말혀 봐. 우리 아들 어딨는지 후딱 말해 보라니께?"

더 이상 대답을 미뤄서는 안 되겠다고 생각한 청년은 무거운 입을 서서히 떼기 시작한다.

"죄송합니다, 상구 아버님. 정말 안타깝고 한스럽지만 상구는 죽었습니다. 저는 상구의 대학 동기 박희철이라고 합니다. 철호 에게 이미 들으셨겠지만 이곳 광주는 계엄군의 무자비한 폭력과 총격으로 인해 아수라장이 되어버렸습니다. 민주화를 위해 전두환의 독재정권에 반하는 시위를 하는 저희 모두는, 더러운 대한민국의 정권에 의해 말도 안 되는 폭군으로써 명명되고 분류되어 인간답지 못한 취급을 받으며 계엄군에 의해 억압받고 통제되어왔습니다. 상구와 마찬가지로 제가 재학 중인 전남대학교는 물론 광주의 여러 대학들의 등교를 저지한 전두환 정권은 계엄군 부대를 배치하여 저희 광주 시민들을 폭력으로써 대응해왔습니다. 그리고 그에 분노한 저희 학생들은 광주 시위부대에 합류하여 독재정권에 반하는 시위를 펼쳤고, 그 과정에서 상구가 계엄군의 총에 맞아 죽고 말았습니다. 정말 죄송합니다, 아버님."

덕수는 겨우 이성을 붙잡은 채 떨리는 두 다리를 간신히 지탱하며 희철이 안내한 상구의 관을 향해 힘겨운 발걸음을 내딛는다. 오직 덕수의 두 눈은 상구의 관만을 향해 있을 뿐이다.

"상구야!! 박상구!! 우리 아들 상구. 이눔아, 이 애미 애비 두고 먼저 떠나니 좋더냐? 상구야……."

평소 과묵하고 다소 가족 일에 무관심했던 덕수도 아들 상구의 죽음 앞에서는 어쩔 수 없는 듯하다.

덕수의 한 맺힌 후회 섞인 울부짖음은 차츰 거세지다 유가족들의 곡소리에 자연스럽게 섞여 들어간다. 부모의 마음이 어찌 다를까. 아니 자식의 죽음 앞에서는 모든 것을 내려놓는 것, 그게 바로 부모이다.

#7

덕수는 아내 영희에 대한 걱정에, 이곳 광주로 올 때보다 더욱 더 무거운 마음으로 잠시 아들이 잠들어 있는 곳을 뒤로 한 채, 화순으로 향한다. 장흥으로 돌아가는 짧지만 일 년같이 길고도 길었던 시간동안, 덕수는 수백 아니 수천 번 마음속으로 되내이고 또 되내였다. 아들의 죽음을 헛되이 하지 않게 하기 위해, 결코 전두환 정권이 원하는 대로 되게 하지는 않겠다고…… 또한 대다수의 신문이나 뉴스에서 전두환 정권에 의해 '광주 시민들의 폭동을 진압하게 위해 계엄군을 배치하였다.'라고 왜곡되고 있는 이 끔찍하고도 처참한 광주의 진실을 반드시 세상 밖에 알리겠다고.

그러기 위해서는, 자신의 아들과 아내 영희를 위해서는 기꺼이 목숨이라도 바치겠다고. 집에 도착하자마자 덕수의 시선이 향한 곳은 바로 영희의 힘없이 축 처진 두 어깨와 어쩐지 한이 서린 듯한 등짝일 뿐이다. 어쩌다가 우리 집안이 이 지경까지 되었을까? 한탄하고 또 한탄해 보아도 돌이킬 수 없는 현실임에는 분명하다.

"영희야……, 상구 엄마! 근다고 누워 있다고 우리 상구가 다시 살아 돌아온당가? 남은 우리라도 상구를 위해 힘내서 살아가는 것이 우리 아들 상구도 원하는 게 아니겠어? 긍께, 근다고 죽은 사람처럼 누워 있지만 말고 정신 차려 보라니께?"

예상은 어느 정도 했지만, 상구의 죽음에 대한 실의에 빠져 죽은 사람마냥 미동도 없는 영희의 모습에 덕수는 걱정되는 마음과 달리 저절로 언성을 높이고 만다.

"영희야, 상구가 당신 그런 모습 보고, 마음 편히 세상을 뜰 것 같혀? 그러니께 영희야, 나랑 상구의 죽음에 대한 진실을 밝히고 세상에 알리자! 글고 상구, 마음 편히 보내자."

덕수의 강경한 의지에 그제야 영희는 힘없이 늘어진 몸뚱아리를 간신히 일으켜 세운 채 덕수만을 바라볼 뿐이다. 항상 활기차고 마을 회관에 가면 아들 자랑하기에 여념이 없던 영희, 나의 아내. 아들의 죽음에 여간 충격을 받은 것이 아닐 것이다. 아니 부모된 자로써 어찌 아들의 죽음에 슬퍼하지 않을까. 하지만 이제부터 나의 가족은 내가 지킬 것이다. 반드시 상구의 죽음을 헛되이 하지 않을 것이다. 가만히 슬퍼하기만 한다면 그건 바로 지금의 피폐한 세상, 더러운 정권이 원하는 바이기 때문이다.

나는 이 늙은 몸뚱아리를 이끌고 우리 아들 상구를 위해서, 그리고 상구가 이루고자 한 민주화를 위해 할 수 있는 모든 것은 디 할 것이다. 해야 한다. 그게 바로 마지막 작별 인사도 하지 못한 무능한 아비 된 자가 아들을 위해 해줄 수 있는 유일한 선물일 테니깐. 그렇게 덕수와 영희는 밤새 한마디의 말도 없이, 그저 서로를 끌어안고 하염없이 눈물을 흘릴 뿐이다.

#8

 밤새 남편 덕수의 품에 안겨 상구에 대한 한스러운 눈물을 흘린 영희는 겨우내 자리를 털고 일어나 아침밥을 차릴 뿐이다. 하지만 덕수에게는 한가로이 아침밥을 먹을 시간 따위는 존재하지 않는다. 겨우 옷가지를 챙겨 입고 부리나케 집을 나서는 덕수를 영희가 다급한 목소리로 붙잡는다.

 "상구 아범, 아침밥은 먹고 가랑께요. 그래야 힘내지 않겠어요."

 그러나 덕수는 하룻밤 사이, 무슨 다급한 일이라도 생긴 마냥 영희의 부탁을 애써 거절하며 헐레벌떡 문밖에 나선다. 한참 동안이나 덕수의 모습이 완전히 눈앞에서 사라질 때까지, 덕수의 뒷모습만을 응시하던 영희는 문득 한탄하기 시작한다. 아들이 죽은 이후에도 손 놓고 아무것도 할 수 없는, 하지 못한 무지할 뿐 아니라 무능하기까지 한 자신을 끝없이 한탄하고 또 한탄할 뿐이다. 얼핏 덕수가 통화하는 것을 들었을 때에는, 도통 알아듣지 못할 외국말들이 들렸던 것으로 기억한다. 또 무슨 일이 생긴 것은 아닌지, 아니면 우리 상구의 죽음 뒤 밝혀지지 않은 진실을 세상에 알리기 위한 희소식인지는 알 수는 없지만 지금 내가 할 수 있는 유일한 일은 제발 그것이 희소식이기만을 간절히 바라고 또 바라는 것뿐이다.

#9

 아침 일찍부터 자리를 털고 일어나, 아침상을 차리는 영희의 모습을 보지 못한 것은 아니다. 냉정하리만큼 매몰차게 아침밥을 거절하고 서두른 데에도 나름의 이유가 있다. 영희에게 아직 말을 하지 않은 이유는 기대가 클수록 실망감도 큰 법이기 때문에, 괜한 희망을 심어주어 또 한 번 상처를 받게 할 수는 없기 때문이다. 상처를 받는 것은 나 하나로 족하다. 그러나 이번에는 느낌이 좋다. 상구 친구 철호의 아는 지인이 근무 중인 YMCA 방송국에 자신이 독일의 기자라고 주장하는 한 외국인 남성이 상구에 대한 사연을 접한 이후 나에게 직접 전할 말이 있다고 하였다는 연락을 받았기 때문이다. YMCA 방송국으로 향하는 버스 안, 나의 귀에는 아무것도 들리지 않는다. 오직 버스가 정차할 정류장을 안내하는 안내양의 목소리에만 온 신경이 집중되어 있을 뿐이다.

"이번 정류장은 YMCA 방송국입니다. 내리실 분은 안전하게 하차해 주세요"

도착하기만을 기다리고 또 기다린 정류장을 안내하는 안내양의 말이 끝나기가 무섭게 덕수는 자리에서 일어나, 버스의 문이 열리기만을 기다린다. 버스에서 내린 이후, YMCA 방송국에 들어서 약속한 장소로 향하는 덕수의 마음에는 급격한 불안감이 밀려온다. 혹여나 내가 헛된 기대를 하고 이곳에 온 것은 아닐까? 설령 독재정권에 반하여 광주의 진실을 세상에 알리려는 시도 자체가 애초에 불가능하지는 않았을까? 어떠한 시련도 두려워하지 않겠다는 나의 결의에 찬 의지에도 파도처럼 몰려 엄습해오는 초조함과 불안감을 어찌해 볼 수는 없다. 간신히 엄습해오는 불안감을 억누른 채, 한층 더뎌진 발걸음으로 덕수는 약속 장소에 도착하여, 식은땀이 흐르다 못해 떨리는 두 손을 애써 외면한 채 문을 열고 들어선다. 문을 열고 들어서자마자 보이는 백인 남성은 덕수를 향해 환한 미소를 짓는다. 그의 환한 미소에 덕수도 얼떨결에 따라 미소를 짓는다. 이어서 백인 남성이 알아들을 수 없는 말을 하기 시작한다. 이에 가만히 기다리고 있던 통역사가 덕수를 향해 백인 남성의 말을 신속하게 전달한다.

"이렇게 직접 만나 뵙게 되어서 얼마나 기쁜지 모릅니다. 저는 독일 기자 위르겐 힌츠페터이며, 짧게 말하자면 저는 일본 특파원으로 활동하다가 우연히 광주의 비극적인 사건을 직접 현장에서 경험하게 되었습니다. 처음 총격소리를 들었을 당시에는, 잘못 들은 듯 싶었지만 이후 창밖에서 들려오는 사람들의 비명소리에 건물 밖으로 나가보았을 때에는 이미 두 명의 시민이 계엄군의 총에 머리를 저격당하여 숨진 채 쓰러져 있었습니다."

덕수는 그저 아무 말 없이 두 눈은 위르겐 힌츠페터를 응시한 채, 통역사의 말을 경청할 뿐이다.

"아직까지도 남편의 시신이 담긴 관을 붙잡은 채 오열하던 한 여성이 머릿속에서 잊혀지지가 않습니다. 평생 잊지 못할 듯합니다. 어쩌면 그 여성이 제가 죽음의 위험을 무릅쓴 채 광주의 참상에 대해 취재하고자 결심한 계기가 아닌가 싶네요. 동료들과 취재를 마친 이후, 이곳 YMCA 방송국에 방문한 와중 당신의 아들의 안타까운 죽음에 대한 사연을 듣고, 당신이 저의 결심에 대한 또 다른 계기가 되었습니다."

덕수는 의아한 듯 통역사를 향해 몸을 틀어 질문한다.

"내가 결심의 계기가 되었다니. 그게 무슨 말이당가? 우리 상구의 억울한 죽음의 배경의 진실을 세상에 알릴 수 있다, 이 말인 건가. 지금?"

통역사가 덕수의 말을 그대로 위르겐 힌츠페터에게 전달하는 동안, 덕수는 그저 마른침을 연신 삼키며, 곧이어 통역사의 입에서 나올 대답만을 기다릴 뿐이다.

"네, 맞습니다. 저는 저의 나라 독일로 돌아가 이곳 광주의 참상에 대해 취재한 영상을 바탕으로 다큐멘터리를 제작한 이후, 전 세계에 한국의 부패하고 썩어 빠진 독재정권을 낱낱이 고발할 생각입니다. 그러던 와중, 이곳 YMCA방송국에 방문하였고 당신의 아들 상구에 대한 안타까운 사연과 당신이 광주의 진실이 세상에 알려지기를 간절히 바란다는 소식을 접함으로써 또 한 번 결심을 하게 되었습니다."

독일 기자 위르겐 힌츠페터의 말이 끝나기가 무섭게, 덕수는 곧이어 자신의 두 귀를 의심한다.

"지금 시방 내가 잘못들은 것 아니당가? 어이 통역사 양반 지금 내가 들은 것이 틀림없는 사실 맞제?"

그러한 덕수의 반응에 통역사는 옅은 미소로 긍정의 의미를 표한다. 덕수의 두 눈에서는 미묘한 감정이 섞인, 기쁨인지 슬픔인지 분간이 가지 않는 뜨거운 눈물이 흘러내린다. 아마도 상구의 생전에 무능하고 상구가 겪던 고통에 대해 전혀 무지하였던 자신이 상구를 위해 어떠한 일을 해냈다는 것 자체에 기쁨 섞인 미묘한 감정의 눈물이 아닐까. 덕수의 눈물에 위르겐 힌츠페터는 다시 한 번 더 스스로에게 결심을 하게 된다. 내가 지금 머물고 있는 이곳 한국의 피폐한 독재정권에 의해 발생한, 그리고 내가 직접 눈으로 생생히 목격한 광주의 끔찍한 사건을 꼭 세상에 알리겠다고. 조금이나마 한국에서 폭도로써 왜곡되어 명명된 채, 인간으로서는 상상도 하지 못할 통제를 받은 광주 시민들에게 조금이나마 보탬이 될 수만 있다면 어떠한 일이든지 다 감수하겠다고.

#10

며칠 후,

아침 햇살이 비춰온다. 오늘도 하늘은 구름 한 점 보이지 않는 맑은 날씨이다.

"영희야!! 니 이리 와봐라!"

다급하게 영희를 불러 세운 덕수의 두 손은 리모콘을 부여잡은 채, 두 눈동자는 TV에서 방영되고 있는 다큐멘터리만을 응시할 뿐이다. 백인 남성이 등장하여, 전혀 알아들을 수 없는 자신들의 언어로 말하지만 덕수는 어쩐지 그 언어가 귀에 익숙하다. 그 언어가 독일어라는 사실을 단박에 알아차린 덕수는 영문도 모른 채, 자신을 향해 다가오는 영희에게 말을 건넨다.

"영희야, 드디어 세상에 알려지게 됐다. 전두환 압박으로 왜곡된 게 아니라, 우리가 알리려고 했던 광주의 진실 말이다."

영희는 벙찐 채 가만히 TV화면만을 응시할 뿐이다. 전혀 알아듣지 못함에도 불구하고, 독일 기자와 그의 동료들이 직접 현장에서 촬영한 영상들은 독재정권과 계엄군에 의한 참상임을 알아차리는 데에는 전혀 문제가 없었다. 이윽고 영희는 말없이 눈물을 흘린다.

'상구, 상구야……. 꼭 편안한 곳에 가서 맘 편히 살아라. 우리 걱정은 하지 말고. 알았제? 상구야.'

화창한 봄 날, 어김없이 장흥의 일상은 순탄하게 흘러간다. 마치 덕수와 영희에게 무슨 일이 생기기는 했었냐는 마냥. 하지만 덕수와 영희는 확실히 안다.

자신의 자랑스러운 아들 상구의 희생을. 독재정권에 맞서 싸운 수많은 광주 시민들을. 전두환 정권이 계속해서 광주시민들을 폭도로써 통제하였다는 어떠한 왜곡이 있더라도, 하늘이 알고 내가 안다. 광주 시민들은 단지 민주화를 꿈꾸었을 뿐이라는 것을…….

에필로그

#나에게 광주란……

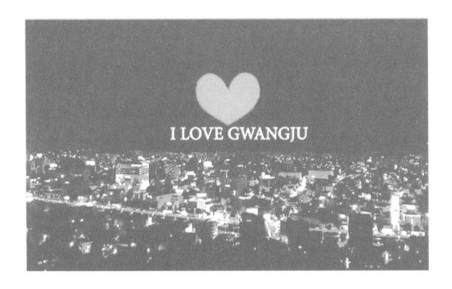

전혀 짧지도 길지도 않은 17년의 세월을 살아온 곳.

어떤 곳에 가도 느끼지 못할 감정이 느껴지는 정감 있는 곳.

몸은 떠나도 마음은 떠나지 못할 곳.

태어나고 또 유년시절을 모두 보내 온 만큼 나의 인생을 이야기 해주는 곳.

나에게 있어서, 또는 나 박윤재에 대해 이야기 할 때 절대로 빼놓고 이야기를 할 수 없는 곳. 그곳이 바로, 내가 살고 있는, 앞으로도 살아갈 광주이다.

그믐달이 뜨는 밤

W. 정다연

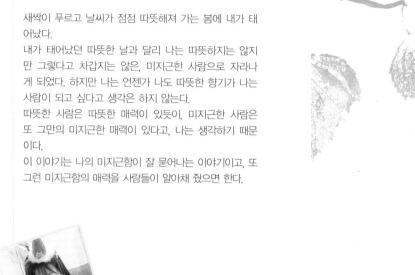

정다연

새싹이 푸르고 날씨가 점점 따뜻해져 가는 봄에 내가 태어났다.

내가 태어났던 따뜻한 날과 달리 나는 따뜻하지는 않지만 그렇다고 차갑지는 않은, 미지근한 사람으로 자라나게 되었다. 하지만 나는 언젠가 나도 따뜻한 향기가 나는 사람이 되고 싶다고 생각은 하지 않는다.

따뜻한 사람은 따뜻한 매력이 있듯이, 미지근한 사람은 또 그만의 미지근한 매력이 있다고, 나는 생각하기 때문이다.

이 이야기는 나의 미지근함이 잘 묻어나는 이야기이고, 또 그런 미지근함의 매력을 사람들이 알아채 줬으면 한다.

이 세상에 존재하는 것들은 전부 다 이름을 가지고 있습니다. 주변의 물건, 사람, 심지어 작은 개미 하나까지도 자신이 누구인지 나타낼 수 있는 단어 하나씩을 가지고 있습니다. 하지만 이 이야기의 주인공은 그 '이름'조차도 등장하지 않는 우리 주변에 있을 법한 사람입니다.

이 이야기에서 이름은 상당히 중요한 요소입니다. 자신의 목적이나 정체성이 확고한 사람들은 이름으로써 자신의 정체성을 확립하고, 반대로 주인공같이 자신의 목적이 정해지지 않은 평범한 사람들은 자신의 정체성, 즉 이름이 이야기 속에 등장하지 않습니다.

저는 이 평범한 주인공이 평범하지 않은 자신의 이야기를 만들어가는 모습을 보여주고 싶었습니다.

작중에서는 이런 저런 이유로 나오지 않지만, 주인공은 '적월'이라는 예쁜 이름을 가지고 있습니다.

주인공이 자신의 이름을 찾아가는 이야기, 앞으로의 삶을 그믐달처럼 만들어가는 과정을 모두가 응원해 줬으면 하는 게 제 바람입니다.

그믐달이 뜨는 밤

나는 문득 깊은 잠에서 깨어나 주위를 돌아보았다. 가진 거라고는 몸뚱어리뿐인 나의 초라한 세간살이들이 눈에 들어온다. 좁은 창문 틈새로 비집고 들어오는 푸른 달빛이 곰팡이가 낀 장판을 더욱더 푸르게 만든다. 어두워서 잘 보이지는 않지만 아마 이쯤이었나, 벽지가 커다랗게 들뜬 곳이. 천천히 손가락을 펴서 벽지가 들뜬 곳을 마치 어린아이의 살결을 만지듯이 살살 만지니 손가락에 공허한 허공이 느껴진다. 나는 문득 두려워져서 벽지를 만지던 손가락을 재빨리 잡아떼었다. 그렇게 한참을 벽지를 만지다가, 손가락을 잡아떼는 것을 반복하다가 나는 어느샌가 잠이 들었다.

잠에서 깨어나 보니 어느새 해가 머리 위로 바짝 올라와 있었다. 방의 모습은 어둠 속에서 봤던 것보다 훨씬 심각했다. 아니, 처참했다고 말해야 좀 더 정확하려나. 벽은 마지막으로 언제 도배를 했는지 짐작할 수조차 없는 상태였다. 반지하인데다가 얼마 전에 내린 늦은 봄비로 벽지 여기저기가 들떠 있었다. 천장과 붙어 있는 벽 쪽에는 거뭇거뭇하게 곰팡이가 슬어 있었다. 나는 한숨을 쉬며 부엌으로 향했다.

부엌도 눈 뜨고 볼 수 있을 만한 상태는 아니었다. 손잡이가 녹슬어 갈색으로 변해버린 냉장고 주위에 먼지가 잔뜩 내려앉은 통조림들이 아무렇게나 놓여 있었다. 나는 그중에 한 개를 집어 들었다가 뚜껑에 녹이 슬어 갈색 반점이 생긴 것을 보고 얼굴에 주름살을 만들며 이내 다시 바닥에 내려놓았다.

찬장을 열어 먼지들 사이에서 뒹구는 그릇들 사이에서 간신히 라면 하나를 찾아냈다. 나는 라면을 끓여 상 위에 놓아두고 텔레비전을 켜서 볼만한 채널을 찾기 시작했다. 하지만 이마저도 귀찮아지자 먹던 라면을 내려놓고 집 밖으로 나오고 말았다.

버스 정류장에 서 있으니 얼굴에 땀이 맺히는 듯한 느낌이 든다. 여름이 되기는 아직 이른 시기인 것 같은데 밖에 나가면 거대한 찜기 속에 갇혀 있는 듯한 기분이었다. 지난 몇 주일 동안 코딱지만한 동네를 들쑤시고 다녔으나 역시, 내가 일할 수 있는 곳은 이 동네엔 존재하지 않았다.

버스가 제 몸도 간수하지 못하며 위태롭게 멈추었다. 버스 안은 텅텅 비어 있었는데 흔들리는 정도는 흡사 만원 버스 같았다. 나는 멀미가 날 것 같은 기분을 애써 누르며, 그나마 우리 동네에서 가장 일자리가 많다는 곳에 도착했다. 나는 갈 곳도, 갈 방향도 정해놓지 않은 채 슬리퍼를 찍찍 끌며 걸어 다녔다. 사실 '걸어 다녔다.'라는 표현보다는 보이지 않는 끈에 의해 끌려 다녔다는 표현이 더 나을 것이다.

내가 이 더운 날씨에도 이렇게 곳곳을 돌아다니는 이유는 부끄럽지만 내가 아직 일자리를 구하지 못했기 때문이다. 고등학교에서 그럭저럭 괜찮은 성적으로 졸업한 후 그럭저럭 괜찮은 대학에 들어가 그럭저럭 괜찮은 학점을 맞아왔지만 안타깝게도 그럭저럭 괜찮은 직장은 구하지 못했다. 그렇게 난 그럭저럭 괜찮은 인간조차도 되지 못한 것이다.

"하아……."

나는 한숨을 쉬며 골목길을 이리저리 배회하다 결국 아무런 수확도 건지지 못한 채 집으로 돌아오는 버스를 탔다.

창밖으로 스쳐 지나가는 풍경을 보며 나는 생각했다. 어쩌면 내 인생도 저렇게 스쳐 지나가는 풍경처럼 부질없는 것일지도 모른다고……. 지금으로부터 3년, 아니 1년 전까지만 해도 나도 남들처럼 남부러운 삶을 살지는 못하지만, 도로변에 피어 있는 풀꽃처럼 평범하지만 소박하고, 눈에 띄지는 않지만 소소한 행복이 있는 삶을 살 수 있을 줄 알았다.

하지만 도로변에 피어 있는 풀꽃은 그냥 '도로변에 피어 있는 풀꽃'이다.

미미하게나마 존재의 가치는 가지고 있을지도 모르겠지만 아무도 멈춰 서서 자신을 돌아봐 주지 않는, 어찌 보면 길가의 돌멩이조차도 못한 존재인 것이다.

대학을 졸업하고 이렇게 백수 생활을 한 지 벌써 반년이 넘었다. 빨리 직장을 구하라고 잔소리를 하는 부모님은 없지만, 당장 먹을 것이 없는 삶에 직장이 없는 것은 치명적이었다. 수많은 이력서를 내고, 이력서를 낸 횟수만큼 들은 대답은 항상 똑같았다. 온 세상이 나에게 인간의 자격이 부족하다는 낙인을 찍어놓은 것 같았다.

한참을 털털거리면서 굴러가던 버스는 이내 익숙한 풍경으로 접어들었다. 나는 어둑어둑한 하늘과 물감처럼 번지는 노을을 보며 집으로 돌아갔다. 한참을 걷다가 뒤를 돌아보니, 어느샌가 웅덩이를 밟았는지 슬리퍼에 남은 물기가 내가 걸어온 길에 도장을 찍듯 남아 있었다. 내가 걸어온 한 발, 한 발마다 물기가 떨어지는 것이 꼭 나락으로 떨어지는 것 같았다. 좁은 골목길 사이로 보이는 발자국, 그리고 어느 집 처마 밑에 서 있는 나. 발밑을 바라보니 그림자조차도 희미해질 만큼 어둑어둑하다. 보이지 않는 그림자를 애써 눈을 찌푸려가며 바라보았다. 공교롭게도 담 밖으로 삐져나온 나무에 머리와 몸의 경계가 나뉜다. 나는 애써 웃으며 나의 보금자리, 내 집으로 돌아간다.

집으로 돌아와 잠자리에 누우니, 창문 밖으로 달이 보인다. 저 푸른 달, 검푸른 하늘, 더 검은 달의 그림자. 나는 이불을 걷어내고 앉은뱅이책상에 앉아 펜과 종이를 꺼낸다. 눈이 아플 정도로 새하얗게 빛나는 종이에 검은 잉크가 묻어나온다. 이 책상도 이제 바꿀 때가 되었는데……. 아니 이제 바꿀 필요도 없을 것이다.

달이 푸른 밤이다. 그달을 바라보니 내 눈도 눈물이 나올 만큼 아리다.

어느샌가 잠이 들었나 보다. 낡지 낡은 벽지 사이로 낡지 낡은 창문이 보인다. 그 창문 너머로 보이는 부서지고, 다 녹슨 방범창. 하지만 그 사이로 보이는 새벽의 풍경만은 내가 가질 수 있는 것 중 가장 빛이 난다. 이제 한밤중에 나도 모르게 잠에 빠지는 일도 없고, 매일 밤낮으로 찬장을 열어보며 한숨짓는 일도 없을 것이다.

밖으로 나오니 차가운 공기가 피부 사이사이를 뚫고 들어온다. 가만히 서서 주위를 둘러보자 서쪽에서 둥근 달이 나를 맞아준다. 희뿌옇고, 둥근 예쁜 달. 나는 그것이 아주 지평선 너머로 사라질 때까지 천천히 바라본다. 얼마나 지났을까, 몸이 거의 다 잠겨버린 달이 나에게 애타게 손짓하는 것 같다. 나는 손을 뻗어 그것을 내 손안에 가두려고 노력한다. 잡힐 듯 잡히지 않는 이달도 내가 보는 마지막 달일 것이다. 마침내, 그것을 감싸고 있던 희뿌연 연기마저 모습을 감추어 버렸을 때, 나는 그제야 멈추었던 숨을 뱉어낼 수 있었다. 바로 발밑을 보니 그림자가 길게 늘어져 담벼락까지 손을 뻗고 있다. 나는 그를 보며 할 수 있는 최대한의 기쁜 표정을 해 보인다. 그는 무뚝뚝한 얼굴로 나를 가만히 바라본다. 그는 변하지 않겠지만, 이젠 내가 사라진다.

동네 약국으로 가서 불면증을 이유로 수면제 한 통을 받아왔다. 달그락, 달그락. 약통이 담겨 있는 비닐봉지를 흔들 때마다 기분 좋은 소리가 들린다.

달그락,

달그락,

달그락,

달그락.

……. 쿵.

안경을 가져오지 않아 턱에 걸려 넘어진 듯하다. 나는 비틀거리며 일어나다 잠시 익숙한 형체를 본 것 같아 미간을 구기며 눈을 가늘게 뜬다. 눈을 가늘게 뜰수록 또렷해지는 형체에 나는 최대한으로 표정을 구긴다. 아, 저 사람은…….

"아줌마!"

애써 낸 반가운 목소리가 무색하게 아줌마는 나를 보고도 살가운 표정 한 번 짓지 않고, 힘없는 표정으로 나를 향해 천천히 다가왔다.

"아줌마, 잘 지내셨어요? 거의……. 7년 만인 것 같네요."

아줌마는 말없이 고개만 젓는다. 그동안 무슨 일이 있었을까.

"일단 어디 좀 앉아서 얘기해요."

아줌마와 함께 근처 공원으로 들어갔다.

"그동안 대체 무슨 일이 있었길래 이렇게 마르셨어요. 예지는……. 예지는요? 예지는 잘 지내요?"

아줌마는 벤치에 앉아 천천히 입을 열어 이야기를 시작한다.

"느이 엄마 아빠 돌아가시고 빚쟁이들이 잔뜩 찾아왔어. 예지 아빠가 나 몰래 빚을 좀 졌더라구. 언제는 자고 일어나니까 집에 빨간 딱지가 가득 붙여져 있는데 숨이 턱턱 막히더라. 나는 그래도 예지 아빠랑 둘이 열심히 벌어서 다 갚을 수 있을 줄 알았어. 근데 예지 아빠가 어느 날 나한테 무슨 서류를 턱 하고 내놓더라. 알고 보니까 이혼서류였어. 다른 여자랑 바람이 난 게지. 어쩌다 보니까 빚은 전부 내 명의로 넘어와 있고, 예지 아빠는 뭘 믿고 나한테 애를 맡기냐며 예지까지 데려갔어. 경찰서부터 법원까지 할 수 있는 일은 다 해봤는데, 난 우리 예지 키울 자격이 없대. 빚도 수억이 넘어가고, 변변한 직장도 없어서 엄마 할 자격이 없대. 지금 그이는 우리 예지를 어떻게 험하게 다루고 있을까……. 잘 키우겠다고 데려가긴 했는데 그래도 난 그 사람 못 믿는다. 나한테도 그런 식으로 대하던 인간인데 우리 예지한테는 얼마나……."

아줌마는 급기야 눈물을 손수건으로 찍어내시기까지 한다.

"아줌마……."

아줌마가 예지 이야기를 꺼내자 잠시 아줌마에게 동정심이 들었지만, 이내 아줌마가 꺼내는 이야기에 내 표정은 굳기 시작했다.

"그리고 보니 자네 아버지께서 사람 찾는 일을…… 하시지 않았나? 혹시 우리 예지도 찾아줄 수 있나 해서……."

"그건 맞지만 저는……."

아버지의 얼굴을 떠올리자 구역질이 난다. 나는 올라오는 구역질을 누르려고 노력하며 곤란하다는 표정을 짓는다.

아줌마는 돌연 내 손을 붙잡는다. 조심스럽게 놓으려고 했지만 놓이지도 않는다. 나는 가만히 서서 땀만 비적비적 흘린다.

"우리 예지. 우리 예지 좀 찾아줘. 내가 줄 수 있는 건 뭐든지 줄게. 다른 건 바라지도 않아. 잘 지내는지. 얼굴만. 얼굴만 보게 해줘. 경찰도 예지를 데려간 사람이 친부라고 내 말은 듣지도 않아. 변호사한테 가서 예지를 데려갈 방법이 없냐고 해도 그 사람이 전과가 없다며 예지를 데려올 방법이 없다고만 하지, 결국 상담 한번 하는데 내 전 재산이 날아갔다. 난 우리 예지 없이는 도저히 못 산다. 우리 예지 한 번만 찾아봐 줘."

"저는 이제 갓 졸업한 대학생이에요. 아는 건 아무것도 없고, 제가 만약 예지를 찾는다고 해도 전 그냥 일반인일 뿐이에요. 아줌마가 예지를 찾으러 돌아다니는 수준하고 비슷하다고요."

나는 한숨을 쉬며 다음 말을 꺼낸다.

"그리고, 제가 지금 여행을 가기로 되어 있어요. 멀리 가는 거라 아줌마 일은 못 도와드릴 것 같네요. 죄송합니다."

나는 아줌마의 손을 끝내 뿌리치며 길을 나선다.

"잠깐만. 잠깐만……."

나는 당혹스러운 표정을 숨기지 못한다. 아줌마에게 등을 보인 채인 것을 다행스럽게 생각하며 천천히 뒤를 돌아본다. 돌아보니 아줌마가 헐레벌떡 이쪽으로 뛰어오고 있다. 아줌마는 내 앞까지 뛰어와서 돌연 무릎을 꿇는다.

"제발. 제발. 지금 나한테는 우리 예지밖에 없어. 예지 없으면 난 죽어. 우리 옛정을 생각해서라도 우리 예지 한 번만 찾아주면 안 될까? 나한테는 네가 마지막이다. 네가 우리 예지 찾아줄 수 있는 마지막 사람이라고……. 내가 이렇게 빌게. 우리 예지만 찾아주면 내가 줄 수 있는 건 뭐든지 줄 테니까 제발……."

아줌마는 눈물을 흘리며 내 앞에서 손바닥을 맞잡아 비비고 있다. 그 모습을 보니 옛날 생각이 난다.

술에 취한 아빠는 집으로 돌아오면 나에게 손찌검을 하곤 했다. 손찌검과 함께 술병이 깨지는 소리에 놀라 눈물을 흘리며 아줌마네 집으로 찾아가면 아줌마께서 엄마처럼, 따스하게 안아주시던 기억이 난다. 갓 태어난 예지를 품에 안아 내 얼굴을 잡고 불쌍한 것, 불쌍한 것이라고 하며 항상 손수건으로 눈물을 찍어내셨다. 어렸을 때도, 지금도 엄마의 느낌을 잘 알지는 못하지만 '엄마'라는 말을 들었을 때 가장 먼저 생각나는 사람은 슬프게도 엄마가 아닌 정혜 아줌마였고, 정혜 아줌마이다. 나는 한숨을 쉬며 아줌마를 일으킨다.

"아줌마, 말씀드렸지만 저는 경찰이나 사람을 찾는 전문적인 지식이 있는 것도 아니에요, 예지를 찾을 수 있을지 없을지도 잘 몰라요. 그래도……. 괜찮으시겠어요?"

아줌마는 멍한 얼굴로 나를 쳐다본다. 나는 미소를 지으며 주머니에서 구겨진 손수건을 꺼내 아줌마의 눈물을 닦아드린다. 그리고 어렸을 때처럼 아줌마의 품에 꼭 안긴다. 너무 몸집이 커져서 내가 아줌마를 안아드리는 모습이 되었지만…….

"고맙다……. 정말 고맙다. 내가 어떻게 너에게 보답을 해야 할지……." 나는 그저 웃을 뿐이다.

훗날 알았지만, 아줌마는 그날 나를 만나기 위해 물어물어 내가 사는 동네 이름을 알아내고, 나를 만나기까지 이틀 동안이나 걸렸다고 한다.

집으로 돌아오니, 미처 느끼지 못하고 있었던 허기가 몰려온다. 나는 한숨을 내쉬며, 냉장고에 넣어놨던 찬물을 꺼내 들이킨다. 뱃속으로 차가운 물 한 뭉텅이가 들어오는 느낌에 이물감까지 든다. 뱃속을 가득 채운 허기가 목 위까지 올라오는 기분이 든다. 나는 숨이 막히는 기분을 느끼며 텅텅 빈 뱃속, 텅텅 빈 냉장고, 텅텅 빈 찬장을 뒤져본다. 마지막으로 텅텅 빈 주머니를 뒤지려다…….

평소와는 주머니가 다르다. 예지를 찾아주는 대가로 정혜 아줌마에게 받은 돈이 있었던 것이다. 이제 며칠간은 굶으면서 찬물로 허기를 달래지 않아도 되는 것이다. 나는 이 기쁨을 천천히 곱씹으며 근처 마트로 가서 쌀과 반찬을 사 온다.

나는 오랜만에 먹는 저녁을 아주 오래 씹는다.

돈도 생겼겠다, 나는 이 돈으로 무엇을 할지 잠시 생각했다. 오래전부터 일을 시작하게 된다면 양복을 맞추고 싶다는 생각을 하곤 했다. 그래도 처음으로 무언가 일다운 일을 하는 것이니 옷이라도 깔끔하게 입어 구색을 갖춰야 하지 않을까.

나는 날이 밝자마자 근처 양복집으로 향했다. 마음에 드는 양복을 고르고 가격을 확인하니 경악인지 한숨인지 모를 탄식만 나온다. 결국, 양복점을 나와서 근처 세탁소로 향한다. 며칠 전 주인아주머니께서 팔겠다고 했던 주인이 없는 양복을 샀다. 그래도 양복은 양복인지, 입어 보니 때깔이 좋다. 나는 연신 거울에 모습을 비춰보며 미소를 감추지 못한다. 얼굴에서 미소가 나오는 게 아니라 몸속 깊은 곳에서 나오는 미소가 얼굴에 비치는 듯한 기분이었다.

아침도 든든하게 먹고, 새 옷도 장만했겠다. 그럼 이제 나에게 주어진 첫 일을 해야 하는 시간이었다. 나는 먼저 정혜 아줌마께서 적어주신 주소로 길을 나선다. 7년 전에 부모님이 돌아가신 후, 정혜 아줌마가 잠시나마 예지와 함께 살았던 주소라고 한다.

휴가철이라 그런지 평일 아침인데도 불구하고 터미널엔 은근히 사람이 들어차 있다.

"성인 한 명 광주 맞으세요?"

"네."

"열한 시 사십 분 차 괜찮으세요?"

나는 말없이 고개를 끄덕인다. 시계를 보니 열한 시 정각이다. 나는 죄 없는 여행객들을 쏘아보며 앉아 있을 자리를 찾아보려 했지만, 그마저도 남아 있지 않다. 나는 어쩔 수 없이 서서 버스를 기다린다.

"광주 가는 열한 시 사십 분 차 도착했습니다!"

영원히 오지 않을 것만 같았던 버스가 도착했다. 문을 나서서 승차장에 가니 반짝거리지는 않지만 그렇다고 너무 낡지도 않은 파란색 버스가 서 있다. 나는 서둘러서 버스 안으로 들어간다.

자리에 앉으니 햇볕의 괴롭힘에 성난 의자가 다리를 쿡쿡 찌른다. 나는 뜨거움에 다리를 가만히 두지 못한다. 창밖을 보니, 햇볕이 눈으로 파고들어 눈앞에 검은 반점이 생긴다. 나는 인상을 있는 대로 찌푸리며 커튼을 치려고 하지만 이마저도 커튼이 쳐지지 않아 포기하고 만다. 나는 주머니를 뒤져 정혜 아줌마가 적어주신 쪽지를 꺼낸다.

"광주 ○○동……."

이곳이 정혜 아줌마가 이사 가서 예지와 함께 살았다는 집의 주소이다. 나는 검지를 딱딱한 버스 손잡이에 연신 부딪히며 한숨을 쉰다. 막상 예지를 찾아주겠다고 했지만 사실 어디서부터 어떻게 시작해야 할지 막막하기만 하다. 나는 예지를 어떻게 찾아야 할지 연신 고민하며 버스에서의 시간을 보냈다.

정신을 차려보니 벌써 광주에 도착해 있었다. 나는 버스에서 내리자마자 정혜 아줌마가 적어준 주소로 가기 시작했다.

서둘러 버스 정류장으로 향했다. 정혜 아줌마께서 적어주신 주소는 도시 중심에 있는 터미널과는 많이 떨어진 교외 부근이었다.

"광주 ○○동사무소……."

워낙 중심지에서 떨어진 곳이라 다니는 버스도 얼마 없어, 버스 노선 표지판에서 ○○동이라는 글자를 찾는데도 한참 걸렸다. 나는 깨알 같은 글씨를 손가락으로 훑어내며 겨우 찾은 노선 몇 개를 이리저리 재어보며 시간을 어림하다, 결국 가장 먼저 도착한 버스에 몸을 실었다.

버스는 점점 중심가에서 멀어지고 있었다. 그렇게 한참을 달리던 버스가 돌연 속도를 줄였다. 그러더니 '덜컹' 하는 소리와 함께 우둘투둘한 길을 달리기 시작했다. 반짝반짝한 포장길이 점점 멀어지고, 버스는 어느새 콘크리트길을 달리고 있다. 창문을 여니, 시원한 바람과 함께 시골에서만 맡을 수 있는 특유의 냄새가 코로 몰려온다. 나는 그 이물감이 느껴지는 냄새를 천천히 들이마시며 눈을 감는다.

버스가 귀를 뚫고 들어오는 기계음을 내며 멈췄다. ○○동사무소에 도착한 것이다. 나는 보따리를 맨 할머니 한 분과 함께 버스에서 내렸다. 나는 매정하게도 떠나버리는 버스를 황망히 바라봤다. 이제 무엇을 해야 할까……? 나는 한참을 가만히 서서 생각하다 저 멀리 보이는 슈퍼마켓으로 발걸음을 옮겼다.

슈퍼마켓에 도착하니, 문이 녹슨 자물쇠로 굳게 닫혀 있다. 나는 유리로 된 문을 통해 안을 살펴봤다. 불은 꺼져 있고, 계산대에는 먼지만 쌓여 있다.

"저기요, 아무도 안 계세요?"

문을 두들기며 소리를 질러 봐도 사람의 기척은 온데간데없다. 그때, 문 앞에 붙어 있는 누런 종이가 눈에 들어온다.

"주인의 사정으로 가게 잠시 비웁니다……."

순간 속에서 욕지거리가 튀어나온다. 한숨을 쉬며 자리를 뜨려는 순간,

"어이, 거기 슈퍼마켓에 볼일이라도 있는가?"

"예?"

초록색 모자를 깊게 눌러 쓰고, 회색 등산 바지를 입은 아저씨가 걸어온다.

"내가 거그 슈퍼마켓 주인이여."

"아. 예……."

주인아저씨는 손에 든 열쇠 꾸러미를 한참 짤랑거리다가 드디어 맞는 열쇠를 찾았는지, 녹슨 초록색 자물쇠를 돌려 땄다.

'철컥' 하는 소리와 함께 문이 열리자 기침이 튀어나온다. 나는 인상을 찡그리며 손부채를 만들어 내 앞을 휘휘 젓는다. 어둡고 먼지 낀 슈퍼마켓. 참 들어가기 힘든 모습이다.

먼지로 둘러싸여 있는 가게 속에서 형형색색의 과자들이 각자 자신의 모습을 뽐내고 있다. 나는 개중 가장 싼 놈을 집어 들어 계산대로 향했다.

"던힐 한 갑 주세요. 이것도요."

옆에 있던 라이터를 꺼내 들어 계산한 후, 나는 아저씨께 묻는다.

"저, 예전에 저기 언덕 넘어서 초록 대문 기와집에 살았던 아이인데, 이름이 예지거든요. 혹시 그 아이를 아세요?"

"예지?"

나는 품에 있는 사진을 꺼내어 보여드린다. 정혜 아줌마가 예지를 품에 안고 찍은 가족사진이다.

"아는 누군지 모르겠고, 이 아줌마는 누군지 안다. 저어기 내려가면 파란 대문 집에 사는 노인이랑 잘 지냈어. 그리로 한번 가봐."

뜻밖의 수확이다. 나는 미소를 지으며 슈퍼마켓을 벗어난다.

"감사합니다."

아저씨가 알려준 대로 내려가다 보니 집들이 옹기종기 모여 있다. 나는 그중에 파란 대문이라고 부를 수나 있는지 의구심이 드는 집을 찾아냈다. 대문은 페인트가 다 벗겨져서 파란색이 아니라 짙은 갈색이 되어버렸고, 나무는 무성하게 자라 대문 밖으로 튀어나와 있다. 담은 다 허물어져서 형태조차 짐작하기 힘들다. 나는 자꾸 입으로 들어오는 거미줄을 뱉어내며 대문 안을 들여다보았다.

"저기요, 아무도 안 계세요?"

담 너머로 넘어간 내 목소리만 들릴 뿐, 사람의 기척은 온데간데없다. 나는 차가운 정적만이 흐르는 집을 뚫어지게 바라보다 고개를 저었다.

아무래도 여기는 아닌 것 같다. 나는 마을 위로 좀 더 걸음을 옮긴다. 머지않아서 저 멀리 파란 대문이 보인다. 방금 것과 달리 집이라고 부를 수 있겠다는 생각이 드는 형태를 갖추고 있다. 낡고 허물어진 곳이 있긴 하지만, 사람의 손길이 닿은 흔적도 곳곳에 보인다.

나는 열려 있는 대문 사이로 고개를 살짝 들이민다.

"저기요, 혹시 계세요?"

한참을 기다려도 주인이 있는 것 같지는 않다. 나는 이번 집도 글렀구나, 라고 생각하며 대문 밖으로 고개를 돌린다. 그때, 집에서 어떤 소리가 들린다. 나는 혹시나 하는 마음으로, 그러나 너무 기대는 하지 않으며 뒤를 돌아본다. 아무도 없을 거란 내 예상과 달리, 한 노인이 문지방 위로 발을 디디고 있다.

"거 누구요?"

나는 고개를 꾸벅 하며 집 안으로 다시 발걸음을 옮긴다.

"안녕하세요. 여쭤볼 게 있어서 왔는데요."

노인이 내 존재를 알아차렸는지 내 얼굴을 쳐다본다.

"저……. 혹시 몇 년 전에 여기서 살았던 사람인데……. 정혜 아줌마라고 아세요? 지금 저한테 엄청 중요한 일이어서, 어르신께 꼭 듣고 싶은 이야기가 있습니다."

"일단 안으로 좀 들어와서 얘기하게."

나는 노인을 따라 집 안으로 들어간다. 노인은 나를 자그마한 책상이 있는 서재 같은 곳으로 들여보내고, 자신은 차를 내오겠다며 어딘가로 향한다. 나는 자리에 앉아 주위를 둘러본다. 오래 돼 보이는 듯한 집 밖과 달리, 집 안은 꽤 멀쩡하다. 색이 바래긴 했지만, 벽지도 깔끔하고, 무엇보다도 관리를 잘하는지 집이 깨끗하다. 나는 고개를 이리저리 돌리다가 노인이 들어오자 책상 위를 바라본다. 노인이 자리에 앉자, 나는 말문을 연다.

"아까도 말씀드렸지만, 정혜 아줌마에 대해서 듣고 싶은 이야기가 있습니다."

노인은 찻잔을 들고 차 냄새를 음미하는 듯하다. 나는 내 앞에 놓여 있는 찻잔만 뚫어지게 쳐다본다. 노인이 입을 연다.

"여기는 버스로 왔는가?"

나는 말없이 고개를 끄덕인다.

"여기로 오는 길에 다 허물어지는 집이 하나 있제? 갸가 거그 살았어. 지 딸래미랑 같이 오순도순 살았었제. 근데 갑자기 친부라는 사람이 데려와서 딸래미를 데려가 부렀는가 어쨌는가. 아무튼, 그 이후로 연락이 뚝 끊겨부렀네."

"혹시, 그 친부라는 사람이 어디 사는지는 아세요?"

"누구네 집 조카였던지 내가 기억이 잘 안 나네. 일섭이네…… .조카였던가……. 잠깐만 기다려 보게."

노인은 전화를 쓰기 위함인지, 다시 방문 밖으로 나간다. 나는 점점 커지는 지루함에 몸부림치며 앞에 있는 녹차 티백만 들었다 놨다 한다. 애꿎은 녹차 물만 계속 우러나온다. 녹차와 함께 저 깊은 곳에서 지루함도 우러나온다. 가만히 앉아 있으니 다리에 쥐가 나기 시작한다. 내가 지루함을 참지 못하고 다리를 떨기 시작한 지 한참 후, 예지 친부의 소재지를 알았는지 노인이 다시 돌아온다. 그러더니, 달력을 찢어서 뒤쪽에 휘갈겨 쓴 듯한 메모를 건네 온다.

"이게 뭔가요?"

"아까 말한 일섭이 조카네 주소여. 한번 봐봐. 여기서 버스 타면 얼마 안

걸릴 것이여."

나는 노인에게 감사 인사를 한 후, 주소를 집어 들었다. 노인의 말대로 여기서 얼마 멀지 않은 곳의 주소가 적혀 있다. 나는 한사코 저녁을 권하는 노인의 팔을 간신히, 그리고 정중하게 뿌리치고 집을 나섰다. 아침을 먹기 전에 정성껏 차려입은 양복이 땀에 젖어 번들거렸다. 나는 몸에 달라붙는 양복을 떼어내며 이 일을 관둘까 하고 잠시 생각했지만, 순간 스쳐 지나간 정혜 아줌마의 얼굴에 그 생각도 관두기로 했다.

돌담길에 석양이 어른거린다. 나는 노인의 집 앞에서 어디로 가야 할지 잠시 머뭇거렸다. 근처 식당이라도 들러 간단히 요기라도 해야겠다고 생각한 후 걸음을 돌린 순간,

"어이 젊은이! 여기 근처에 유명한 막국숫집이라도 들러 따뜻하게 국물이라도 한 입 안할랑가?"

얼굴은 흐릿하여 잘 기억나지 않지만, 목소리를 들으니 낮에 마주쳤던 슈퍼마켓 아저씨인 듯하다. 허기를 달래고 싶은 마음은 굴뚝같았지만 처음 본 사람과 밥을 먹는 것이 내키지 않아 배가 고프지 않다는 이유로 사양하고 다시 길을 나섰다.

나는 당초에 하룻밤 묵고 집으로 돌아가겠다는 계획을 바꾸어 바로 버스 정류장으로 향했다. 그러나 버스 정류장에서 한참을 기다려도 버스가 오지 않자, 한 시간가량의 길을 걸어가기로 하고 길을 나섰다.

아침에 정성껏 다려 입은 양복은 주름투성이이고, 구두는 이미 흙먼지로 덮인 지 오래다. 상가 거울에 비친 내 모습을 보니 아버지라고도 부르기 부끄러운 사람이 생각난다.

아버지께서는 항상 구겨진 양복에 흙먼지로 덮인 구두를 신고 계셨다. 아버지를 생각하면 가장 먼저 떠오르는 모습은 전화기로 어딘가에 급하게 전화를 하며 구겨진 양복을 탈탈 터는 모습이었다. 전화 한 통을 받고 차를 몰아 급하게 나가는 모습이나, 주말이 되면 항상 소파 위에 누워서 잠을 자

는 모습. 그리고 저녁이 되면 술에 취해 손에 잡히는 것은 아무거나 집어서 엄마나 내 쪽으로 던지는 모습. 나는 그때 이 세상의 모든 아버지는 그러는 줄로만 알았다. 하지만 학교에 들어간 후 친구들이 이것저것 늘어놓는 자랑에서 아버지는 전혀 다른 존재였다. 주말에 함께 놀이공원을 가고, 비가 오면 학교에 우산을 들고 마중 나오고, 주말에 함께 외식을 나가는 사람. 하지만 나에게는 학교를 마치고 집에 돌아가면 술에 취해 깨진 술병을 이리저리 휘두르고, 틈만 나면 나에게 손찌검을 하는 사람이 아버지였다.

초등학교 졸업식 날이었던가, 그날은 온 세상이 꽃다발로 덮일 듯한 날이었다. 장갑을 끼고, 가판대 뒤에서 하품하는 상인들과 그 앞에 쌓인 형형색색의 꽃다발들. 나는 그 꽃다발 사이로 보이는 부모님의 모습만 애타게 기다리고 있었다. 매일 일에 바쁜 아버지와 집 밖으로 걸음조차 잘 하지 않는 엄마. 나는 그런 부모님을 밖에서, 그것도 친구들 앞에서 만난다는 생각에 상당히 들떠 있었다. 그때까지만 해도 어쩌면 오늘 오랜만에 가족끼리 외식을 할지도 모르겠다, 라는 생각에 신나 있었는데…….

하지만 한참을 기다려도 부모님은 오지 않았다. 나는 세상에 혼자 남겨진 기분으로 주위를 둘러보다가, 아무도 남지 않은 운동장에 덩그러니 서 있을 수밖에 없었다.

나는 하늘이 어두워지고 땅거미가 질 때쯤 집으로 돌아왔다. 집으로 돌아와서 보이는 풍경은 달력에 커다랗게 적힌 빨간 동그라미, 그 밑에 삐뚤빼뚤한 글씨로 적힌 '졸업식'이라는 빨간 글자, 그리고 그보다 더 빨간 피를 흘리고 있는 엄마, 그리고 술에 취해 빨간 얼굴을 하고 있는 아버지였다.

그게 나의 아버지였다.

아버지를 생각하면 항상 식은땀이 난다. 술에 취하지 않았을 때도 험한 말을 서슴지 않게 내뱉고, 손을 들기도 일쑤였다.

"아버지……."

너무 오랫동안 소리 내어 말하지 않은 말이어서 어색하기까지 하다. 다시

한 번 거울에 비친 모습을 보니 옛날의 아버지와 다른 곳을 찾는 것이 더 힘들 지경이다. 항상 아버지처럼만 살지 말자고 다짐해 왔건만 피는 속일 수 없나 보다. 나는 그 자리에 서서 담배 한 갑을 다 태웠다.

하늘이 어두워지도록 걷다 보니 메모에 적힌 주소 근처까지는 온 것 같다. 날이 어두워졌을 뿐만 아니라, 집이 골목 깊숙한 곳에 있는지 한참을 걸어가도 내가 찾는 주소는 나오지 않는다. 골목길을 따라 얼마나 걸었을까, 드디어 내가 찾는 목적지에 도착한 것 같다. 허름한 집일 거라는 내 예상과 달리 최근에 지어진 듯 외관도 깔끔하고, 부서진 곳이라고는 없는 집이다. 나는 현관 바로 옆에 있는 검고 네모난 초인종을 눌렀다. 잠시 후, 어떤 여자의 목소리가 인터폰에서 흘러나온다.

"누구세요?"

"저, 혹시 정일섭 씨 조카 되는 분이신가요?"

이 말이 끝나자 인터폰에서는 한참 동안 아무 소리도 들리지 않았다. 그리고 몇 분 후 조용히 대문이 열리는 소리가 났다.

집 안으로 들어가자 잘 가꾼 듯한 정원이 보였다. 정혜 아줌마에게 빚만 잔뜩 안겨주고 갔다더니, 정말로 자신의 몫은 하나도 남기지 않고 정혜 아줌마에게 떠안겼나 보다. 나는 혀를 차며 집 문을 열었다가 금세 웃는 낯을 해 보였다.

"안녕하세요."

"아, 네. 안녕하세요."

꽤 미모의 여성이다. 설거지를 하고 있었는지, 앞치마를 매고 손에는 고무장갑을 끼고 있다. 자신을 내가 찾아온 사람의 아내라고 소개한 그녀는 나를 거실로 데려가 소파에 앉힌다.

"지금 우리 그이가 아직 회사에서 돌아오지 않아서, 조금만 기다려 주세요."

그리고 종종걸음으로 다시 부엌으로 향한다.

나는 할 일 없이 주위를 휘휘 둘러본다. 정혜 아줌마를 버리고, 새살림을 차렸는지 거실에는 가족사진이 떡하니 붙어 있다. 집 안의 가구들도 전부 새것인 데다가 집도 꽤 넓은 것 같다. 나는 이 정도 집을 사려면 얼마나 있어야 할까, 라는 생각을 하다가 자괴감이 들어 금방 포기한 후 집 구경에나 집중했다.

집 안에는 흔하게 볼 수 없는 골동품들이 가득했다. 나는 그 점에 꽤 의아함을 느꼈다. 분명 정혜 아줌마에게 빚이란 빚은 다 떠넘기고 도망갔다고 했는데, 부르는 게 값인 저 골동품들을 무슨 돈으로 다 사들였을까.

그렇게 내가 기다린 지 한 시간이 채 못 지나서 집 안의 초인종이 울린다. 여자는 창밖을 힐끗 쳐다보고는 바로 대문을 연다. 아무래도 내가 오늘 찾아온 사람이 온 것 같다.

나는 마른 침을 삼키며 현관을 뚫어지게 쳐다본다. 이내 발걸음이 들리고 중년의 남자가 집 안으로 들어온다. 나는 미소를 지으며 그에게 인사를 한다.

"안녕하세요, 말씀 많이 들었습니다. 정일섭 씨 조카 되시는 분이라고……."

"네, 안녕하세요. 실례지만 혹시 누구……?"

나는 나 자신을 내가 찾아갔던 노인의 조카라고 소개한다. 졸지에 나 같은 조카를 두게 된 노인에게는 죄송한 마음이 들지만, 그렇다고 내가 찾아온 이유를 사실대로 밝힐 순 없는 마당이다. 나중에 그 집에 녹차라도 한 박스 사서 가야겠다는 생각이 든다.

나는 일단 이 집에서 최대한 오래 머무르기 위한 요량으로 예지의 친부에게 말을 건다.

"집이 참 잘 꾸며져 있네요. 부인께서도 미인이시고."

그는 허허, 하고 웃기만 한다. 자꾸만 흐르는 정적에 나는 입이 바짝 마른다.

"저……. 다름이 아니라, 제가 서울에서 내려온 지가 얼마 안 되었는데,

저희 삼촌께 여쭈어 보니까 여기에 가장 친했던 분 조카께서 살고 있다고 들어서……."

그를 흘낏 쳐다보니 '그래서 뭐?'라고 하는 듯한 표정을 짓고 있다.

"제가 묵을 곳이 없어서 그런데, 혹시 오늘 밤만 여기서 신세를 좀 질 수는 없을까요?"

내가 생각해도 무리한 부탁이었지만 지금 짜낼 수 있는 말은 여기까지가 한계이다. 여기서 최대한 오래 머물러서 예지의 행방을 꼭 알아내야 한다. 나는 그의 표정을 살피며 말을 이어간다.

"평소에 참 호탕하시고 남자다우셔서 주변 사람들도 잘 챙겨 주시고 형님, 형님 하며 따르는 사람도 많다고 들어서……. 평소에 형님으로 모시고 싶다는 생각은 했는데, 이제야 찾아뵙게 되네요."

그의 얼굴을 살피니 아까보다는 풀려 있다. 내가 건넨 말이 내심 흡족한 듯하다. 이런 사람에게 잘 보여야 하는 내 상황에 한숨이 나오지만, 지금으로는 어쩔 수가 없다. 나는 그에게 사사로운 이야기를 끌어내기 위해 열심히 비위를 맞춘다. 그렇게 얼마나 지났을까,

"여보, 여기 술상 좀 내와. 오늘 동생 한 명 생긴 기념으로 비싼 술 한번 먹어야겠다."

나는 속으로 쾌재를 부른다. 술을 마시면 예지의 이야기를 끌어내기 더 쉬울 것이다.

"동생, 술 한 잔 받아야지."

"예, 형님."

그렇게 잔을 주고받으니, 둘 다 취기가 얼큰하게 오른다. 나는 이제나저제나 예지에 관한 이야기를 꺼낼 궁리만 한다.

"저, 여기는 부인분과 둘이서만 사는 집인가요?"

그는 왜 그런 질문을 하냐는 표정으로 나를 바라본다.

"아니, 보통 이런 집은 따님이나 아드님이 같이 살기 마련인데, 부인분하

고 단둘이 사시는 건지 궁금해서요."

그는 따님이라는 단어가 나오자 당황한 기색이 역력하다.

"자네, 저 불상 보이나? 내가 저걸 사려고 일본까지 비행기 타고 갔다 왔어. 바다 넘고 산 넘어서 겨우 데리고 온 걸작이야."

역시나, 딸 이야기가 나오니 화제를 다른 곳으로 돌리려고 애를 쓴다. 나는 이 대화의 마지막 승부수를 던진다.

"저, 실은 아까 집을 구경하면서 어린 여자아이 사진을 봤거든요. 사진만 봤을 때는 몰랐는데 지금 보니까 형님하고 많이 닮은 것 같아서요. 하하, 정말 따님이라고 해도 믿을 정도로 닮았어요."

그의 표정이 눈에 띄게 굳어진다. 나는 그의 말을 기다리며 입술을 매만진다.

"사실은, 예전에 딸이 한 명 있었다네. 그런데 3년 전에 아내하고 딸하고 드라이브를 갔다가 그만 교통사고를 당해서……."

나는 겉으로는 안타까운 듯이 고개를 끄덕이지만, 속으로는 치밀어 오르는 분노를 간신히 억누른다. 거짓말도, 저런 새빨간 거짓말이 따로 없다. 정혜 아줌마께는 차마 말하지 못했지만, 예지가 있을 만한 곳이 짐작이 간다. 아마 이 근처에 있는 보육원에 있지 않을까, 정혜 아줌마가 자신을 데리러 오기만을 기다리면서. 애초부터 그가 사실대로 말하는 것은 기대도 하지 않았다. 나는 그가 곯아떨어지기만을 기다린다.

그는 술에 취해 손을 이리저리 흔들며 잠에 취해 있다. 이따금 들려오는 잠꼬대의 소리로 보아, 예지나 정혜 아줌마에게 호통을 치는 꿈을 꾸고 있는 듯하다. 나는 그 순간 아버지와 겹쳐 보이는 그의 모습에 구역질이 난다. 세월이 지나, 그래도 괜찮아진 줄 알았는데 나도 모르는 사이에 식은땀이 나 뒷머리가 젖어 있다.

그의 부인은 이런 상황에 익숙한지 방에 들어가 잠을 자는 모양이다. 나는 서재로 보이는 방에 들어가, 예지의 행방을 알 수 있는 단서를 찾기 시작했다.

한참을 찾다 보니, 앨범으로 보이는 표지가 두꺼운 책이 나왔다. 안을 살펴보니, 예지의 사진이 뒤엉킨 채 들어 있다. 예지가 3년 전에 교통사고를 당했다는 그의 말과 달리, 사진의 날짜를 살펴보니 가장 최근의 날짜가 일년 반 전이다. 어떻게 거짓말을 해도 딸이 죽었다는 거짓말을 할 수 있는지……. 나는 개중에 몇 장을 챙겨서 다른 책을 살펴보기 시작한다. 벌써 수십 권이 넘는 책을 살펴본 것 같은데, 내가 찾으려고 하는 것은 좀체 나오지 않는다. 나는 조금 더 위를 찾아보기 위해 손으로 먼지가 낀 책장의 꼭대기를 휘젓는다. 그때, 한 상자가 책장 위에서 떨어져 바닥 위로 뚜껑이 열린 채 엎어진다. 나는 내용물을 정리해 상자에 다시 넣으려다 무언가를 휘갈겨 쓴 쪽지를 보고 무언가 석연치 않음을 느낀다. 잔뜩 구겨진 메모에 전화번호와 사람들의 주소, 그리고 이름이 뒤섞여 엉켜 있다. 사람들의 이름으로 빼곡한 세 글자의 행렬 사이에서 특히 눈에 띄는 부근이 있다.

"희망 보육원, 061-○○○-○○○○?"

잔뜩 구겨진 종이의 귀퉁이에 급히 갈겨쓴 듯한 글자이지만 다행히 글씨와 전화번호는 알아볼 수 있을 정도이다. 나는 품속에서 메모지를 찾아 보육원의 이름과 전화번호를 메모하고 서재 문을 닫고 나온다. 서재 밖으로 나오니 긴장이 풀렸는지 안도의 한숨이 나온다. 나는 어느새 어두워진 집 안을 둘러보며 소파 한쪽 구석에 걸터앉는다. 한쪽 손에 쥔 메모지는 어느새 땀에 젖어 구겨져 있다. 나는 그 주소를 달빛에 비추어 본다. 예지의 친부는 보육원과 특별히 관련이 있는 사람처럼 보이진 않는다. 만약에 이 주소가 정말로 예지의 친부가 적은 주소라면, 그리고 예지가 정말 보육원에 있다면, 이 주소가 정말 예지가 있는 주소인 건가. 나는 긴장감과 두근거림에 밤을 꼬박 새웠다.

여명이 밝아 오고, 내가 나갈 채비를 하자 그의 부인이 내게 다가온다.

"벌써 가시게요? 아침이라도 좀 드시고 가시지."

나는 고개를 저으며 괜찮다는 듯이 미소를 짓는다. 여유로운 겉모습과는 달리, 마음속은 한시라도 빨리 보육원에 가야 한다는 마음뿐이다. 그는 어젯밤의 숙취에 아직 일어나지 못한 듯하다. 나는 그의 얼굴을 보고 가지 못해 죄송하다는 말을 그의 아내에게 대신 전해달라는 부탁을 하고 그 집을 나선다.

마당으로 나서니 관리인으로 보이는 사람이 정원을 가꾸고 있다. 어제는 그저 잘 가꾸어진 정원이라고만 생각했는데⋯⋯. 나는 의아함을 느꼈지만, 곧 잰걸음으로 그 집에서 벗어난다.

집 밖으로 나와 어제의 기억을 더듬어서 골목길을 따라 걸어 내려가니, 골목 입구에 공중전화가 하나 놓여 있다. 나는 주머니 속에서 메모지를 꺼내 어제 적어놨던 전화번호로 전화를 한다.

"061-○○○-○○○○⋯⋯."

잠시 신호음이 간 후에, 어떤 여자가 전화를 받는다.

"여보세요. 희망 보육원입니다. 무슨 일로 전화하셨나요?"

어제 전화번호를 잘못 적은 것은 아닌가 걱정했었는데 그건 아닌가 보다.

"저, 혹시 거기 주소를 좀 알 수 있을까요?"

"네, 잠시만요."

여자는 부스럭거리는 소리를 내더니 이내 보육원의 주소를 불러 준다. 나는 그 주소를 받아 적고, 감사하다는 말과 함께 전화를 끊는다.

여기서 멀지 않은 곳에 있으리란 예상과 달리 한참을 내려가야 나오는 시골 마을에 있는 모양이다. 정말 작정을 하고 예지를 데려다 놓은 모양이다. 나는 한숨을 쉬며 시외버스 터미널로 곧장 향한다.

이른 오전이라 버스 터미널은 한산하다. 나는 버스를 기다리며 만약 예지를 만난다면 어떻게 행동해야 할까, 한참을 생각한다. 반갑게 웃으며 예지야, 하고 불러야 할까. 아니면 먼저 다가와 주길 기다려야 할까. 나는 도착한 버스에 몸을 싣고 한참을 예지에 대하여 생각한다.

버스가 멈추고, 나는 찌뿌둥한 몸을 움직이며 기지개를 켠다. 주위 사람들에게 물어보니 희망 보육원은 여기서 멀지 않은 곳에 있는 모양이다. 나는 두근거리는 가슴을 안고 희망 보육원으로 바쁜 발걸음을 옮긴다.

버스 터미널을 지나, 언덕을 한참 올라가서 낡은 기차가 옆에 멈춰 서 있는 낡은 철도를 건너니 보육원 간판이 보인다. 다 낡아서 글자 조각이 온전치가 않다. 정말 이런 곳에 예지가 있는 걸까. 보육원에 들어가 보니 상황은 더 심각했다. 보육원 구석구석에 거미줄이 쳐져 있는 건 기본이고, 놀이터의 놀이기구는 다 녹슬어서 원래의 색깔을 알아보기 힘든 채 갈색으로 변해 있다. 아이들은 그 놀이기구에 올라가서 손에 묻은 갈색 녹을 탁탁 털다가, 나를 보며 궁금하다는 듯이 동그란 눈을 해 보인다. 나는 아이들의 호기심 어린 시선을 받아내며 보육원 안으로 들어간다. 오는 길에 보육원이 폐병원을 개조해 만들어졌다는 소문을 들었는데, 그 소문이 사실이었는지 건물은 꽤 병원 같은 모양새를 하고 있다. 나는 그중 가장 깊숙한 곳에 있는 원장실로 향한다.

다 낡아가는 보육원 바깥과 달리 원장실은 문부터 고급스러운 모양새를 하고 있다. 그 문을 조심스럽게 두드리자, 안에서 들어오라는 대답이 들린다. 나는 소리도 없이 부드럽게 움직이는 문을 열고 원장실 안으로 들어간다.

원장은 꽤 비싸 보이는 소파에 앉아 차를 마시고 있다. 나는 앉으라는 그녀의 말에 그녀의 건너편에 걸터앉는다. 원장은 차를 마시며 나에게 말을 건넨다.

"저, 무슨 일로 찾아오셨나요?"

"아이를 한 명 찾고 있습니다."

"아이……. 아이라……. 잠시만 기다려 주세요."

그녀는 근처에 있는 전화기로 걸어가 어딘가로 전화를 건다. 직원으로 보이는 사람에게 몇 가지 지시사항을 전해 준 그녀는 다시 자리로 돌아와 앉는다.

"여기서 조금만 기다리고 계시면 아이들 명단이 올 거예요. 그때까지 차나 한잔 드릴까요?"

나는 괜찮다는 뜻으로 고개를 젓고 정자세로 소파에 앉아 있다. 보육원이 상당히 낡아 보여서 원장실도 이런 모양을 하고 있을까 상당히 궁금했는데, 나는 벗어나지 않는 예상에 새삼 쓸쓸함을 느낀다. 요즘 보육원은 정부에서 나오는 지원금과 기부금이 꽤 넉넉한 걸로 알고 있는데, 나는 보육원 시설과 대비되는 호화스러운 옷차림을 하고, 고급스러운 찻잔에 고급 차를 마시는 그녀를 보며 보육원에 들어가는 지원금은 전부 다 그녀의 손아귀로 들어가겠구나, 하는 생각을 한다. 얼마 지나지 않아 직원으로 보이는 여자가 손에 종이 뭉치를 들고 들어온다. 그 뭉치를 건네받아 읽어보니 아이들의 사진과 이름. 그리고 생년월일이 적혀 있다. 나는 그 속에서 예지를 어렵지 않게 찾아볼 수 있었다. 예지 친부의 집에서 찾아온 사진과 별로 변한 게 없는 모습을 보며, 나는 원장에게 사진 속 예지의 얼굴을 손가락으로 가리킨다.

"저, 혹시 이 아이 지금 어디에 있는지 알 수 있나요?"

원장은 그 질문을 받자마자 직원을 바라봤고, 직원은 지금 아이들이 점심을 먹을 시간이라고 내게 일러준다. 나는 직원을 따라 아이들이 밥을 먹고 있다는 식당으로 향한다.

식당이 상당히 좁아 아이들이 얼마 없을 것이라고 생각했지만, 식당 안은 아이들로 빼곡하게 차 있었다. 직원이 내게 무엇인가를 말하는 것 같았지만, 아이들이 떠드는 목소리에 묻혀 잘 들리지 않았다. 그녀도 이런 내게 그녀의 목소리가 들리지 않는다는 사실을 눈치챈 듯, 손가락으로 한쪽 구석을 가리킨다. 나는 그녀가 가리키는 방향을 따라나선다. 나는 한참을 둘러본 후에야 사진 속 아이를 찾아낼 수 있었다. 사진 속에서 통통한 볼살을 지니고 있던 아이와 달리, 실제로 본 예지는 너무 말라 볼이 움푹 들어가 있어 알아보기가 힘들었기 때문이다. 나는 천천히 그 아이에게 다가가 쪼

그려 앉아 눈높이를 맞춘다.

"안녕, 네가 예지니?"

그 아이는 살짝 미소를 띠며 나를 쳐다본다. 밥에는 손도 대지 않았는지 손에 들고 있는 숟가락이 깨끗하다. 식판을 보니 국에는 건더기가 없이 국물만 있고, 밥은 오래된 쌀로 지었는지 윤기가 없고 퍼석퍼석해 보인다. 나는 며칠을 굶어도 이런 밥은 먹기 힘들겠다는 생각을 하며 예지의 손을 잡고 묻는다.

"예지야, 삼촌이랑 밖에 나가서 맛있는 거 먹을까?"

예지는 잘 들리지 않는다는 듯 눈을 찡그린다. 나는 답답함에 아이의 손을 잡고 밖으로 나온다.

밖으로 나와 주머니를 뒤져보니, 어제 슈퍼에서 샀던 과자가 남아 있다. 나는 그 과자의 포장을 벗겨 예지에게 건네준다. 예지는 과자를 보자 환하게 웃으며 내가 주는 과자를 두 손으로 집어 든다.

나는 손에 과자 부스러기를 잔뜩 묻히며 입을 오물거리는 예지를 보며 말한다.

"예지야, 여기 있지 말고, 삼촌이랑 같이 집으로 갈까?"

순간 예지의 표정이 굳어진다. 금방이라도 울음을 터뜨릴 듯 울망울망한 눈으로 나를 쳐다보며 도리질을 한다. 나는 순간 아차, 싶다.

"예지야, 네가 원래 살던 집으로 가는 게 아니라 엄마랑 같이 살 집으로 가는 거야. 삼촌이 거기까지 데려다 줄게. 사실 삼촌은 너희 엄마가 보내서 온 거야. 엄마가 삼촌이 대신 예지를 집까지 데려다 주라고 하셨어. 삼촌이 너희 엄마랑 친구거든."

그제야 예지의 얼굴이 한결 나아진다. 나에 대한 경계도 풀린 것 같고, 엄마 곁으로 돌아간다는 말에 안심한 것 같다. 그런데 집으로 가자는 말을 했을 때 예지의 반응도 그렇고, 정혜 아줌마에게 들은 말도 곰곰이 생각해 보니, 혹시 친부가 예지를 함부로 했을까 걱정되기만 하다.

"예지야, 혹시 아빠가 예지 아프게 한 적 있어? 삼촌이 아빠한테는 비밀로 할 테니까 삼촌한테만 말해 주라."

예지는 한참 도리질을 하다가 내가 주머니에 있는 사탕을 꺼내어 포장을 뜯자, 입을 오물거리며 말을 꺼낸다.

"아빠가, 술 마시고 와서 막막, 이르케 때렸어요. 그런데 새엄마한테는 말하지 말라고 했어요."

"그랬구나, 예지 참 아팠겠다. 예지야, 혹시 여기 왔을 때 어떻게 왔는지 기억나니?"

"아빠가 놀이공원 놀러 가자고 해서 왔어요. 여기서 다섯 밤만 자고 기다리면, 아빠가 데리러 와서 놀이공원 가자고 했어요. 그런데……."

예지의 눈에 눈물이 그렁그렁하다. 나는 어렸을 때 나를 안아주던 정혜 아줌마의 마음이 이랬을까, 하는 생각을 한다. 나는 말없이 아이를 꼭 안아 준다.

"예지야, 삼촌이랑 같이 엄마한테 가자."

이런 일은 처음이라 예지를 데려오기 위해 정혜 아줌마에게 전화해서 이것저것을 물어봐야 했다. 떠나기 전에 혹시 몰라 정혜 아줌마에게 받아온 가족 관계 증명서 같은 서류 등등을 직원에게 제출하고 한참 있다가 예지를 데리고 나올 수 있었다. 아마 정혜 아줌마와 통화를 하는 과정에서 시간이 꽤 걸렸기 때문인 것 같다. 나는 정혜 아줌마의 대리인 자격으로 예지를 데려갈 수 있었는데, 직원이 건네준 서류의 빈칸을 빼곡히 채우고 나서야 예지와 함께 보육원 밖으로 나올 수 있었다.

예지는 피곤했는지 내 품에 안겨서 쌔근쌔근 자고 있다. 나는 한여름인데다 낡은 가을 옷을 입고 있는 아이를 보며, 올라가면 옷부터 사 입혀야겠다는 생각을 한다. 언덕을 한참 걸어 내려가서 버스 터미널에 도착하니 벌써 늦은 오후다. 나는 서둘러서 도시로 가는 표를 끊고, 예지를 안고 버스에 올라탄다.

쉴 새 없이 덜컹거리는 버스 안에서도 예지는 깊은 잠에 빠져 있다. 나는 땀에 젖은 아이의 머리카락을 넘기며 정혜 아줌마와 참 많이 닮았다는 생각을 한다. 아이의 여윈 볼을 보니 마음이 아프다. 나는 그렇게 한참을 달려, 한밤중이 되어서야 목적지에 도착한다.

도착하자마자, 정혜 아줌마에게 전화를 걸었다. 아줌마는 예지를 찾았다는 내 말에 기쁨을 감추지 못하며 버스 터미널로 당장 오겠다고 한다. 잠들어 있는 예지를 의자 위에 앉혀 놓고 그 옆에 앉아 기다린 지 얼마 되지 않아 저 멀리서 아줌마의 모습이 보였다. 여기까지 뛰어왔는지 머리카락은 엉망이고, 잔머리가 이마에 붙어 있다. 아줌마는 예지를 보며 눈물을 감추지 못한다. 나는 막 잠에서 깨 잠투정을 부리는 예지를 안고 아줌마의 집으로 향한다.

아줌마의 집에 도착하자, 예지가 언제 잠에서 깼는지 나에게 가지 말라고 떼를 쓴다. 나는 예지에게 시간이 늦었으니, 오늘은 이만 가고 다음에 꼭 다시 찾아오겠다고 약속을 한 후에야 아줌마에게 인사를 한 후 집 밖으로 나선다. 대문 밖으로 나오니, 아줌마가 따라오는 소리가 들린다. 뒤를 돌아보니 아줌마가 헐레벌떡 뛰어오고 있다.

"고마워, 정말 고마워. 사례를 정말 어떻게 해야 할지……."

"아니에요. 저야말로 아줌마를 도울 수 있어서 참 기뻤어요. 정말로 사례를 하고 싶으시다면 예지, 그동안 못 받은 몫까지 많이 사랑해 주세요."

나는 정혜 아줌마에게 미소를 지으며 손을 흔든다. 취직해서 첫 월급을 받는다면 꼭 예지의 장난감을 사서 그 집으로 가야겠다는 생각을 한다.

어느새 달은 저 하늘에 떠 있고, 골목길에는 가로등 불빛이 가득하다. 나는 그 노란색 불빛을 바라보며 집으로 향한다. 정말 우연히 아줌마를 만나, 우연히 부탁을 받고, 우연히 예지를 찾게 되었지만, 나에게는 왠지 그게 우연이 아니라 필연처럼 느껴진다. 하늘에 있는 저 달은 어제보다 조금은 덜

둥그렇다. 어제 그렇게 밝던 달빛이 보름달의 달빛이었나 보다.

달이 기운다. 예전 같았으면 별생각 없이 달을 바라보았겠지만, 왠지 오늘은 좀 다르다. 나는 달이 기우면 이제 꽉 찰 날만 남은 게 아닐까, 하는 생각을 하며 진심에서 우러나온 미소를 짓는다.

달은 항상 뜨고 진다. 달마다 돌아오는 달이고, 또 뜨는 달이지만 어제의 달과 오늘의 달은 매일 조금씩 달라진다. 어제의 달이 오늘의 달은 아닌 것이다. 나는 새삼 그 사실을 깨닫게 해준 그 우연 같은 필연에 감사하며 길을 나선다.

나는 길을 나서고, 달은 기운다. 그리고 다시 찬다.

#나에게 광주란……

광주는 내가 나고 자란 도시이고, 일생 동안 한 번도 벗어나지 않은 공간이다. 또, 그렇기에 나에게 많은 영향을 끼친 공간이기도 하다.

나의 사투리 섞인 억양과 말투, 식성, 심지어는 역사적 가치관까지도 내가 지금 살고 있는 이 도시로부터 온 것이다.

그렇기에 나는 내가 지니고 있는 이 모든 것들을 사랑하고, 또 그것이 온 이 도시도 마찬가지이다.

광주는 내가 살아온 역사가 가득 담겨 있는 공간이다. 나의 친구들, 어머니, 아버지, 그리고 내가 사랑하는 모든 사람의 역사가 이 한 도시 안에 가득 담겨 숨 쉬고 있다.

그렇기에 나는 이 도시가 퍽 마음에 든다. 어찌 보면 나의 정체성이라고 할 만한 것 중 상당수가 이 도시 안에 존재하고 있기 때문인지도 모른다.

나는 이렇게 오롯이 나를 품어주는 공간을 사랑하고, 또 고맙게 생각하고 있다.

Memories G.J.

하루의 여백

글 강지은

강지은

새천년의 문턱을 넘어 생애 첫 겨울을 맛보았던 아이는
한 해의 끝을 향해 가는 지금, 열여덟 소녀로 지면 위에
섰다.

그런 나의 첫 출간작 '하루의 여백'
엉성하고도 단출한 맛은 여전하다.
그러나 오롯한 감정과 노력으로 가득 찬 이 글을 보고
있으면
마음 한 구석이 따뜻해지기도, 찡해오기도 한다.
나는 그 느낌이 좋아졌다.

앞으로의 세월에 묻혀 사라져버렸을지도 모를 어느 여름
날의 추억이
소중한 기록으로 남게 되었음에
감사하다.

프롤로그

　누구나 한번쯤은 일상에서 벗어나고 싶어질 때가 있을 것이다. 꼭 거창하고 낭만적인 곳이 아니어도 된다. 단조로움에 지친 우리는 정말 작은 변화에도 기뻐할 테니까. 나 역시 그랬다. 항상 똑같은 행동을 반복하는 이 시간에 다른 것을 할 수 있다면 얼마나 좋을까. 그 작은 소망은 현실이 되었다.

　익숙한 공간에서 새로움을 찾기란 그다지 어려운 일이 아니었다. 더 이상 둘러볼 곳도 없으리라 생각했던 작다면 작고, 크다면 큰 빛의 고을 광주. 남쪽의 한 켠에는 그런 나를 묵묵히 기다리고 있던 작은 마을 하나가 있었다.

　나의 양림 마을 기행은 그 어떤 누구에게든지 자랑할 수 있을 정도로 근사한 여정이 아니다. 그렇기에 아주 순조롭게 흘러갈 것이다. 하지만 그곳의 풍경 속에 있는 나를 보며 독자들은 부디 위안을 얻었으면 한다. 평범한 학생에 지나지 않는 나도 단 몇 시간의 휴식을 지금까지 추억하고 있으니 말이다. 그렇기에 여러분을 비롯한 가장 보통의 사람들 모두 나름의 쉼[休]을 통해 이 바쁜 세상, 작은 위로로나마 행복해질 수 있기를 바란다.

　8월의 여정은 끝난 지 오래이지만 내 글을 읽어주는 사람이 있는 한 그 여정은 언제고 다시 반복될 것이다.

　그래서 지금 한 번 더 시작해 보려 한다.

하루의 여백

#시작

"은교야, 오늘 동아리 뭐 들었어?"
"문예 하나, 학술 하나."

아, 그렇구나. 학술보다 문예 동아리가 더 힘들고 까다롭게 느껴지는 건 여전했다. 모든 것이 바쁘게 돌아가던 3월 학기 초, 학술은 고사하고 문화·예술 동아리로 무엇을 해야 하나 골머리를 썩이고 있을 때 은교는 내게 휴먼플러스를 추천했다. 작년까지만 해도 교사주도동아리가 경쟁률이 꽤나 치열했다고 들었는데. 사실 걱정부터 앞섰다. 다행히 생각보다 수월하게 가입할 수 있었지만.

'지은아, 열심히 할 수 있지?'

선생님이 지나가듯 건네셨던 이 한 마디의 무게를 요즘에는 몸소 체험하고 있는 중이다. 솔직하게 말하자면, 휴먼플러스가 글을 쓰는 동아리라는 사실은 알고 있었지만 이렇게나 체계적으로 운영되고 있을 줄은 몰랐다. 은연중에 동아리 활동을 가볍게 여기고 있었던 것은 아닌지 하는 생각도 들었다. 다른 동아리에 비해서 하는 것도 많고, 고민할 것도 많고. 그렇다고 해서 내 선택을 탓하며 후회하는 건 아니다. 다만 동아리의 목적에 맞춰 내가 잘 해낼 수 있을지에 대한 부담감이 꽤나 크다는 것이다.

'휴먼플러스는 광주광역시교육청의 지원을 받는 동아리이니 이번에는 광주와 연관지어 글을 써보도록 해요.'

　이 말을 처음 들었을 때 느꼈던 당혹감이란. 물론 자유주제의 글쓰기도 그 나름대로의 고민거리가 있겠지만 막상 '광주'라는 주제를 받으니 앞길이 막막했다. 마치 백일장 대회에 제출할 글을 써야 하는 것처럼 말이다.

　머릿속이 정리되지 않은 상태에서 끄적여본 것은 '광주에서 올림픽이 개최된다면?'이라는 주제였다. '문화수도 광주'라는 슬로건에 맞게 전 세계인의 축제인 올림픽을 성공적으로 유치한 뒤, 상일여고 학생들이 자원봉사자로 참여해 일어나는 이야기. 외국인들의 통역을 도와주고 다양한 사람들과 교류하는 경험을 통해 학습능력을 향상시킬 뿐만 아니라 세상을 바라보는 넓은 시각을 가지게 된다는, 나름 큰 포부를 지닌 그런 이야기 말이다. 하지만 이것도 잠시였다. 소재나 전체적인 플롯은 괜찮을지 몰라도 경험하지 못한 것들을 가지고 세세한 일화들을 구상해야 한다는 것이 큰 문제였다.

　동아리 활동 중에 나누었던 토의나 많은 피드백들을 통해 얻은 것은 내가 감당할 수 있는 글을 쓰자는 다짐이었다. 개인적으로 받은 선생님의 조언을 끝으로 광주 안에서 보고 느낀 것들을 쓰는 기행 수필에 도전해 봐야겠다고 마음먹었다.

　처음에는 사진에세이 형식으로 글과 그림을 함께 엮고 싶었지만 여건이 마땅치 않아 거의 모든 부분을 온전히 글로 풀어내야만 했다. 생각했던 것과 달라져 약간의 부담감이 더해지기는 했지만 크게 신경 쓰지 않기로 했다.

　'학업에 지친 학생이 쉼[休]을 통해 일상에 새로운 의미를 부여하는 과정'

　나의 글을 통해 전달하고자 했던 바는 위와 같다. 작중화자를 나와 비슷한 또래인 10대 학생으로 설정해 보자는 생각도 들었지만 오히려 직접 경험하고 느낀 것들을 솔직하게 풀어내는 글이 더욱 와닿을 것 같아 '수필'이라는 갈래에 초점을 맞추고자 했다.

동아리 제작발표회 날짜가 가까워질수록 광주 안의 무엇을 소재로 해야 할까 끊임없이 고민했다. 조금 더 부담을 덜어보자면 말 그대로 '우리 고장 탐방'을 주제로 할 수도 있었다. 단출한 일상을 그린다고 했을 때, 집 주변의 카페나 음식점, 공원 등을 돌아다니며 소소한 여유를 찾는 것도 글의 목적과는 부합했다. 하지만 이왕 책을 쓰는 것이라면 조금 더 특별한, 그렇다고 마냥 거창하지만은 않은 '여행'을 해보고 싶었다. 소중한 친구들과 함께.

그런 생각에 접어들 무렵, 별다른 생각 없이 들어간 포털 사이트에서 뜻밖의 행운을 건졌다. 스크린을 가득 채우는 따뜻한 마을의 풍경. 사막에서 오아시스를 만난 기분이라고 해야 할까. 머릿속에서 흐릿하게만 잡혀 있던 이름 모를 윤곽이 선명해지는 느낌? 첫인상은 퍽이나 좋았다.

'광주광역시 남구에 위치한 양림동은 서양인 선교사들이 들어와 선교 활동을 펼친 곳이자, 광주에서 3.1만세운동이 가장 처음 일어난 곳, 5·18광주민주화운동 때 전초기지의 역할을 했던 곳이다. 과거 양림동은 숲이 많고 광주천이 흐르는 자연이 아름다운 마을이었다. 여전한 아름다움을 간직하고 있는 양림동은 수많은 예술가를 배출해냈으며 현재도 많은 작가가 상주하며 작업 중이다.'

네모난 스크린 창 너머로 보이는 양림동의 풍경은 마치 동화 속 마을과도 같았다. 새벽녘까지 이어지던 자료조사는 좀처럼 끝날 기미를 보이지 않았지만 바라보기만 해도 마음이 따뜻해지는 이 마을은 잔뜩 몰려온 피로를 가시게 해주었다.

양림동의 한희원 작가는 다음과 같이 말했다.

'은유가 가득하다. 속을 쉬이 드러내지 않는다. 천천히 돌아 서너 번쯤 만나 낯을 익혔을 때에야 눈을 마주 본다. 시인이 그림을 그린다면 이런 모습이겠구나 싶었다. 한 바퀴를 쉬엄쉬엄 돌아도 두 시간이 걸리지 않는 작은 마을. 양림동은 마을 전체가 은유로 가득한 시 같다.'

그때가 새벽이어서 그랬을까. 이 몇 문장이 내게 주었던 잔잔하고 조용한 감동은 지금도 그대로다. 수많은 블로그 포스팅과 사진들을 찾아보던 중에 지나쳤던 양림 마을의 모습들은 은유로 가득했다. 아마 방문객들은 이곳을 무엇에 빗대어야 할지 꽤나 고민할 것이다.

그리 넓지도 화려하지도 않은 마을은 무의미하게 지나갔을지도 모를 하루의 여백을 채우기에 충분했다.

여정

에어컨 아래에서 계절감각 없이 지내왔던 며칠간의 여름방학을 돌이켜보자니 참 무심했던 것 같기도 하다. 오후자습 1교시가 시작된 지 얼마 지나지 않아 들뜬 마음으로 학교를 나왔다. 방학임에도 불구하고 나름 바쁘게 흘러가던 일상 탓에 '양림동 답사'는 뒷전으로 미룰 수밖에 없었다. 하지만 친구들과 함께 일정을 조정하다보니 그날이 오늘이 되어버렸다. 선택형 특강의 보충학습으로 은교와 정연이는 아직 학교에 남아 있던 참이었다.

학교 바로 옆에 위치한 카페 '바이올렛'에 들어갔다. 느긋한 때에 맞추어 실내가 한적한 것이 마음에 들었다. 올해 들어 이곳을 꽤 자주 찾게 되는 듯싶다. 구석에 있는 테이블에 앉아 핸드폰으로 다시 한 번 양림 마을을 검색해 보았다. 자료조사를 처음 시작했을 때부터 인상 깊게 느껴졌던 두 명소, 오웬기념각과 우일선 선교사 사택. 몇 시간 뒤에 실제로 볼 수 있다고 생각하니 가슴이 두근거렸다.

그렇게 얼마나 시간이 흘렀을까, 곧 은교와 정연이가 도착했다. 더운 날씨라 어디든 나가기 귀찮았을 법도 한데 흔쾌히 같이 가주겠다고 약속한 친구들에게 고마웠다. 전날 밤 늦게까지 정리한 인쇄물을 가지고 근처 정류장에서 시내버스를 탔다. 평일 오후에 어딘가를 간다는 것은 좀처럼 쉬운 일이 아니었다. 평소라면 교실에 앉아 한창 자습을 하고 있을 때이니 말이다. 그렇기에 버스 창문 너머로 보이는 풍경을 구경하는 것조차 재미있게 느껴졌다. 참으로 오랜만인 여유였다.

양림동의 한 버스 정류장에 도착한 후에는 일단 무작정 걸었던 것 같다. 소위 말하는 길치와 다름없는 나를 대신해서 정연이는 모바일 서핑에 한창이었다. 웹 지도를 보며 낯선 곳에서 길을 찾기란 지금 생각해 보아도 참 어려운 일이 아닌가 싶다. 우리는 늘 그랬듯 주변의 건물들을 보며 한껏 수다를 떨었다. 군데군데 보이는 빵집이나 카페의 디자인을 구경하면서 언젠가 꼭 다시 와보자는 이야기도 했다.

하지만 시간이 흘러도 원하는 목적지가 보이지 않자 알게 모르게 지치기도 했다. 그때는 여름의 중반을 넘기던 무렵인 8월의 어느 오후였으며 여전히 덥기도 더웠기 때문이다. 급기야 함께 가지고 온 종이가방의 손잡이 부분이 떨어져나가는 사태까지 벌어져 당혹감을 감출 수 없었다. 한 번씩 팔이 저려올 때마다 은교는 자신이 대신 들어주겠다며 흔쾌히 짐을 가져가고는 했다. 하루 종일 내 가방을 챙겨주느라 고생했을 친구들에게 늦었지만 지금이나마 고맙다는 인사를 보낸다.

중간에는 근처의 편의점도 들렀다. 아직도 기억나는 것은 정연이가 산 아이스 망고바, 일명 '아망바'다. 두어 입씩 깨물어 먹었던 그 맛이 여전히 생생하다. 화장실에 가고 싶다고 말했더니 정연이는 요즘 세상이 얼마나 무서운지 아냐며 꼭 같이 가야한다고 진지하게 말했다.

다시 돌아왔을 때는 창문 너머로 우리를 기다리고 있던 은교의 모습이 보였다. 핸드폰에 시선을 박고 얌전히 앉아 있는 모양새가 너무 귀여웠다. 평소에도 귀에 딱지가 내려앉을 정도로 말했던 사실이지만, 은교는 참 동그란 아이 같다. 꼭 동지죽에 들어가는 새알심처럼 말이다. 언젠가 이 글을 읽고 있을 은교는 귀까지 빨개진 채로 나를 매우 때릴 것이다.

아마도 오후 다섯 시쯤 되었을 것이라 생각한다. 당시 우리의 첫 번째 목적지는 양림동의 '펭귄 마을'이었다. 셀 수 없이 많은 횡단보도를 건너고 보도를 걷다보니 차츰 마을처럼 보이는 한적한 곳에 다다를 수 있었다. 그곳이 바로 우리가 찾던 곳이라 확신했다.

마을의 문턱에서 보이는 사람들은 거의 대부분이 노인 분들이었다. 막상 어느 방향으로 가야 할지 몰라 고민하고 있을 무렵, 은교는 짐을 들고 지나가시던 한 할머니께 길을 여쭈었다. 희미하지만 두 세 갈래의 길 중에서 왼쪽이었던 것으로 기억한다. 친절하게 길을 알려주신 할머니께 감사하다는 인사를 드렸다. 비록 우리와는 다른 방향이었지만 은교는 그래도 가시는 곳까지 짐을 들어드리겠다고 했다.

그 분과의 만남은 아마 5분도 채 되지 않았을 것이었다. 하지만 양림 마을에서의 첫 인연은 우리 셋에게 따뜻한 기억으로 남아 있으리라 믿는다. 한창의 여름은 낮이 길었고 그 때는 마침 해가 저물어가던 시점이었다. 덕분에 그 시간, 그곳이 내게 준 이미지는 노랗고 주황빛인 채로 가득하다.

차도와 보도로 시작되었던 길은 점점 좁아지기 시작했다. 완전한 골목으로 들어서기 전에 우리는 펭귄 마을 이정표를 찾을 수 있었다. 인상 깊었던 것은 마을 주민들이 직접 그린 약도였다. 보통의 딱딱한 느낌은 없었다.

자료조사를 할 때부터 느꼈던 것이지만 이곳의 주민들은 양림동을 진정으로 사랑한다는 사실이 유난히 와 닿는다. 그리 어렵지 않게 찾을 수 있는 구석구석의 흔적들이 그리 말해 주고 있었다.

펭귄 마을의 문턱에는 아직도 잊을 수 없는 풍경이 우리를 기다리고 있었다. 이곳의 예술은 촌장 김동균 씨의 아주 작은 움직임으로부터 시작되었다.

'더 이상 나눌 게 없다고 생각될 때, 삶의 낡은 터전을 함께 나누니 모두의 예술이 됐다.'

이곳은 10여 년 전부터 떠나간 이들로 빈집이 생겨났다. 그는 이웃이 두고 간 물건을 차마 버리지 못했다. 이들 폐품들도 한 때는 앞집 순이가 타고 다니던 세발자전거였고, 옆집 아저씨의 출근 시간을 알려주던 벽시계였다. 또 신랑의 허기진 퇴근길을 달래주려 연탄불 위에서 벌겋게 달궈지던 새색시의 냄비였고, 불콰한 낯빛의 젊은 아비가 수시로 마당에 내던져 귀퉁이가 찌그러진 장미 문양 양은밥상이었다. 김 씨는 이들 물건을 하나 둘 골목 어귀에 장식했다. 오래된 물건이 모이기 시작하자 그런대로 '예술 비슷한 것'이 됐다.

처음에 우리 셋은 구경하기에 바빴다. SNS나 인터넷에서 스쳐 지나가듯 보았던 옛날의 추억이 눈앞에 펼쳐져 있었기 때문이다. 한 바퀴를 눈으로 빠르게 담고 하나하나씩 찬찬히 바라보았다. 지금은 그저 흔치 않은 골동품에 불과하지만 그 속에 누군가의 세월이 깃들어 있다고 생각하니 쉬이 지나치지 못했다. 정말 표현하기 뭐한 여러 가지 감정이 밀려왔던 것 같다. 촌장 김동균 씨는 다음과 같이 말했다.

"'과거'를 무턱대고 버릴 것이 아니라 이웃과 나눌 수 있고, 이를 통해 다시 사람이 살 수 있는 마을을 만드는 것도 아름다운 '나눔'이다."

골동품이 장식된 골목을 지나 더 안으로 들어가면 실제 주민들이 기거하고 있는 아주 조그마한 마을이 나온다. 역시나 대다수가 노인 분들이었다. '펭귄 마을'이라는 이름 역시 그분들이 느릿느릿하게 걸어가는 모양새가 마치 펭귄 같다는 점에서 따온 것이다.

이상한 나라의 앨리스가 이런 느낌인 듯싶었다. 작은 슈퍼 앞에 모여 앉아 윷놀이를 하는 할머니, 할아버지들의 모습을 보고 있자니 꼭 시간 여행을 하고 있는 것 같은 기분이 들었다. 몇 시간 전 내가 있었던 곳은 현생에 급급해 이런 느긋함과 여유를 찾아볼 수도 없었다. 그렇지만 이분들이 사는 곳은 그런 세상과는 아주 동떨어져 있었다. 좋은 방향으로 말이다. 벽면을 꽉 채운 낡은 벽시계와 골동시계들. 그 모든 것들이 그토록 신비로울 수가 없었다.

건너편에는 방문객들이 메시지를 남기는 방명록이 있었다.

'이상한 나라의 앨리스. 지은, 정연, 은교 왔다감.'

언젠가 다시 방문해서 이 메모를 찾을 수 있었으면 한다.

조금 더 구석으로 걸음을 옮기면 문인들의 작품 중 일부분을 벽화로 옮겨 놓은, 두 사람이 들어갈 수 있을 법한 폭의 골목이 나온다. 그곳에는 문학 수업 시간에 배웠던 것들도 있었다. 또한 도심 문화의 가능성을 보고 찾아온 예술가들의 작업실이 즐비해있었다. 주민의 손재주 있는 딸들은 관람객과 함께 엽서를 그리거나 달고나 등을 만들어 팔고 있었다. 사람 사는 냄새로 가득한 펭귄 마을의 정경이다.

정신없이 사진을 찍고 풍경에 취하기도 하며 삼사십 분을 그렇게 보냈다. 조금 전 지나쳤던 펭귄 마을의 길을 되돌아 나오며 다시 한 번 이곳을 곱씹었다.

여운을 뒤로하고 우리는 이정표를 보며 다음 장소를 찾아갔다. 이번 목적지는 이장우 가옥. 인터넷으로 보았던 그의 가옥은 한국의 전통미와 근대식 분위기로 장관을 이룬 곳이었다. 물론 찾아가는 길이 순탄치만은 않았다. 정연이와 은교가 길을 찾는 것에 나름 일가견이 있어 다행이지, 나 혼자 왔다면 정말 막막했을 것이다.

사람들이 많이 드나드는 곳에 위치해 있을 것이라 생각했지만 막상 도착하니 그리 눈에 띄는 곳은 아니었다. 하지만 약간의 거리를 두고 가옥 쪽으로 걸어갈 때부터 불안한 기운이 엄습해오기 시작했다. 문은 닫혀 있었으며 주변도 조용했다. 따지고 보니 시간이 오후 여섯 시를 넘겼을 때였다. 개장 시간은 아마 다섯 시 반 쯤 되었던 것 같다. 돌고 돌아 겨우 찾아 왔는데 보고 싶었던 명소를 구경하지 못하게 되니 참 허탈했다.

아쉬운 마음을 감추며 옆에 나있던 길을 따라 골목을 걸었다. 얼마 지나지 않아 강아지 두 마리를 볼 수 있었다. 사람의 인기척을 느꼈는지 쪼르르 달려와 문틈 너머로 우리를 바라보았다. 신기하게 짖지 않았다. 꼬리를 흔들며 혀를 내밀어 반가운 기색을 드러내는 강아지들이 그렇게나 예뻐 보였다. 눈동자가 아주 크고 맑고 순했다. 정연이가 유독 좋아했던 것 같다. 동영상도 찍었다.

강아지들과 한 십 분쯤을 함께 보냈다. 발걸음을 떼기가 여간 힘든 일이 아니었지만 그래도 작별 인사를 건네고 골목을 나왔다.

다음 목적지인 양림 교회와 오웬기념각을 찾아 길을 나섰다. 한산한 거리를 따라 걷던 도중, 땅바닥에 나뒹구는 '양림 빵집' 포장지를 우연히 보게 되었다. 하얀색 바탕에 궁서체의 글씨, 그리고 귀여운 빵 모양이 인상 깊었다. 은교가 그 빵집의 빵을 먹어보고 싶다고 말했다. 그 말이 사실이 되기까지는 그리 오래 걸리지 않았다.

양림 교회와 오웬기념각은 비교적 수월하게 찾을 수 있었다. 이전보다는 큰 길에 위치해 있었기 때문에 주변에는 다른 건물들도 꽤 있었으며 사람들도 많았다. 저녁 예배가 시작되던 참이었는지 교회의 불이 켜져 있었고 주변이 붐볐다. 그 때문에 안으로 들어가지는 못하고 건물의 외관만 구경할 수밖에 없었다.

개인적으로 더 궁금했던 곳은 오웬기념각이다. 약간의 보정이 있었겠지만 인터넷으로 찾아본 외양이 너무나 예뻤기 때문이었다. 그리고 그 기대는 나를 저버리지 않았다. 회색빛이 도는 이 서양식 건물은 참 멋스러웠다. 꼭 마법학교처럼 말이다.

양림 교회의 바로 옆에 위치한 오웬기념각의 문은 닫혀 있었고 사람도 없었다. 고풍적인 분위기가 물씬 풍겨 더욱 가까이 다가가 유리문과 창문을 통해 어두운 내부를 구경했다. 이곳 역시 예배당으로 쓰이는 것 같았다. 여러 단으로 이루어진 긴 의자들과 피아노가 눈에 들어왔고 피아노에는 찬송가 악보가 놓여 있었다. 비록 어두웠지만 넓은 실내의 모습을 찬찬히 훑고 있자니 언젠가 꼭 다시 찾아와 안에 들어가 보고 싶다는 생각을 했다.

양림 교회 주변의 가로등 불빛과 안에서 흘러나오는 노랫소리, 그리고 오웬기념각 내부의 고요함은 마치 하나의 작품처럼 잘 어우러졌다. 건물이 너무 예쁘고 웅장해서 그 주변을 몇 바퀴나 돌고 싶었지만 해가 저물고 있었기에 마음처럼 오래 머물 수가 없었다.

그때의 나는 분명 많은 생각을 했고 이전에는 좀처럼 경험하지 못했던 느낌을 받았지만 이미 다녀온 후에 그것들을 되살리려니 쉽지가 않다. 이럴 줄 알았으면 매 순간마다 메모라도 해둘 걸 그랬다. 아무래도 그럴 여유가 없었나보다.

늦은 저녁이었을 것이다. 또한 처음 양림동에 도착했을 때보다 알게 모르게 이곳에 익숙해져가던 참이었을 테다. 다음 행선지는 내가 가장 고대했던 우일선 선교사 사택이었다. 하지만 이정표나 마을 지도에서도 사택은 꽤나 먼 끝에 위치해 있었다.

도저히 제대로 찾아갈 엄두가 나지 않아 도움을 요청하려던 참에, 다방을 조사하며 알게 되었던 로이스 커피가 눈에 들어왔다. 주인아저씨께서 오늘 하루 영업을 마치고 막 문을 닫으려던 때였다. 그분께 다가가 우리의 목적지를 말씀드리고 길을 여쭈었다. 처음에는 안 알려주신다고 장난을 치셨지만 곧이어 방향을 가리키시며 친절히 말씀해 주셨다. 저기 저 불빛 쪽으로 쭉 올라가면 여러분이 찾는 모든 것이 있을 거라고. 감사하다는 인사를 드렸다. 로이스 커피도 꼭 한 번 들러보고 싶은 곳이었는데 말이다.

알려주신 곳으로 걸음을 옮기려던 찰나, 아까 그 버려진 봉지에 쓰여 있던 양림 빵집이 양림 교회 옆에 떡하니 자리 잡고 있었다. 이것은 운명이라며 우리는 호들갑을 떨었다. 제대로 먹은 것이 없어 한창 배고플 때였는데 타이밍이 기가 막혔다.

특히 우리를 더욱 놀라게 만들었던 것은 빵집의 외관이다. 큰 유리창이 있어 안이 훤히 보이는 구조였는데 빵집 안을 비추는 주황빛 조명이 아직도 기억난다. 화려한 장식 하나 없이 상호명 만 적혀 있는 그곳은 지나가던 손님을 끌어들이기에 충분했다. 그 옆에는 '1992년부터 매일 굽는 맛있는 빵'이라는 문구가 있었다.

혹시나 영업을 마무리하시던 중이 아니었을까 걱정하며 안으로 들어갔지만 다행히 몇 종류의 빵들이 남아 있었다. 제빵사님은 단 한 분이셨고 늦은 손님인 우리를 따뜻하게 반겨주셨다. 처음 보는 것들이 많아 호기심에 우리들끼리 이야기를 주고받았는데 아저씨께서 무엇이 인기가 많고 맛있는

지 알려주셔서 결정하는 데 큰 어려움은 없었다.

살 것들을 고르고 계산을 기다리고 있는 동안 제빵사님의 어린 딸이 가게 뒷문으로 들어왔다. 아빠— 하며 웅얼거리는데 그 모습을 가만히 보고 있자니 마음이 따뜻해졌다. 맛있는 빵을 양껏 먹을 수 있는 그 아이가 부럽기도 했다.

빵 세 개를 담은 봉지를 들고 밖으로 나왔다. 그리고 우일선 선교사 사택이 있는 길을 따라 위쪽으로 올라갔다. 한번 해가 떨어지자 주변은 순식간에 어두워졌다. 완전히 보이지 않는 것은 아니었지만 그래도 걱정이 된 건 사실이었다.

그 거리를 걸으며 몇 개의 카페를 보았다. 사람이 거의 없었고 어떤 곳은 고급스러운 분위기를 물씬 풍기기도 했다. 그곳들을 지나치면서 우리는 꼭 혜진이를 데려오고 싶다고 말했다. 먹성이 좋은 그 친구가 카페로 만족할 수 있을지는 의문이지만 말이다.

꽤 오래 걷자 큰 건물 하나가 보였다. 그리고 거기서 조금 더 가면 또 다시 큰 저택이 나온다. 바로 우리가 찾던 그 우일선 선교사 사택이었다. 주변에 별다른 가로등이 없어 또렷하게 볼 수는 없었지만 이미 사진으로 한 번 접했던 터라 어렵지 않게 전체적인 모습을 알아차릴 수 있었다.

가장 고대했던 장소인 만큼 들뜬 마음을 감출 수가 없었다. 늦은 저녁이어서 아쉬웠다. 밝은 오후의 햇빛 아래에 찍힌 사택이 정말 멋있고 예뻤는데 친구들에게 보여줄 수 없어 섭섭했다.

사택 주위로는 좁다면 좁고 넓다면 넓은 공터가 펼쳐져 있었다. 군데군데 조명 비슷한 것들이 설치되었던 것 같았는데 작동되지는 않았다.

주변을 크게 돌아 걸었다. 정연이는 조금 멀리서 나를 기다리고 있었다. 우거진 나무와 잔디 덕분에 유독 어두워 보였다. 건물 옆과 뒤편은 다소 으스스한 느낌을 주었지만 그것도 그 나름대로 운치 있었다.

인터넷 조사 중에 건물 내부를 본 적이 있다. 실제 사람이 살았던 공간이고 최근에도 사용되었다고 알고 있어서 꼭 들어가 보고 싶었는데 아쉽게도 그럴 수 없었다.

조금 더 오래 머물고 싶은 마음이 가득했지만 저 멀리서 사진을 찍으며 모기 때문에 고생하는 정연이를 보고 있자니 서둘러 가야겠다는 생각이 들었다. 유독 정연이가 있는 곳에 모기가 많았고 모기도 정연이를 좋아했다.

아까는 오르막길이었지만 돌아가는 길은 내리막이어서 훨씬 수월했다. 각자 손에 짐 하나씩을 들고 수다를 떨며 아래로 내려갔다. 그러던 중에 한 레스토랑을 발견했다. 확실치는 않지만 가로로 긴 건물이었다. 다들 허기진 상태였기에 밖에 우두커니 서서 안을 구경했다. 음식뿐만 아니라 커피나 차도 함께 파는 곳 같았다. 문 앞에 세워진 메뉴판에는 여러 종류의 파스타와 스파게티가 있었다.

결국 딱 구경만 하고 다시 길을 내려왔다. 빨리 저녁을 먹어야겠다는 생각밖에 들지 않았다. 오래 걷기도 했고 무엇보다 땀을 너무 많이 흘렸기 때문에 육체적으로도 굉장히 피곤했을 터였다.

아마 그때는 정신없이, 정처 없이 걸었을 것이다. 손에 든 짐들의 무게도 느껴지지 않았다. 펭귄 마을에 다시 도착한 후, 이대로 돌아가야 하나 싶을 무렵에 익숙한 건물 하나가 보였다.

그곳은 차를 즐기던 김현승 시인의 호를 따 만든 다형 다방이었다. 사전 조사 중 보게 되었던 다방의 사진이 참 알록달록하고 민티지스러워서 틀림없이 보정효과일 것이리라 생각했지만 실제로 본 다형 다방은 인터넷 속 모습과 똑같았다. 예상했던 것보다 크기는 작았어도 분위기가 참 예뻤다.

안으로 들어가 몇 개 없는 의자에 짐을 내려놓았다. 에어컨은 기대하지

않았다. 그냥 앉아서 부채질 몇 번 하는 것으로 만족했다. 무인 갤러리 카페인 이곳의 한 편에는 녹차티백과 믹스커피들이 놓여 있었다. 작은 책꽂이에는 책들이 꽂혀 있었으며 벽면에는 문인의 사진 및 양림동의 역사를 담은 액자들이 걸려 있었다.

눈으로 그 액자들을 구경하다가 어느 한 곳에서 시선이 멈추었다. 사진 속 장소는 몇 시간 전 방문했던 오웬기념각. 지금으로부터 몇십 년 전, 그때 당시의 어린 아이들 40여 명과 오웬 선교사가 기념각 앞에 모여 찍은 사진이었다. 내가 내부를 들여다보았던 바로 그 문 앞에서 말이다. 이제는 현대인들의 관람명소가 되어버린 그곳에 과거의 사람들이 존재했었다는 사실이 묘한 느낌을 주었다.

다형 다방에서 찾은 양림동의 세월을 통해 주민들이 기리고자 하는 '양림정신'에 대해 다시 한 번 생각해 볼 수 있었다. 우리는 다방에 오래 머물지는 않았다. 시간이 정말 늦었기 때문이다.

다시 한참을 걷던 우리의 마지막 목적지는 '음식이 있는 어디든'이었다. 조용한 골목을 따라 걸어가다 보니 식당들이 하나둘씩 보이기 시작했다. 식당이라고 하기는 조금 뭐하지만 편의점이나 토스트 가게, 카페 등등이 있었다. 이것도 먹고 싶고, 저것도 먹고 싶고 난리도 아니었다. 하지만 아까부터 들고 다니던 빵도 먹어야 했다. 이름이 아마 콘치즈 고로케였을 것이다. 딱 하나 남은 그것을 계산하면서 제빵사님이 이건 꼭 데워먹어야 한다고 말씀하셨던 것이 생각났다. 전자레인지를 이용하려면 편의점에 가야만 했다. 마침 떡볶이가 먹고 싶기도 해서 얼마 지나지 않아 찾게 된 CU 편의점에 들어갔다.

절로 느껴지는 에어컨의 시원함에 탄식을 내뱉었다. 공간이 넓은데다가 테이블에는 아무도 없어서 더욱 편하게만 느껴졌다. 먹고 싶었던 것들을 계산하고 자리에 앉아 노곤한 다리를 주물렀다. 만약 만보기를 가지고 있었더라면 한 두 달치 걸을 양은 거뿐히 넘겼을 것이 틀림없다.

가장 먼저 고로케를 데웠다. 정말 여태껏 먹었던 그 어떤 치즈 빵보다 맛있다고 확언할 수 있을 정도로 환상적이었다. 하얀 치즈는 느끼하지도, 부담스럽지도 않았으며 쏙쏙 들어간 옥수수 알이 그렇게나 고소할 수가 없었다. 탁월한 선택이라고 자부하며 은교와 정연이의 평을 들어보니 역시나 인정받는 맛이었다. 다음 번 양림 빵집에 들를 때에는 이 콘치즈 고로케를 최소 다섯 개 이상은 사가야겠다고 마음먹었다.

떡볶이와 삼각 김밥, 그리고 음료수를 나눠 먹으며 우리의 소박한 여행에 대해 담소를 나누었다. 중간에 손에 뭐가 묻어 따로 화장실을 찾아가야 하나 망설였는데 편의점 직원 분이 흔쾌히 비품창고의 싱크대를 허락해 주셔서 그곳에서 손을 씻을 수 있었다.

양림동에서의 만남은 모두 기분 좋은 것들이었다. 이 마을의 풍경이 전해주는 느낌만큼이나 사람들과 동물들까지도 전부 따스하기만 했다.

어느새 늦은 밤이 되어버린 때에 더위와 피로가 푹 쌓인 몸을 이끌고 또다시 버스 정류장을 찾아 걸어가야 한다는 사실만 생각했다면 참 막막했을지도 모른다. 하지만 잊을 수 없는 추억과 함께 돌아가는 것이기 때문에 결코 힘들게 느껴지지 않았다. 오히려 아쉽고 쓸쓸한 마음이 들었다는 게 더 맞을 것이다.

아침 일찍 출발했다면 더 느긋하게, 더 많은 곳을 돌아볼 수 있었을 텐데. 이른 오전의 양림동 역시 아름다울 것이 분명하다. 펭귄 마을의 주민들은 어쩌면 우리가 세상모르고 자고 있을 새벽부터 그들의 하루를 시작할지도 모르겠다.

기숙사로 돌아가는 길을 밟으며 지난 몇 시간을 되짚어보았다. 그게 바로 몇 초 전이었던 것 같으면서도 아주 오래된 기억처럼 느껴지기도 했다. 앞서 말했던 것과 같이, 양림 마을은 나를 이상한 나라에 떨어진 앨리스로 만들어주고는 한다.

#그 후

어엿한 가을이 되어버린 지금, 지난여름을 회상할 때면 언제나 그 중심에는 양림 마을이 있다. 사실 모든 기억이 완전한 것은 아니다. 때때로는 사진에 의존하기도 하며 당시 친구들의 말이나 행동을 떠올리거나 단편적인 순간들을 토대로 연상할 때도 많다. 하지만 기억하지 못했다 해서 그때 느꼈던 감정까지 사라진 것은 아니니 괜찮다.

소중한 추억으로 남아 있는 그 시간이 여전히 좋은 의미로 다가오는 것은 나 혼자가 아닌 친구들과 함께였기 때문이다. 답사 전부터 나는 어쩌면 양림동에 간다는 사실보다 친한 친구들과 시간을 보낼 수 있다는 것에 더 들떠 있었던 것일지도 모르겠다. 아마 그 어느 곳이든 똑같았을 것 같다.

고등학교에 입학한 이후로 이렇게 시간을 내기란 거의 불가능에 가까웠다. 여유가 생겼다 하더라도 평소에 받았던 스트레스나 피로감 때문에 집에서 쉬는 게 다였다. 물론 양림동에서 학교로 오는 버스에서 멀미도 하고, 기숙사에 돌아와서는 씻은 후에 바로 뻗어버리기까지 했지만 그런 육체적 고됨보다 정신적인 만족이 훨씬 컸다. 그때보다 더 힘들다 할지라도 다시 여름으로 돌아간다면 나는 어김없이 답사를 가는 쪽을 택할 것이다.

그날 하루는 특별할 것 없이 흘러가기만 하던 내 일상에 쉼표를 찍고 온전한 휴식을 누릴 수 있도록 도와주었다. 바쁜 세상을 등진 채 그들만의 삶을 꾸려나가던 양림동의 펭귄 마을 주민들을 보며 들었던 생각이다.

내가 처음 이 기행문을 구상할 때부터 달성하고자 했던 목적은 충분히 이루어진 것 같다. 하루의 반나절도 채 되지 않았던 짧은 여정이 몇 달이 흐른 지금까지도 내게 좋은 영향을 주고 있으니 말이다.

열여덟 여름날의 빈 여백이 솜사탕을 연상시키는 구름으로 가득 들어찬 것 같다. 그리고 아주 오랜 시간 동안 그대로 남아 있을 것 같은 느낌이 든다.

에필로그

#나에게 광주란……

　멀고도 낯선 타지에서 광주로 오는 차에 몸을 실었을 때 느껴지는 편안함. 나고 자란 고향에 이르러 익숙한 풍경 속을 거니는 여유.
　아주 먼 훗날, 어엿한 어른이 되어 이따금씩 찾아와 느끼는 광주의 정겨움은 아마 지금과 똑같을 것이다.
　'나는 변했어도 너는 변하지 않고 자리를 지키고 있었구나.' 하며 어린 시절을 되돌아보게 만드는 신기한 고장.
　나에게 광주란 마치 은은한 조명 맡 침대에 몸을 누이는 것처럼 안락한 터전이다.